Zu diesem Buch

«Der Schildkrötenroman schimmert vor Mehrdeutigkeit. Was einer darin liest, hängt davon ab, was er mitbringt. Einigen Lesern wird das Buch tiefe Antworten geben, anderen tiefe Rätsel. Da so wenige Bücher weder das eine noch das andere zustande bringen, ist allein das schon eine Leistung» («National Observer»).
«Knisternd vor witzigen Einfällen, beißend intelligent und voller Selbstironie» («Time»).
«In diesem ökologiefreundlichen Buch gibt es Zeilen von ausgesprochener Schönheit, an die zu denken sich noch lange nach der Lektüre lohnt» («Columbus Dispatch»).
«Russell Hoban ist es gelungen, ein Buch der Sehnsucht und der Trauer zu schreiben, das gänzlich ohne Sentimentalität und Pathos auskommt, dessen Tonart die witzige Verzweiflung ist» («Deutsches Allgemeines Sonntagsblatt»).

Russell Hoban, geboren 1925 in Landsdale/Pennsylvania, arbeitete zunächst als Illustrator und schrieb dann über dreißig Kinderbücher und Romane. «Ozeanische Gefühle» wurde nach einem Drehbuch von Harold Pinter auch verfilmt. Russell Hoban lebt in England.

RUSSELL HOBAN

Ozeanische Gefühle

Roman

Deutsch von Annette Charpentier

rororo

ROWOHLT

Die englische Originalausgabe erschien 1975
unter dem Titel «Turtle Diary» bei Jonathan Cape, London
Umschlagillustration von Ernesto Tatafiore
aus «Rara Avis», Neapel, 1985
Mit freundlicher Genehmigung
des Künstlers

Veröffentlicht im Rowohlt Taschenbuch Verlag GmbH,
Reinbek bei Hamburg, Mai 1988

Satz Baskerville (Linotron 202)
Gesamtherstellung Clausen & Bosse, Leck
Printed in Germany
780-ISBN 3 499 12192 1

Für Ben

1. William G.

Ich werde nie wieder in einen Zoo gehen.
Vergangene Nacht habe ich von einem Tintenfisch geträumt. Er war dunkelgrün, fast schwarz, und die dunklen Fangarme wellten sich durch braunes Wasser. Keine Ahnung, welche Farbe ein Tintenfisch in Wirklichkeit hat. Fand Farbfotos in zwei Büchern im Laden. Ein Tintenfisch war braun und weiß, der andere grau, rosa und braun. Anscheinend wechseln sie die Farbe. Ihre Augen sehen furchtbar aus. Ich würde mich nicht gern von einem Tintenfisch ansehen lassen, egal, wie klein und harmlos er auch sein mag. Von solchen Augen angestarrt zu werden, wäre einfach zuviel für mich, würde mich als ein Nichts zurücklassen. Es gab ein Schwarzweißfoto von Tintenfischen, die man auf Thasos in der Ägäis an einem Pfahl aufgehängt hatte: schwarz vor dem Himmel, schwarze hängende Beutel, die schwarzen Fangarme herabhängend und sterbend, und hinter ihnen die Helligkeit des Meeres. Sie sind mit der *Nautilus* verwandt, die ich immer für eine leere Muschel gehalten habe. Aber in dem Buch war eine, voller Fangarme und undurchschaubar.
Dann wollte ich einen richtigen Tintenfisch sehen. Am Freitag, meinem freien Nachmittag im Geschäft, ging ich in den Zoo. Grauer Tag mit ein wenig Regen. Ging durch den Nordeingang an den Eulen vorbei. *Bubo* dies und *Bubo* soundso, und jede saß auf ihrer Stange, mit nassen Federn und unversöhnlichem Blick. Über die Brücke an dem Flugkäfig vorbei, der hoch in den Himmel ragt, ein riesiges, spitzes, stählernes Drahtding mit Giebeln und Ecken, voll von sonderbaren Schreien und dunklem Flügelschlag. Kleine schreiende Kinder aßen vor sich hin. Von den drei quadratischen Platten im Pflaster am Ende der Brücke stieg Dampf unter dem Regen

auf. Zwei Mädchen und ein Junge badeten die nackten Beine darin. Der Tunnel auf der anderen Seite der Brücke tönte von Kinderrufen. Nachgemachte Höhlenmalerei an den Wänden des Tunnels. Sie paßte dort nicht hin, sah schwerfällig und falsch aus. Jemand wollte die *Hotspurs* gegen *Arsenal* sehen.
Sehr dunkel im Aquarium. Grüne Fenstern, schwimmende Wesen. Menschen schwarz vor den Fenstern, murmelnd, den Kindern erklärend, sie hochhaltend, absetzend, sie weitertreibend, zurückrufend. Hallende Schritte von Kindern, die durch das Dunkel rannten. Sehr schäbig, das Aquarium, sehr klein. Zu viele kleine grüne Fenster im Dunkeln. Krebse, Hummer, zwei Stachelrochen, ein kleiner Tigerhai, der aussah wie ein ärmlicher Beamter. Tropische Fische, Aale, Kröten, Frösche und Salamander. Kein Tintenfisch.
Seeschildkröten. Die größten müssen an die zwei-, dreihundert Pfund wiegen. Sie kurvten und schwebten und flogen durch goldgrünes, schlieriges Wasser in einem schäbigen kleinen Becken, das kaum größer als mein Zimmer war. Gleitend, tauchend und herumschwingend, mit Flossen wie Flügel, in einem Glaskasten voller Ozean aus zweiter Hand. Ihre Augen verrieten nichts; Tausende von Meer-Meilen kann man nicht ausdrücken.
Ich dachte: Als Kind ging ich gern in den Zoo.
Der Regen hatte aufgehört. Ich ging zum Reptilienhaus. Nein. Wollte nicht die Schlangen auf heißem Sand unter hellem Licht hinter Glas sehen. Verließ das Reptilienhaus, ging zu den Affen. Der Gorilla lag bäuchlings in der Zelle, das Kinn ruhte auf den verschränkten Armen. Nein, ich konnte mir nicht ausdenken, was schlimmer für ihn war: sich erinnern oder vergessen.
Ich verließ den Zoo und ging zur Haltestelle des 74er am Nordeingang. Dort stand eine junge Frau mit einem kleinen Jungen und einem Mädchen. Der Junge war vielleicht acht oder neun. Er hielt einen kleinen schwarzen Kautschukgorilla an einem Gummiband und ließ ihn über einer kleinen Pfütze

auf und ab tanzen, patsch, patsch, patsch, ohne zu spritzen. Auf dem Pflaster war es kaum naß.
«Hör auf», sagte die Mutter. «Ich habe dir gesagt, du sollst damit aufhören.»

2. *Neaera H.*

Ich hatte mir für mein Aquarium ein Schlößchen aus Porzellan vorgestellt, aber so etwas hatten sie in dem Laden nicht, daher gab ich mich mit einem schönen Plastikwrack zufrieden. Snugg & Sharpe erwarten noch eine Maulwurfsgeschichte von mir, aber ich habe keine Geburtstagsparty oder ein Picknick mit Pelztieren mehr im Kopf. Ich habe die sanften, kuscheligen Tiere satt, und mein nächstes Buch wird von einem Raubtier handeln. Habe einen Scheck über 31 Pence zu Gerrard & Haig in Surrey geschickt, und zwar für einen Großen Wasserkäfer, *Dysticus marginalis*; er müßte morgen ankommen. Habe ein Männchen bestellt.
Auf dem Heimweg schob ich das Becken und das andere Aquariumszubehör in einem Kinderwagen vor mir her, blieb dann vor einem Radio- und Fernsehgeschäft stehen, weil auf allen Bildschirmen im Schaufenster ein Austernfischer zu sehen war; muß ein Naturfilm der BBC gewesen sein. Es war, als sähe man einen Bekannten aus der Kindheit wieder, der inzwischen berühmt geworden ist. Ich sah Austernfischer immer bei Ebbe auf den Muschelbänken in der Nähe von Breydon Bridge. Sie waren ganz anders als die Möwen und Seeschwalben; ihr Schwarzweiß hatte etwas Besonderes; sie waren ein bißchen mehr als bloß Vögel. Sie gingen mit gesenktem Kopf und wirkten, als hätten sie die Hände auf dem Rücken verschränkt, wie kleine europäische Philosophen in Segelzeug. Aber ihr Gang war weniger rhythmisch als der von Philosophen, weil die Austernfischer damit beschäftigt waren, ihren Lebensunter-

halt an Muscheln zu verdienen. Während meiner Kindheit am Breydon war der Tag lang und ruhig; es gab genug Zeit, ohne Eile über alles nachzudenken, sich alles viele Male anzusehen.

Dann war der Austernfischer auf den Bildschirmen verschwunden; man sah Schlickflächen und das Meer. Der Austernfischer hatte damals sehr elegante Farben getragen: Sahneweiß, samtschwarz, orangener Schnabel und Augenringe, rosa Beine. Auf den Schwarzweißfernsehern wirkte er existentieller; ein Arbeitsvogel, allein auf der Welt. Hier stehe ich, dachte ich, dreiundvierzig Jahre alt und warte auf einen Wasserkäfer. Meine verheirateten Freundinnen tragen Kleider von Laura Ashley, und in ihren Häusern hängen grobkörnige Fotos, die sie mit ihren nackten Kindern barfuß an europäischen Stränden zeigen. Ich lebe allein, trage alle möglichen Kleider, habe der vegetarischen Versuchung widerstanden und halte keine Katzen.

Ich kam an der Stelle vorbei, wo sie die Straße aufreißen, und die drei Arbeiter in dem Loch sagten zum erstenmal «Guten Morgen!». Bislang hatten wir einander nur zugenickt.

Als ich in meine Wohnung gehen wollte, trat Webster de Vere, der arbeitslose Schauspieler von nebenan, aus seiner Tür. «Faszinierendes Hobby», sagte er, als er das Aquarium sah. «Ich halte schon seit Jahren Fische. Schwarze Zahnkarpfen, wissen Sie. Nichts Aufregendes, einfach ordentliche kleine schwarze Fische. Was werden Sie in Ihrem Aquarium halten?»

«Einen Wasserkäfer», antwortete ich.

«Einen Wasserkäfer», meinte er. «Faszinierendes Haustier. Wenn Sie jemals Schnecken brauchen, sagen Sie es mir. Ich habe Unmengen. Halten das Becken sauber, wissen Sie.»

«Danke», sagte ich. «Für mich ist das alles neu. Ich muß sehen, wie ich zurechtkomme.»

Er ging durch den Flur, wobei er seinen Spazierstock schwang. Soweit ich weiß, ist er die ganzen fünf oder sechs

Den Lebensunterhalt …

...mit Muscheln verdienen – für Austernfischer ganz natürlich. Auch für die Menschen hatten Muscheln immer wieder ganz besondere Bedeutung. Im alten China, in Ozeanien, Afrika und bei den Indianern waren sie Zahlungsmittel und ein Zeichen für Besitz.
Wir haben heute mehr und andere Möglichkeiten und brauchen auch «unbemuschelt» nicht unbemittelt zu sein.

Jahre, seit er mein Nachbar ist, arbeitslos. Er hält sich so fit, daß man sein Alter nur schwer schätzen kann, aber der Helligkeit der Augen nach würde ich sagen, er ist mindestens fünfundfünfzig. Die meisten Stimmen, die ich durch die Wand höre, stammen von jungen Männern vom Typ Antiquitätenhandlung, aber ich glaube, er lebt von alten Damen. Ich habe eigentlich keinen Grund, so zu denken, aber ich finde, er sieht so aus. Seine Augen wirken, als habe er die richtigen versetzt und trüge angemalte.

Nachdem ich das Aquarium aufgestellt hatte, suchte ich in meinem Buch von Bewick nach einem Stich von einem Austernfischer, konnte aber nichts finden. Bewick hat den Morinell, den Rotschenkel, die Pfuhlschnepfe und den Zwergstrandläufer gezeichnet, aber in meinem Buch gibt es keinen Austernfischer. Er hätte ihn sehr gut gezeichnet; das ist seine Art von Vogel. Meine besten Vogelzeichnungen habe ich für *Delia Schwalbes Einweihung* gemacht, eines meiner frühen Bücher. Die Geschichte war albern, aber die Schwalbe war gut beobachtet, eindeutig vom Typ Laura Ashley.

3. *William G.*

Er muß aus Weichplastik gewesen sein, dieser Gorilla von dem Jungen. Ich glaube, solche Dinger macht man nicht mehr aus Kautschuk.

Es gibt Schildkröten, die entlang der brasilianischen Küste ihre Fanggebiete haben, und sie schwimmen vierzehnhundert Meilen weit, um ihre Eier auf der Insel Ascension im Südatlantik, auf halbem Weg nach Afrika, abzulegen. Ascension ist nur fünf Meilen lang. Niemand weiß, wie sie die Insel finden. Unter den Schildkröten im Zoo gibt es zwei Suppenschildkröten, eine große und eine kleine. Auf dem Schild stand: *Aus der Suppenschildkröte Chelonia mydas wird Schildkrötensuppe herge-*

stellt... Aus mir wird also dann William-G.-Suppe hergestellt, sollte es mal soweit kommen. Jeder ist die Quelle für seine oder ihre Suppe. In einer so großen Stadt wie London laufen eine Menge Suppen rum. Wie finden die Schildkröten Ascension? Dort gibt es auch Haie im Wasser. Einige Schildkröten werden von Haien aufgefressen. Wissen die Schildkröten von den Haien? Wie vermeiden sie, an die Haie zu denken, wenn sie diese vierzehnhundert Meilen zurücklegen? Suppenschildkröten müssen eine Art Verstand haben, der nicht an Haie denkt, es sei denn, sie sehen einen. So muß es sein. Ich kann mir nicht vorstellen, daß sie vierzehnhundert Meilen lang nur an Haie denken. Seeschildkröten können sich nicht in ihren Panzer zurückziehen wie Landschildkröten. Ihre Panzer sind wie enge Knochenwesten, und die Flossen stecken immer heraus. Sie können nichts tun, wenn ein Hai vorbeikommt. Beten. Lächerlich, sich eine betende Schildkröte vorzustellen, wenn von unten diese ganzen Zähne auf sie zukommen.
Mr. Meager, der Leiter der Buchhandlung, Quelle der Meager-Suppe, blieb eine Weile vor mir stehen. Als ich ihn bemerkte, fragte er mich, ob ich über etwas nachdächte. Suppenschildkröten, antwortete ich. Ob das etwas sei, was wir bestellt hatten, wollte er wissen. Nein, sagte ich, das sei die Quelle für Schildkrötensuppe. Er ging mit mühsamem Lächeln davon.
Schwer vorstellbar, daß sie es schaffen, indem sie wie ein Segler mit einem Sextanten den Sonnenwinkel beobachten. Carr bezweifelt es, und er ist ungefähr die größte Autorität in Sachen Schildkröten. Aber genau das tun Pinguine, wenn sie über Land ziehen. Sie sind auch gute Navigatoren. Ich stelle mir die Schildkröten vor, wie sie den ganzen Weg nach Ascension gegen die Strömung anschwimmen. Ich stelle sie mir vor, wie sie durch das goldgrüne Wasser über dem Dunkel schwimmen, über der Kälte der Tiefe, dem Schlund des Dunkels. Und ich stelle mir die Sonne über dem Wasser vor, die Sonne im Wasser, das Auge, das die Sonne hält, und gedan-

kenlos von ihr gehalten wird, nur durch den Rhythmus des Schwimmens, die gleichmäßigen Flügelschläge der Flossen im Wasser. Dann ist es nicht mehr schwer zu glauben. Anders kann es wohl gar nicht gehen, das ist die wahre und einzige Weise, zu *sein*: schwimmen, schwimmen, das Auge von der Sonne gehalten, an keinen Hai denken, an nichts denken. Und wenn sie die Sonne nicht sehen können, was dann? Ihre Augen sind nicht gut genug, um die Sterne zu sehen. Richten sie sich nach Geschmack, Geruch, Vertrauen?

Am Abend ging ich auf eine Tasse Tee hinunter zu Mrs. Inchcliff, meiner Wirtin. Sie war nicht in der Küche. Ich fand sie im Schuppen. Als ihr Freund Charlie noch bei ihr wohnte, verbrachte er hier eine Menge Zeit. Dort steht eine Arbeitsbank, und sie saß unter dem grünen Lampenschirm und hatte die Beine auf einen Sägebock gelegt. Sie ist sechzig, immer noch eine gutaussehende Frau; muß schön gewesen sein, als sie noch jung war. Trägt immer Jeans und Blusen und Sandalen, das Haar lang. Von hinten sieht sie wie ein junges Mädchen aus, aber das Haar ist grau.

«Mit ein bißchen mehr Kapital hätten Charlie und ich den Antiquitätenladen in Schwung gebracht», sagte sie. «Wenn wir es noch ein Jahr ausgehalten hätten, hätte es geklappt. Charlie wollte es so gern.»

Charlie hatte in der Tat gute Sachen aufgestöbert, er hatte die Farbe abgebeizt und lackiert, repariert und restauriert. Er war fünfundzwanzig, als sie sich vor zwei Jahren trennten. Er ging mit einer Fünfzigjährigen, die auf der Portobello Road einen Stand hatte.

Als er und Mrs. Inchcliff noch zusammen waren, hatte ein Großteil der Antiquitäten sie überhaupt nichts gekostet. Sie gingen fast jeden Tag mit ihrem alten Kombi auf Jagd. Sie hatten eine reguläre Route entlang der Müllkippen, und sie fand immer etwas. Wenn ein Gebäude abgerissen werden sollte, schlug sie gewöhnlich jeden anderen bis zum letzten Türklopfer aus dem Rennen, und sie schien die ergiebigsten

Müllcontainer auf beiden Seiten des Flusses zu kennen. Ständig verhökerte sie alte Türen und Kommoden und verschiedene Holzteile und Eisenwaren, eher aus Gewohnheit als aus irgendeinem anderen Grund, aber ich möchte schon meinen, sie verdiente ein paar Pfund die Woche, indem sie das Zeugs an Händler verkaufte.

«Wenn Sie jemals was aus Holz arbeiten wollen», sagte sie, «Regale oder sonst irgendwas, können Sie das Werkzeug und alles andere hier benutzen, wann immer Sie wollen.» Das hat sie mir öfter gesagt.

«Danke», sagte ich. «Im Augenblick brauche ich nichts.» Als ich noch ein Haus hatte, machte ich Sachen selber. Als ich eine Familie hatte. Als die Mädchen auf meinem Schoß saßen und ich ihnen vorlas.

Ich setzte mich auf eine Kommode. In der Ecke lehnte eine Sackkarre, noch aus den Tagen des Antiquitätengeschäfts. Ich sah mich mitten in der Nacht über eine dunkle Straße gehen und eine Schildkröte auf einer Sackkarre fahren. Nur ein Blitz, dann war das Bild verschwunden. In der Tasche meiner Strickjacke war ein Kieselstein zurückgeblieben, als ich zum letztenmal zu rauchen aufhörte. Vom Strand in Antibes. Guck mal, Daddy, das ist ein schöner. Er fühlte sich kühl und glatt zwischen meinen Fingern an.

«Ich frage mich, wie es Charlie jetzt geht», sagte Mrs. Inchcliff.

Es muß in der Welt eine Menge Menschen geben, die über andere Menschen nachdenken, die sie nicht mehr sehen.

4. Neaera H.

Ich glaube, ich habe noch nie gesehen, daß jemand eine Streichholzschachtel hochhob, ohne sie zu schütteln. Komisch. Es dauert länger, die Schachtel zu schütteln, als sie zu öffnen, macht aber weniger Mühe. Es hört sich angenehm an, wenn viele Streichhölzer in der Schachtel klappern; man bekommt das Gefühl von Überfluß. Niemand möchte eine Streichholzschachtel öffnen und sie leer finden.

Ich zündete mir eine Zigarette an und betrachtete das Päckchen mit dem Wasserkäfer. Ein hübsches kleines Päckchen aus braunem Papier, kurz und zylindrisch, mit Luftlöchern an der Oberseite. Als ich das braune Papier abwickelte, fand ich eine hübsche kleine Dose mit Luftlöchern im Deckel. In der Dose lag der Käfer auf feuchtem Moos. Es war ein Weibchen, das erkannte ich an den Wülsten der Flügeldecken. Keine Männchen lieferbar, hieß es auf der Rechnung, die auf die Dose geklebt war. So ist das Leben.

Ich schob sie mit einem Bleistift in das kleine Netz, das ich gekauft hatte, hob dann den Deckel vom Aquarium und setzte sie ins Wasser. Sie schwamm sofort auf das Plastikwrack zu und huschte hinein.

In einem meiner Bücher wird ein Naturforscher zitiert, der dreieinhalb Jahre lang einen Wasserkäfer mit rohem Fleisch ernährte. Ich warf rohes Fleisch durch die Futteröffnung. Der Käfer rannte darauf zu, schleuderte es ein wenig hin und her, ließ es liegen und klammerte sich an eine Wasserpflanze.

Irgend etwas wird mir einfallen, dachte ich. *Delia Käfers versunkener Schatz.* Nein, den Namen hatte ich schon bei der Schwalbe gebraucht. Cynthia Käfer, Sally Käfer, Victoria Käfer. *Victoria Käfer, die Geheimagentin.* Eine Frau der Tat. Ich ging hinaus und setzte mich auf den Platz.

Auf unserem Platz gibt es kein Denkmal. Wenn ich mir Denkmäler ansehe, merke ich immer erst später, daß ich sie nicht sonderlich genau betrachtet habe, aber die Figur, die *nicht* auf unserem Platz steht, *habe* ich genau betrachtet. Ich stelle mir inzwischen einen Springbrunnen vor. Er hat ein großes Steinbecken, und ein kleines Bronzemädchen mit hochgerafftem Rock watet im Wasser. Sie steht nicht in der Mitte, sondern am Rand des Beckens. In der Mitte schießt eine kleine Fontäne etwas höher als das Mädchen in die Luft. Manchmal bläst der Wind Wassertröpfchen auf das Mädchen. Wenn es regnet, ist das Wasser im Becken mit Spritzern übersät, die dem Regen entgegenspringen. Das Bronzemädchen glänzt im Regen. Wenn die Sonne scheint, wandert ihr Schatten über das Wasser, über den Steinrand, über die Pflastersteine um den Brunnen. Das Bronzemädchen steht immer im Zentrum ihres sich drehenden Schattens, der die Zeit ansagt.

Auf dem Sloane Square gibt es wirklich einen Springbrunnen. Mit zwei Becken und einer richtigen Brunnenfrau im oberen Teil, die Wasser aus einer Muschel gießt; eine kniende, bronzene, sportliche Frau, nackt, aber unnahbar. Ich stelle mir vor, daß sie Daphne heißt. Manchmal umkreist eine leere Coca-Cola-Dose hell und glänzend ihr Becken wie der Zeiger einer Wasseruhr. Aber die Bronzefrau und ihr Brunnen sind kalt und schwer, verglichen mit der Statue und dem Brunnen, die nicht auf unserem Platz stehen. Im Becken des Bronzemädchenbrunnens würden Strandkiesel liegen.

Wenn ich meine gewohnten Springbrunnengedanken gedacht habe, merke ich unvermittelt, daß es mir eigentlich egal ist. Soll der Platz doch so bleiben, wie er ist; es ist mir jetzt gleichgültig.

Ich habe nur noch einen einzigen Strandkiesel aus meiner Kindheit, aus Caister. Vermutlich ist das auch egal; die anderen sind immer irgendwie auch vorhanden. In den Büchern werden sie Kiesel genannt, aber ich nenne sie in Gedanken immer Steine. Ich habe viele Steine von Stränden, die ich als erwachsener Mensch gesehen habe; ein Stück Meerporzellan, auf dem eine üppige Elfe mit Schmetterlingsflügeln sitzt, und ein paar Stücke Meerglas. Die Steine von den einzelnen Stränden liegen in verschiedenen Körbchen: St. David's Head, Folkestone, Staunton Sands usw.

In Folkestone habe ich einmal abends vor Lehrern und Bibliothekaren einen Vortrag gehalten, und am Nachmittag jenes Tages ging ich hinab an den Strand; steile Stufen führten zu

einem schmalen Kiesstrand und dem Meer. Strandhütten standen lang nebeneinander gereiht wie Garagen. Es war ein regnerischer Tag im Vorfrühling.
Ein Mann hatte seine Hütte geöffnet, wobei die ganze Front offenstand wie bei einem Puppenhaus. Er tat, was Männer eben tun, wenn sie Pfeife rauchen und im Vorfrühling die Boote reparieren. Brachte irgend etwas in Ordnung vermutlich. Es war kein Boot zu sehen; seine Hütte war sein Boot. All die kleinen Strandhüttenfassaden schoben mich aufs Meer zu, und ich sprang von der Mauer auf den Kies, der beim Laufen unter meinen Füßen rollte und klickte. Ich dachte: Wenn es nun einen Stein mit meinem Namen gäbe? Dann dachte ich: Und wenn mein Name nun auf jedem Stein stünde? Dann: Der Name eines jeden Steins ist in mir. Ich kenne nicht von jedem Stein den Namen, aber er ist in mir. Ich habe vergessen, ob an diesem Tag Vögel da waren. Die Hotels entlang der Promenade waren ebenso hoch wie in meiner Kindheit und ebenso entrückt, selbst wenn man sie aus der Nähe betrachtete.
An diesem Nachmittag kaufte ich ein verbilligtes Vogelbuch mit Illustrationen von John Gould (1804–1881). Es gibt eine hübsche Abbildung von zwei Austernfischern. «Im Rennen, Tauchen und Schwimmen kommt ihnen kein anderer Vogel gleich, während zugleich ihre Wachsamkeit von den anderen Strandvögeln sehr geschätzt wird», steht in dem Buch. In den neueren Vogelbüchern gibt es Hunderte von glänzenden Abbildungen; die Geschicklichkeit der Zeichner ist umwerfend. Aber die Vögel sehen alle so aus wie auf Fotos. Sicher gab es solche Vogelbilder nicht, ehe die Kamera in Gebrauch kam. Goulds Vögel sind wunderschön, aber bescheiden ausgeführt, und er scheint jeden einzelnen lange und aufmerksam betrachtet zu haben. Sein Uhu ist bare Wildheit, aber ohne Bösartigkeit. Von seinem Schnabel baumelt ein totes Kaninchen, das genau wie Peter Rabbit aussieht, nur ohne das blaue Jäckchen. *Bubo bubos* schreckliche bernsteinfarbene Augen sagen

einfach: «Mir ist zugefallen, dies zu tun. Es ist mein Los.» Seine wilden, wolligen Eulenkinder kuscheln sich vor ihn und warten auf das Essen.

5. *William G.*

Ich bin doch wieder in den Zoo gegangen.

Kalter Tag. Windig. Ging von der U-Bahn-Station Camden Town den Parkway hinab und kam an einem Mädchen vorbei, das im Anorak mit hochgezurrtem Reißverschluß ein Baby in einem Kinderwagen schob und verfroren aussah. Herbst? Nein, Frühling. Als nächstes kommt der Sommer. Vier Jahreszeiten pro Jahr. Ich kann mir mühelos vorstellen, daß ich eines Morgens aufstehe und mich entschlossen um keine Jahreszeit mehr kümmere. Ich betrat den Zoo durch den Südeingang und kam auf meinem Weg zu den Seeschildkröten an dem Gehege der Watvögel vorbei.

Lärm aus den Binsen und Sumpfpflanzen im Käfiginneren. Mehr als nur eine Stimme, irgendwie streitend: kliep, kliep, kliep. Kliep, kliep. Zwei schwarz-weiße Vögel mit orangenen Ringen um die Augen, die tief im Kopf sitzen, langen orangenen Schnäbeln und jener Art frostbeuligen, aber robust aussehenden rosa Beinen, die man bei mancher Vogelbeobachterin sieht. Aber diese Vögel waren beide Männchen, glaube ich. Vielleicht war es ein Vogel und sein Doppelgänger. Sie gingen nebeneinanderher und schrien sich an. Hinter dem Schilf gerieten sie außer Sicht. Ich ging um den Käfig herum auf die andere Seite, wo ich sie wieder sah, wie sie zu ihrem Betonstrand um den Teich traten. Sie gingen mit gesenkten Köpfen, und hätten sie Hände gehabt, sie hätten sie auf dem Rücken gefaltet. Beide hielten die Schnäbel gesenkt und vom anderen fortgerichtet, und während ihrer Unterhaltung blickten sie einander hartnäckig aus dem Augenwinkel an.

«Kliep und kliep um Himmels willen weiter», sagte der eine.
«Ich brauche nicht zu kliepen, nur weil du kloopst», gab der andere zurück.
«Dann kliep auch nicht», sagte der erste. «Klank nicht gegen mein Klonk.»
«Oh, ja», sagte der zweite. «Jetzt kloopst du, aber das hast du vor einer kleinen Klonk nicht gekliept.»
«Ich klieke jeden Klenk, den ich vor einem Klink geklopt habe», sagte der erste. «Ich kloop entweder, und du kliepst es, aber hör auf, zu kloopen. Das habe ich gekliept.»
«Ganz schön klenk, wenn du kloupst: Kliep's», sagte der zweite. «Du bist es jedenfalls nicht, der den Kwonk wieder kleggiet.»
Ich wollte nichts mehr hören. Im Käfig hing ein Schild mit Bildern der Bewohner. Die zwei waren Austernfischer. Das ist lächerlich. Ich möchte gern wissen, wann die zum letztenmal eine Auster gefischt haben. An einer Seite ihres Wasserbekkens, das kaum mehr als eine Delle im Beton war, lagen ein paar sehr alte Muscheln. Auf dem Schild waren noch Bilder von anderen Vögeln, aber ich wollte nichts mehr wissen.
Hat die Gefangenschaft die Gibbons korrumpiert? Wie können sie wohl in einem Käfig glücklich sein? Aber es scheint ihnen nicht sehr viel auszumachen. Heiter ist die einzig richtige Bezeichnung für sie. Vielleicht bedeutet Luftakrobatik für sie das gleiche, was Jazz für Musiker bedeutet, die, egal, wo sie sind, spielen, ob sie nun dafür bezahlt werden oder nicht, einfach um der Sache willen.
Sie haben einen ziemlich großen Flugkäfig mit Querstangen in regelmäßigen Abständen, an denen sie herumturnen können. Sie schweben in langen, leichten Bögen durch die Luft, fangen sich, lassen los, wobei sie die ganze Zeit so lässig scheinen, als hätten sie die Hände in den Taschen. Sie wirken kühl, aber lebendig, nicht zurückgezogen. Die kleinen, schwarzen Gesichter sind voller Zen. Jazzakrobaten sind sie, und sie

scheinen auf philosophische Weise über solchen Kleinigkeiten wie einem Käfig zu stehen. Sie stehen über mir, das gebe ich zu. Und Snobs scheinen sie deswegen auch nicht zu sein.
Ich empfand eine Art Ausbruchsgefühl, als sei mein Selbst eine Mauer um mich herum, die ich nicht einreißen oder überklettern könnte. Ich habe kein Talent, kein Zen, wie die Gibbons. Einmal, zweimal, vor langer Zeit. Heraus, fort und in die Luft. Aber wozu erinnern. Heraus war zugleich auch ein Hinein. Auch im Selbst gibt es Mauern. Kann nicht mehr hindurch. Kann nicht leben, heißt das eigentlich. Habe keinen Ort zum Leben. Schleppe mich durch die Tage, die Jahreszeiten, o ja. Aber keinen Ort zum Sein. Unmöglich, die Sonne im Auge zu halten und gehalten zu werden durch Schwimmen, Schwimmen...
Die Wachsfiguren bei Madame Tussaud denken in Wachs an ihre Verbrechen und schleppen sich durch die Tage, die Nächte, die Jahreszeiten. Der Gedanke ist mir zu hoch, es muß mehr daran sein. Das einzige, wovon wir wirklich etwas verstehen, sind Gefängnisse, sogar in Wachs. Wenigstens keine wächsernen Seeschildkröten, Gott sei Dank.
Da waren sie in der goldgrünen Brühe ihres Meerkästchens, dem kleinen Appartement von Ozean. Man erwartete fast einen Stromzähler in der Ecke, in den man fünf Pence stecken mußte, um das Wasser frisch zu halten. Tausende von Meilen in den stummen Augen, Unterwasserhimmel in den Flossenflügeln. Kein Strand, natürlich, kein heißer Sand für das schwangere Weibchen, auf den sie kriechen und die Eier ablegen könnte.
Ein kleiner Junge zeigte auf eine große Karettschildkröte. «Könnte die mich unterkriegen?» fragte er seine Mutter. Sie war höchst wohlerzogen.
«O nein», lachte sie mamihaft und etepetete, «die sind ganz harmlos.»
Das Karettschildkrötenmännchen biß das Weibchen in den Nacken und versuchte, es zu besteigen. Keine Chance. Sie

wollte nicht. Vielleicht werden die Weibchen im Aquarium nicht schwanger und legen keine Eier. Die Dame, die Hosen voller Vornehmheit, ging weiter; der Sohn, den man nicht untergekriegt hatte, folgte.
Tausende von Meilen navigieren. Der Gedanke ging mir nicht aus dem Kopf. Dann stand ein Mädchen neben mir, eins von der prallen Sorte, platzte fast aus den engen Hosen und der Bluse, platzte vor Gesundheit und prallen Genen. *Sie* würde ohne Schwierigkeiten schwanger werden, wann immer sie wollte. Ich dachte immer noch an die Tausende von Meilen.
«Niemand weiß, wie sie es tun», sagte ich.
«Sie müssen einfach im richtigen Moment hier sein, dann können Sie sehen, wie sie es tun», sagte sie. Platz, platz. Die Luft schien voller Lärm. Ich setzte mich auf eine Bank, schloß die Augen und sah goldgrünes Wasser, Tausende von Meilen.

6. Neaera H.

Madame Käfer scheint rohes Fleisch nicht zu mögen. Alles, was ich ihr gegeben hatte, lag in den Pflanzen und auf dem Wrack und wurde fahl und weich. Aber vielleicht hat sie es doch gegessen? Im Larvenstadium frißt der Wasserkäfer nicht auf gewöhnliche Weise; er spritzt Verdauungsflüssigkeit in die Beute und saugt die flüssig gewordenen Gewebe heraus. Vielleicht ist Madame Käfer nie erwachsen geworden? Das Fleisch sieht jedenfalls aus, als enthalte es keinerlei Nährwert mehr. Ich probierte es mit gekochtem Fleisch, und ich glaube, davon hat sie etwas gefressen.
Ein Gutteil ihrer Zeit hängt sie kopfunter, wobei ihr Hinterteil gerade eben die Wasseroberfläche durchstößt. Dort, wo die Tracheen sind, an diesem Ende atmet sie. Vielleicht hat sie ein Periskop? *Victoria Käfer, U-Boot-Matrose.* Wenn sie abtaucht, nimmt sie eine glänzende Luftblase unter einem Flügel mit.

Wenn ich den Deckel vom Aquarium höbe und das Fenster öffnete, würde sie wohl davonfliegen; aber bis zum nächsten Teich ist es eine lange Reise. Manchmal denke ich, sie wartet, aber ich bezweifle, daß sie wirklich die Erfahrung kennt, die die Menschen «Warten» nennen, und wenn nicht, dann braucht sie keine Geduld.

Victoria Käfers Sommerferien. So ein Mist. *Versunkener Schatz* klingt besser. Wie ein Käferschatz wohl aussieht? Ich versuche, ein paar Fliegen für sie zu fangen. Vielleicht stellt sich eine Motte ein, das würde sie mögen. Aber der Schatz in der Geschichte müßte schon aus Edelsteinen oder Geld bestehen.

Es war ein träger Sommernachmittag,
und Victoria Käfer genoß gerade ein gemütliches Täßchen Tee,
als sie ein Klopfen an der Tür hörte.
Sie blickte aus dem Fenster
und sah Sam Hummel, den großen Boss.
«Wenn der denkt, er könnte es noch einmal
mit seiner Erpressung bei mir probieren,
hat er sich aber getäuscht», sagte Victoria
und hob den Feuerhaken hoch.

Victoria Käfer oder Victoria Wasserkäfer? Der längere Name klingt besser. Was würden Snugg & Sharpe wohl zu Gangstern sagen? Immerhin sind sie ein Teil des modernen Lebens, sogar in der Schule, wenn man den Zeitungen glauben soll. Der große Sam weiß, wo der Schatz vergraben liegt, aber er braucht Victorias Hilfe, weil er am Grund des Teiches liegt. Vermutlich von Jimson Krähe dorthin geworfen, als er auf der Flucht war. Er stiehlt immer. Er flog doch über den Teich, als Detektiv Eule ihm auf den Fersen war.

Ich wollte einen Austernfischer sehen, daher ging ich in den Zoo, wobei ich aber kein gutes Gefühl hatte. Der Zoo ist ein Gefängnis für Tiere, die ohne Prozeß verurteilt wurden, und ich fühle mich schuldig, weil ich nichts dagegen tue. Aber nun wollte ich einen Austernfischer sehen und war damit keinen Deut besser als die Leute, die die Austernfischer einsperren, damit ich ihn sehen kann. Und ich selbst hielt einen Wasserkäfer gefangen. Auf der anderen Seite empfinden manche Tiere den Zoo nicht als Gefängnis. Vielleicht wurden sie dazu korrumpiert.

Im Gehege der Watvögel hockte ein kleiner Regenpfeifer, der mich im wirklichen Leben niemals an sich herangelassen hätte, auf einem Schild, kaum einen Fuß von mir entfernt und starrte mich an. Er wußte, daß er in Sicherheit war, weil zwischen uns das Drahtgitter des Käfigs stand. Er hatte seine Unschuld verloren. Offenbar hatte er auch ein Bein verloren, jedenfalls stand er lange Zeit fest auf dem verbliebenen, sehr schlanken Glied, während er mich mit halbgeschlossenen Augen ansah. Nachdem er mich so fast eine halbe Stunde lang festgehalten hatte, brachte er ein zweites Bein zum Vorschein, das dem anderen perfekt entsprach, flog dann auf den Sand und umwarb ein Regenpfeiferweibchen mit einem eleganten kleinen Tanz, der weniger der Lady bestimmt schien, als der Sache selbst. Er streckte seine Beine noch länger und dünner, reckte sich hoch auf, klein wie er war, breitete die Flügel aus, reckte sich höher und gab einen Laut von sich, wie ein winziges Tretboot, während er zugleich die Flügel steif und mit förmlicher Regelmäßigkeit schlug. Gleichzeitig führte er ein paar sehr zierliche Schrittchen aus, fast geistesabwesend, und gab sich, als könne er umwerfend graziös sein, wenn er sich gehenließe. Die Lady sah ihm aufmerksam zu. An einer bestimmten Stelle, wie aufgrund einer gemeinsamen Übereinkunft, daß dem Anstand Genüge getan war, hörte *er* auf zu tanzen und *sie* zuzusehen. Sie gingen weiter ihrer Wege, wie zwei Menschen auf einer Cocktailparty. Aber es waren Austernfischer, derentwegen ich gekommen war, und zwei oder drei lungerten auch herum; aber etwas war falsch, und daher war ihr Anblick langweilig und ereignislos. Ich war ihnen noch nie zuvor so nahe gekommen; es hatte zu ihrem Charakter gehört, daß man sie nur aus der Ferne auf offenen Schlickflächen mit einem niedrigen, fernen Horizont dahinter sah. Diese Austernfischer hier waren so zugänglich, daß sie unbeobachtbar wurden. Einer richtete sich genauso auf wie zuvor der Regenpfeifer und stieß ein dringliches Kliep, kliep, kliep aus. Der Laut huschte wie losgelöst um den Teich, und der Vogel eilte hinter ihm her, wie eine Katze oder ein Kind, das sich allmählich für ein Spielzeug interessiert. Als der Laut starb, verließ ihn der Austernfischer und begann, in ein paar ziemlich alt aussehenden Muscheln herumzustochern.

In diesem Gehege gab es alle möglichen Watvögel, die man normalerweise nicht alle an einem Platz angetroffen hätte. Das Schild verzeichnete Rotschenkel, Papageientaucher, Tordalk, Eiderente, Austernfischer, Kampfläufer, Dreizehenmöwe, Ralle, rotbraune Lachdrossel, Brachvogel, Laysanente und Gänsesäger. Sie hatten das Betonbecken zum Waten, Schilf und Binsen und Büsche und einen Streifen Sand. Die Zoologische Gesellschaft hatte ein Ökotop für sie zusammengeschustert, das wie die Ministädtchen wirkte, die man manchmal an elektrischen Spielzeugeisenbahnen sieht. Die einzelnen Elemente waren jeweils der Realität grob angenähert, aber der Maßstab war nicht korrekt, und die Teile paßten nicht realistisch zusammen.

Die Vögel nahmen das alles gutmütig und vernünftig hin; sie schienen erwachsener als die Zooverwaltung – so als hätte man sie nicht gefangen und eingesperrt, weil sie nicht clever genug waren, dies zu vermeiden, sondern weil sie einfach nicht in Begriffen wie Netz oder Käfig dachten; das waren Dinge für hinterlistige Kinder. Hier waren sie also alle interniert; wie lange, wußte keiner. Sie machten das Beste daraus, besser, als Menschen das geschafft hätten, glaube ich, und alle schienen recht gut miteinander auszukommen. Die Regenpfeifer, die Brachvögel und Rotschenkel, lauter reine Bewicks, schienen stille Heiterkeit allein aus dem Detail ihrer Zeichnung zu gewinnen. Ein Kampfläufer badete, die Halskrause so breit wie möglich gespreizt. Er wirkte wie aus der Filmwelt und als ob er alle anderen «Liebling» nennen wollte.

Ich war unzufrieden, wie immer, wenn man ausgeprägte moralische Vorstellungen in Frage stellen muß. Die Vögel waren keine stummen Gefangenen, die elend zugrunde gingen, wie Doktor Manette in der Bastille, noch schlugen sie mitleiderregend die Flügel gegen den Maschendraht ihres Gefängnisses. Ihr Verständnis der ganzen Sache schien tiefer und schlichter als meins. Natürlich kann auch sein, daß sie dekadent geworden waren. Ich habe einmal einen Film gesehen, in dem Konrad Lorenz auf den Unterschied zwischen zwei Kolonien von Silberreihern hinweist, eine gefangen, die andere frei. Die Freien, die für sich selbst sorgen mußten, waren monogam und kräftig und hielten ihre Anzahl in ökologisch vernünftigen Grenzen. Die gefangenen Silberreiher waren promisk, faul, zu fruchtbar und wahrscheinlich auf dem besten Weg in die Hölle.

Ich kam an den Gibbons vorbei, die zugleich aktiv und nachdenklich wirkten, von reiferem Verständnis jedenfalls als die Gruppe französischer Mädchen, die vor dem Käfig stand und *«Allez! Allez!»* zu ihren Luftkunststücken rief. Ich mied die Löwen, die Rhinozerosse und Elefanten, ging mit gesenktem Kopf an ihnen vorbei, wollte nichts mehr sehen, aber auch nicht nach Hause gehen. Ich gelangte zum Aquarium, gerade als es zu regnen anfing, und trat ein.

Aquarien fand ich immer als Lichtquellen besonders interessant; die Fische sind zweitrangig. Madame Käfers Becken mit seinem versunkenen Wrack, den Wasserpflanzen, dem Kies und einem Stück Meerschaum sieht abends, wenn es beleuchtet ist, sehr hübsch aus. Madame Käfer ist übrigens jetzt aktiver als am Anfang, taucht elegant, und die rotgesäumten Hinterbeine schlagen wie vollendet koordinierte Ruder zu. Mir gefällt auch das Geräusch von Pumpe und Filter; es ist besser als das Ticken einer Uhr. Als Kind hatte ich ein Aquarium ohne Fische. Mein Vater stellte es mir mit Kies und Pflanzen auf, ehe er mir Fische kaufte, aber ich bat ihn, es eine Weile so zu belassen. Die Pumpe gurgelte zärtlich, das grüngoldene Licht war zauberhaft, wenn es im Zimmer dunkel war. Ich setzte eine Meerjungfrau aus Porzellan und einen Zinnreiter hinein, die eine Beziehung zueinander hatten, wie die Figuren auf Keats Griechischer Urne, nur daß der Reiter rostete. Irgendwann wurden mir dann die Fische aufgedrängt, und sie wirkten wie Störenfriede. Ich schenkte sie einem Freund. Das Aquarium brauchte nur das Geräusch der Pumpe, die sanft sich wiegenden Pflanzen, die geheimnisvollen Kiesel und den stummen Reiter, der immerdar auf die Meerjungfrau zuritt, die im grüngoldenen Licht lächelte. Stundenlang saß ich da und betrachtete sie. Die Meerjungfrau und der Reiter stammten von meinem Vater. Ich habe sie noch irgendwo in einer Schachtel, aber ich bin noch nicht soweit, sie herauszunehmen und wieder zu betrachten.

Hier, in der Dunkelheit des Aquariums, gab es viele grüngold beleuchtete Fenster, riesig im Vergleich zu meinem, aber ohne Zauber. Die Fische langweilten sich offenbar tödlich, aber Fische sind natürlich auch nicht dazu da, aus der Nähe betrachtet zu werden; sie vertragen keine genaue Untersuchung. Die Hummer hier sahen kaum lebendiger aus als die in einem Fischrestaurant auf der Warteliste zum Essen. Ich meine, Aquarien sollten sich keinen Hai zulegen, wenn es kein großer ist. Der Tigerhai dort ist so klein, daß er mit seinem leeren Blick und seinem fliehenden Kinn eher wie die Unterwasserform eines Weichlings aussieht statt wie der Vertreter einer mordsmäßig gefährlichen Art. Rochen sollte man überhaupt nicht außerhalb ihrer natürlichen Lebenswelt zeigen: zu viele Fragen tauchen dabei auf.

Die Schildkröten hatte ich schon eine ganze Weile im Sinn, bevor ich sie mir ansah. Ich wußte, daß ich es tun wollte, aber ich schob es vor mir her. Und als ich sie sah, wußte ich nicht, wie ich mit ihnen fertig werden sollte. Unhaltbare Vorschläge sammel-

ten sich in meinem Hirn. Wenn diese Tiere waren, was sie waren: warum gab es dann Häuser, Busse, Straßen? Auf dem Schild stand, daß die Suppen-Schildkröte die Quelle für Schildkrötensuppe sei und die Echte Karettschildkröte der Lieferant für Schildpatt. Aber warum Suppe, warum Brillengestelle?
Im Verhältnis zur Körpergröße hat mein Käfer doppelt soviel Schwimmraum wie die Schildkröten. Und in diesem kleinen Becken flogen sie, flogen, submarine Albatrosse. Ich habe über sie gelesen, sie navigieren Hunderte von Meilen weit durch den Ozean. Ich stellte mir einen Vorschlaghammer vor, der das dicke Glas zerschmetterte, die Schildkröten und ihr bißchen Meer herausließ; aber dann würden sie nur auf dem nassen Boden herumflutschen.
Ich habe immer Angst davor gehabt, mich zu verirren; die geheime Navigationskunst der Schildkröten ist mir heilig. Ich dachte an den kleinen Hafen Polperro in Cornwall, wo man Lampen aus Seeigeln verkauft, und dann wurde ich sehr traurig und ging heim.

7. William G.

Was für eine unheimliche Sache das Rauchen ist, und trotzdem kann ich nicht damit aufhören. Ich fühle mich gemütlich, empfinde Wohlgefühl, wenn ich rauche, mich vergifte, mich langsam umbringe. Vielleicht auch nicht langsam. Ich habe alle möglichen Schmerzen, über die ich nichts wissen will, und ich weiß, woher sie stammen. Aber wenn ich nicht rauche, fühle ich mich nicht richtig lebendig. Ich fühle mich nicht lebendig, wenn ich mich nicht umbringe. Sehr gut. Wunderbar.
Einmal hatte ich mir einen Bart stehen lassen. Ich wollte mein Gesicht im Spiegel nicht mehr sehen, wenn ich mich rasierte, daher hörte ich mit dem Rasieren auf. Ich hatte bereits aufge-

hört, mich anzustarren, wenn ich mir die Zähne putzte und mir das Gesicht wusch, und pflegte mir das Haar ohne Spiegel zu kämmen, indem ich den Scheitel mit dem Finger ertastete. Zuerst war es eine Erleichterung, aber als der Bart zu voller Länge gewachsen war, hatte ich ständig das Gefühl, hinter ihm herzulaufen, daher rasierte ich ihn wieder ab. Seitdem muß ich mein Gesicht fast jeden Morgen ansehen. Ich rasiere mich nicht an meinen freien Samstagen, auch nicht an den Sonntagen, außer ich gehe abends aus.

Ich dachte immer, wenn ich mich rasierte und mein Gesicht ansah, daß das bißchen Zeit nicht zählte, nur eine Zeitspanne zwischen anderen Dingen sei. Und jetzt halte ich es für die Zeit, die am meisten zählt. Das sind die Zeiten, zwischen denen alles andere liegt. Das ist die Zeit, in der nichts mehr hilft und der große schwere Stiefel der Vergangenheit sich dir in den Rücken pflanzt und dich vorantreibt. Manchmal sehe ich vor meinem inneren Auge wie ein Blitz ein Stück Straße, das ich nie wieder sehen werde, manchmal ein Gesicht, das auch vergangen ist. Momente wie Sandkörner, aber der Strand ist leer. Millionen von Momenten in fünfundvierzig Jahren. Briefe in Schachteln, Fotos in Schubladen.

Das Frühstück ist also eine nützliche Sache, ein Versammlungsort für meine sämtlichen Glieder. Wir sitzen alle zusammen am Tisch beim Fenster, um den Tag zu beginnen. Mein Gesicht kommt auch. Frühstück ist immer gleich, absolut zuverlässig, keine Entscheidungen, keine Konflikte: Orangensaft, Müsli, ein Dreiminutenei, eine Scheibe gebutterter Toast, Kaffee, den ich eigenhändig frisch mahle.

Auf dem Flur, direkt vor meiner Tür, befindet sich eine winzige Küche, ein Herd, ein kleiner Kühlschrank und ein Spülbecken. Mr. Sandor benutzt die Küche morgens vor mir, Miss Neap nach mir. Mr. Sandor hinterläßt den Herd immer klebrig und intensiv organisch riechend. Ich weiß nicht, was er zum Frühstück ißt. Tintenfisch vielleicht. Oder Seetang. Unangenehm aussehende kleine Päckchen im Kühlschrank. Ich säubere den Herd immer für Miss Neap. Ich könnte mit Sandor ein Wörtchen reden, aber den Herd säubern ist weniger unangenehm. Das Problem entsteht nur morgens. Auch an Wochenenden ißt er mittags und abends auswärts. Einmal versuchte ich eine Unterhaltung mit dem Mann, und er wedelte mit einer ausländischen Zeitung und grunzte etwas durch seinen dichten Schnurrbart über die Schurken in der Regierung. Er wirkt gewalttätig und schwer beladen mit Gedanken an jenes – welches? – Land, aus dem die Zeitung stammt. Seine Aktentasche sieht immer so aus, als sei sie voller Würstchen. Ich habe keine Ahnung, womit er seinen Lebensunterhalt verdient. Miss Neap arbeitet in einer Agentur für Theaterkarten und besucht an manchen Wochenenden ihre Mutter in Leeds. Ihr Haar ist von jenem Blond, wie es nur jenseits der Fünfzig vorkommt; sie trägt ein Pincenez, einen eng gegürteten Leopardenmantel und hat Augen blau wie Eis. Wenn Sandor nach *mir* und vor *ihr* frühstückte, ich glaube, er würde den Herd sauber zurücklassen.

Ich denke die ganze Zeit an die Seeschildkröten. Ich spüre, wie sich etwas in mir zusammenbraut, wie ich sonderbar und unsicher werde. Heute kam eine von diesen Frauen, die sich nie an Titel erinnern, in den Laden. So wie sie muß die Quelle für Knightsbridge-Damensuppe aussehen. Sie fragen dich nach einem guten Buch für einen Neffen oder nach etwas Neuem über Rosen für einen gärtnernden Gatten. Diese hier wollte einen Roman, «etwas für eine gemütliche Lesestunde im Cottage». Ich versuchte es mit *Der Kuppler des Königs* von Fallopia Bothways. Geht wie eine Bombe bei denen in den Wechseljahren. Sie hielt die Luft an, und ich merkte, daß ich den Gedanken wirklich laut ausgesprochen hatte: «Geht wie eine Bombe bei denen in den Wechseljahren.»

Sie wurde ganz rot. «Was sagten Sie?» fragte sie.

«Geht wie eine Bombe; das beste, was sie bislang geschrieben hat», sagte ich und sah sie verschwommen an.

Sie überging es und entschied sich für *Speere des Ruhms* von

Taura Strong und beschwerte sich nicht bei Mr. Meager, was eigentlich sehr anständig war. Aber ich muß vorsichtig sein.

Jeden Abend gehen eine Frau und ihr Mann mit ihrer Windhündin langsam am Haus vorbei. Mann und Frau müssen Anfang Sechzig sein, und die Windhündin ist nicht jung. Der Mann zieht ein Bein nach, und wenn das Fenster offensteht, kann ich sie immer kommen hören und weiß, wer es ist, ohne nachzusehen. Sie gehen auf verschiedenen Straßenseiten, die Frau mit dem Hund auf der einen, der Mann auf der anderen Seite. Der Mann arbeitet, glaube ich, für die Stadtwerke. Warum ein Windhund? Vielleicht ist es ein ehemaliger Rennhund. Die Straße ist sehr schmal, ebenso die Bürgersteige, was vielleicht erklärt, warum sie auf verschiedenen Straßenseiten gehen, obwohl ich schon andere Paare beobachtet habe, die *neben*einander hergehen. Vielleicht braucht er wegen seines kranken Beins mehr Platz? Die Windhündin geht natürlich auch sehr langsam, als hätte sie jede andere Fortbewegungsart vergessen. Wenn ich sie abends vorbeigehen sehe, wirken sie überlebensgroß und allegorisch.

Die Untergrundbahn fährt oberirdisch, wo sich die *District Line* mit der *Common Line* kreuzt. Rechts verschwinden die Gleise hinter einer Mauer, links schmelzen sie in Richtung auf Parsons Green und Putney Bridge zusammen. Ich sehe oft den Zügen zu. Vorn an jedem Zug sind sechs Lampen, zwei vertikale Reihen von je dreien, und das Muster, in dem sie leuchten oder nicht leuchten, verrät das Ziel. Bei Sonderzügen brennen alle sechs. Drei links und die untere rechts bedeutet Upminster und so weiter. Sie tragen auch ein kleines Schild, auf dem das Ziel steht. Ich habe sie mit meinem Fernglas beobachtet und den Lichtercode fast vollständig herausgefunden. Alle Zeichen kenne ich aber immer noch nicht. Ich sehe lieber zu, wie die Lichter im Dunkeln verschwinden, und denke: Tower Hill oder so. Manchmal starre ich mit dem Fernrohr auf die leeren Geleise.

Das solide graue Eisen ist für das Auge besonders angenehm; die bunten Lichter schmecken fast rot und grün. Ich habe mit dem Fernglas auch immer Vögel beobachtet. Manchmal höre ich eine Eule aus dem Park.
Wochenenden sind kritisch. Samstage sind nicht so schlecht, weil man in den Laden gehen oder Besorgungen machen kann; es sind Leute auf der Straße, Fußballanhänger am Nachmittag. Sonntage sind gefährlich, die Stille wartet im Hinterhalt. Schließt die Museen, und keiner weiß, was passiert.
Samstag nachmittag ging ich nicht in den Zoo. Ich ging ins National Maritime Museum in Greenwich, um mir Port Liberty anzusehen.

8. Neaera H.

Es gibt eine Verbindung zwischen meinen Schildkröten-Gedanken und meinen Polperro-Gedanken, aber ich bin nicht sicher, ob ich sie entdecke. Polperro steht in den Reiseführern als eines der hübschesten Fischerdörfer an der Küste Cornwalls verzeichnet. Ich habe es letztes Frühjahr zum erstenmal gesehen, als ich Freunde in Devon besuchte. Wir fuhren über viele schmale Sträßchen, die sich zwischen Hecken wanden, überquerten die Tamar-Brücke nach Cornwall, fuhren durch Looe und gelangten zu einem Parkplatz. In der Nähe gab es ein weiß verputztes Gasthaus, an dem man ein glänzend schwarz gestrichenes Mühlrad angebracht hatte, das sich langsam drehte. Ich kann mich an keinen Bach erinnern, der das Rad drehte, und habe den Eindruck, der kleine Wasserspritzer war eigens zu diesem Zweck hergepumpt worden. Eine der Haupterwerbsquellen in Polperro sind die Parkplätze. Wir parkten und gesellten uns dann zu den vielen Menschen, die langsam durch die schmalen Straßen zogen und Eis aßen, Kinder führten, schoben oder trugen und finster diejenigen Autos anblickten, die noch nicht geparkt waren. Es gab viele Postkarten, viele Seeigel, viele Töpferwaren und glänzende Kupfersachen zu kaufen, viele Cafés. Es gab auch ein Miniaturdorf, und der Weg hinein führte durch einen orange beleuchteten Souvenirladen mit Musik. Wir gingen an den Souvenirs, dem Orange-Licht und der Musik wie unter einem Wasserfall hindurch vorbei, zahlten zehn Pence und gelangten in etwas, was wohl früher ein Garten war, nun aber ein Miniaturdorf.

Man hörte Orgelmusik, sehr leise und schepprig, die «Lobet den Herren» spielte. Ich vermutete, sie stamme aus der Miniaturkirche, und hatte recht. Das Miniaturdorf war Polperro selbst, wie man es sehen konnte, wenn man über die niedrige Mauer auf die richtige Straße blickte. Dort sah man ein normalgroßes Schild, auf dem GARNER stand, und daneben das Claremont-Hotel; wenn man hinabblickte, sah man das Miniatur-GARNER und das Claremont-Hotel, als Modell plump und vereinfacht.

Die Modellhäuser und -läden, klobig und schief, wirkten stumpf und geschändet. Es war, als sei ihre Seele, sonst privat und häuslich, gezwungen worden, nackt auf den kleinen Straßen vor den deformierten Gebäuden zu stehen. Als habe jemand gesagt: «Wir brauchen das Geld, du mußt helfen.» Selbst die Boote im Miniaturhafen, töricht und überdimensional in dem stillen Wasser, fluchten fast laut, leugneten jegliche Verbindung mit den echten Booten, den Fischen und dem Meer, versuchten, indem sie sich lossagten, eine Versöhnung mit den ärmlichen Hausgöttern des Hafens.

Eine große orange Tigerkatze ließ sich bequem auf einem der Miniaturdächer nieder, und eine schwarzweiße Katze suchte sich einen Weg durch die Straßen, als fahnde sie nach Sündern für eine Miniaturausgabe des Jüngsten Gerichts. Auf dem Grund des Miniaturhafens lagen Pence- und Halfpennystücke. Bei allen Springbrunnen, die ich kenne, ist das so. Ist

es möglich, daß Leute sich *hier* beim Münzenwerfen etwas gewünscht haben?
Wir tauchten wieder auf, gingen an den Cafés und den Seeigeln vorbei zum Hafen in Lebensgröße, der klein und von einer Mole geschützt war. Es gab nur wenige Fischerboote; eines hieß *Ocean Gift*. Eine junge Frau mit einer Polaroidkamera knipste wiederholt ihr kahles Baby, das ein Gesicht wie ein ausgewachsener Schankwirt hatte, und zeigte ihm jedesmal das Bild. Möwen mit grausam gelben Augen spazierten über den Kai. Eine Dohle hockte auf der Strandmauer, sauber, entrückt, scheinbar voll kritischer Kommentare, aber schweigend. Am Hafen stand ein Schild, das ich mir abschrieb:

HAFEN VON POLPERRO

Polperro ist das beste Beispiel für einen kleinen Fischerhafen in Cornwall.
Die Hafengesellschaft möchte den Charakter beibehalten, ohne der Kommerzialisierung zu verfallen. Die Instandhaltungskosten überschreiten jedoch unser Einkommen.
HELFEN SIE BITTE!

Darunter ein Kasten mit einem Schlitz. Ein paar Meter weiter gab es zwei Läden, einen für Souvenirs und einen für Töpfereiwaren und Kupferzeug und Seeigellampen mit Glühbirnen, die durch die Seeigel hindurch leuchteten. Ich steckte kein Geld in den Kasten. Polperro kam mir vor wie ein Strichmädchen, das Geld sammelt, um seine Jungfernschaft zu behalten.
Die Flut stand noch nicht ganz hoch, und auf der Meerseite der Mauer gab es einen kleinen steinigen Strand. Ich ging die Stufen hinab und spazierte dort entlang. Der Strand bot nicht viel mehr als Glasscherben und Präservative. Immerhin etwas Lebendigkeit, dachte ich. Ich gab mich mit drei Stei-

nen, drei Glasscherben und einem Stück glattgeriebenem Porzellans zufrieden. Als wir den Hafen verließen, sah ich ein Boot im Schlick liegen. Die Planken waren locker, und es hatte ein Loch in der Seite. Jemand hatte mit einem Pinsel SCHEISSE daraufgeschrieben.

Wäre es nicht ebensogut für Polperro, die Boote zu zerstören und den Hafen zu pflastern und einen Parkplatz daraus zu machen? Aber ohne den Hafen und die Schauboote würde niemand dort parken. Wenn man die Schildkröten freiließe, wohin könnten sie eigentlich schwimmen? Wohin könnten sie steuern? Sie schwimmen Hunderte von Meilen zu ihren Laichplätzen. Die hundert Eier, die das Weibchen jedesmal ablegt, reichen gerade aus, um die Art gegen wilde Hunde und Raubvögel auf den Stränden und Haie im Wasser am Leben zu erhalten. Ich habe bei Carr gelesen, daß die wilden Hunde von weit her zu den Stränden kommen, um auf die Ankunft der Schildkröten zu warten. Aber die hundert Eier reichten wohl aus, gäbe es nicht die Hersteller von Schildkrötensuppe! Dreihundert Pfund schwere Schildkröten durchqueren den Ozean und gehen an Land, um für die fünf Pfund Knorpel geschlachtet zu werden, die man an die Suppenfabrikanten verkauft. Sie werden aufgeschlitzt und verstümmelt und mit aufgerissenem Bauch oder sterbend am Strand zurückgelassen.

Wenn ich die Zooschildkröten freilassen will, ist das eine Art Polperrisation – will ich möglich machen, was unmöglich ist? Müßten sie nicht mit Schildern und geschlitzten Büchsen herumschwimmen und um Hilfe und Schutz beten? Schon weit von den Küsten entfernt schwimmt jetzt Müll in den Meeren; vielleicht kreiseln längst Coca-Cola-Dosen zwischen den Eisbergen. Sollten sich die alten Schildkröten an ihre Strände erinnern – es wären nicht mehr dieselben Strände. Vielleicht wäre das einzig Anständige ein Riesen-Schildkrötarium mit entsprechenden Eintrittspreisen; Schildkrötenreiten für zehn Pence, und *Ein Foto mit Ihrer Schildkröte* für 50 Pence. Irgend-

was muß doch irgendwie heil sein, aber mein Kopf ist nicht stark genug, es herauszufinden. Carrs Schildkrötenstation in Tortuguero in Costa Rica hört sich wunderbar an. Klingt wie ein Ort, an dem man nachts durch die Palmen blickt, und immer leuchten Lichter, und immer gibt es Kaffee und Menschen mit Notizblöcken. Tortuguero. Der Name klingt nach heißer Sonne, blauem Wasser, weißer Gischt.
Abends hängt Madame Käfer oft mit dem Kopf nach unten im Wasser und säubert sich mit großem Fleiß die Beine, wie eine Frau, die auf sich hält. Sie scheint sich schön eingelebt zu haben und hat einen guten Appetit entwickelt. Eifrig attakkiert sie das rohe Fleisch, wenn ich es hineinfallen lasse, hängt sich dann kopfüber hin und hält es zwischen den Vorderbeinen, während die Kaumuskeln sich damit beschäftigen. Ich weiß nicht, ob von dem Fleisch wirklich etwas verschwindet; es liegt immer noch eine Menge herum, das nach einer Weile fahl und schleimig wird, aber sie muß etwas herausbekommen, denn sie lebt immer noch. Ich entferne die alten Stückchen mit einem Teesieb aus dem Becken. Als ich zum erstenmal den Deckel abnahm, um dies zu tun, dachte ich, Madame Käfer würde fortfliegen, aber Madame Käfer zog sich einfach in das Wrack zurück, bis ich fertig war.
Ich habe eine kleine Porzellanfigur gekauft, eine Badeschönheit der Jahrhundertwende in einem malvenfarbenen Badeanzug mit Kappe und roten Badeschuhen. Sie sitzt auf einem Felsen, lehnt sich zurück auf einen Ellbogen, hat das rechte Knie angewinkelt und den rechten Knöchel auf das andere Knie gelegt. Ihr hübsches, rotwangiges Gesicht ist zur Seite gerichtet, und wenn sie vor dem Aquarium auf meinem Schreibtisch sitzt, scheint sie Madame Käfer zu beobachten und hat sich mir gerade abgewandt. Möglicherweise hat sie eine eigene Geschichte. Möglicherweise gibt es weder von ihr noch von Madame Käfer eine Geschichte. Ich erlebe vielleicht einmal einen Augenblick, in dem für mich alles nur noch so ist, wie es ist, ohne eine Geschichte.

9. *William G.*

Aktentaschen. Geschäftsleute, Rechtsanwälte tragen Aktentaschen. Als ich noch in der Werbung arbeitete, redeten wir immer davon, was in unseren Taschen steckte. Eine Aktentasche ist im Englischen ein «brief case». «Brief» im Englischen bedeutet kurz. Das Leben ist eine kurze Sache, ein «brief case». Eine kurze Kerze, verlöscht, verlöscht. In der Untergrundbahn saß ein kleiner, sehr arm aussehender Mann in einem fadenscheinigen Anzug, einem nicht sehr sauberen Hemd und mit einer Brille. Er rollte sich eine Zigarette und nahm aus seiner Aktentasche eine prachtvolle, glänzende Broschüre mit phantastischen Farbfotos von Motorrädern. Viele unrasierte Männer tragen Aktentaschen. Ich habe Aktentaschen in Händen von Männern gesehen, die aussahen, als hätten sie irgendwo draußen genächtigt. Weibliche Tramps haben gewöhnlich Plastikbeutel dabei. Ich trage immer einen von diesen aufklappbaren Faltordnern bei mir. Darin ist Papier für Notizen, manchmal ein Buch, ein Brot und ein Apfel zum Mittag. Die Äpfel beulen den Faltordner aus, da kann man nichts machen.

Ich nahm die Untergrundbahn zu den Surrey Docks, von dort aus den 70er Bus. Im Bus saßen ein paar Kinder, die sangen: «Orangen, Zitronen», und sie schienen es in die Länge zu dehnen. Ich merkte, wie ich wartete, wartete auf: «Hier kommt der Metzger, der hackt dir den Kopf, klopf, klopf, klopf!» was auch bald sehr laut folgte.

In Greenwich ging ich direkt zum Modell von Port Liberty, nachdem die Wächter an der Tür in meinen Faltordner gesehen und keine Bombe gefunden hatten. Sie müssen Vorsichtsmaßnahmen treffen, das ist verständlich. Ein Ort wie Greenwich bildet eine Versuchung. Die Gebäude und die Observationskuppel sind so grün und so still und so feierlich, da möchte man einfach aus Respekt eine Bombe legen.

Es schienen mehr Kinder dort zu sein als gewöhnlich. Es sind immer viele da, auch an Schultagen. Kinder scheinen dort die normale Bevölkerung zu bilden, während die Erwachsenen hinein- und heraustreiben und verschwinden. Jedes Jahr wirken die Schulmädchen mit ihren weißen Kniestrümpfen erotischer, scheinen mehr geheimes Wissen zu haben, und man denkt, die könnte vermutlich nichts überraschen. An den Fenstern von Port Liberty stehen immer Kinder. Ich sah einem Mädchen über die Schulter, das ungefähr zwölf Jahre alt war, und der Duft ihres Haars stieg mir in die Nase. Ich weiß nicht, wo meine Töchter jetzt sind. Ich weiß nicht, ob Dora wieder geheiratet hat. Jemand drückte auf einen Knopf, und der Drei-Minuten-Vortrag ertönte. langsam wurde der Modellhimmel dunkel. Eine so perfekte Welt, so klein und doch so voller Ferne. Vor langer Zeit schrieb ich die Schilder ab, die über Port Liberty berichten:

> WENN MAN SICH PORT LIBERTY BEI NACHT NÄHERT:
> Von Anbruch der Nacht an muß sich der Steuermann auf die Navigationslichter verlassen, die andere Schiffe aufsetzen, um eine Kollision zu vermeiden, und an die Lichter von Bojen, Leuchttürmen und Leuchtfeuern, um sich in sicheren Gewässern zu halten.
> Wenn er sich mit seinem Schiff einem Hafen nähert, erwartet ihn eine verwirrende Vielzahl von stetigen und flickernden Lichtern, aber da er gelernt hat, ihre verschiedenen Farben und Abfolgen in Verbindung mit seiner Seekarte zu deuten, ist er in der Lage, sie eindeutig zu identifizieren und dem korrekten Weg in den Hafen zu folgen.
>
> *Was wir hier sehen:*
> Der Leuchtturm von Patrol Point, dessen weißes Licht auf See zwanzig Meilen weit zu sehen ist, blitzt alle dreißig Sekunden auf, wogegen direkt davor das weiße Licht von der Boje bei Landfall jede Sekunde aufblitzt.
> Ein stetiges rotes Licht über einem stetigen weißen Licht in der Nähe der Landfall-Boje deutet auf das Lotsenboot hin, das mit einem Lotsen an Bord auf unsere Ankunft wartet und uns durch die Fahrrinne zum Ankerplatz hilft.

An den weißen Mastlichtern und den grünen Navigationslichtern steuerbord eines großen Schiffes kann man erkennen, wie es sich durch die Fahrrinne bewegt, während die Navigationslichter eines kleineren Schiffes erst sichtbar werden, wenn es aus der zweiten Fahrrinne heraustritt.
Drei weiße Lichter in einem vertikalen Dreieck deuten auf ein Baggerschiff hin, das am inneren Rand von Crushers Bank arbeitet. Es kann sicher auf beiden Seiten umfahren werden.
Die Mastspitzenlichter und Steuerbordlichter eines kleinen Fahrzeugs steuerbord neben unserem Bug deuten an, daß es auf uns zukommt. Die Ränder der Hauptfahrrinne sind durch aufblitzende Bojen bezeichnet; weiter flußaufwärts kann man Lichter von festen Bojen ausmachen, die dem Lotsen helfen, im Tiefwasser zu bleiben.

Modell entsprechend der Vorschriften des Departments of Navigation von Thorp, Modellbauer Ltd. ausgeführt.

In dieser perfekten Nachtminiatur blitzten Lichter auf oder leuchteten stetig, jedes an seiner rechten Stelle. Dann wurde es hell, Sonne glänzte über den fernen Hügeln des Hafens, auf dem Wasser vor mir und den ein- und ausfahrenden Schiffen, und ich näherte mich

PORT LIBERTY AM TAGE
Wenn sich ein Schiff dem Hafen nähert, hat der Navigator verschiedene Hilfsmittel.
Er hat eine Seekarte des Gebietes, die er mit Hilfe der wöchentlich erscheinenden Anweisungen der Admiralität für die Marine auf dem laufenden hält.
Er kennt die Leitzeichen und das internationale System von Bojen und Leuchtfeuern, die die Fahrrinne markieren, der er folgen muß, und nach der er beim Annähern Ausschau hält.
Auf den meisten Schiffen hat er ein Echolotgerät zur Verfügung, das ihn über die Wassertiefe aufklärt, sowie ein Radargerät zur Unterstützung, wenn die Sicht aufgrund von Nebel, Regen oder Schnee schlecht ist.

Was wir hier sehen:
Stellen Sie sich vor, auf der Navigationsbrücke eines Schiffes zu stehen, das sich dem Mündungsgebiet und Port Liberty nähert.
Die Landfall-Boje, die den Eingang zur Fahrrinne markiert, liegt rechts vor Ihnen, und in der Nähe sehen Sie das Lotsenboot, das seine auffallende Codefahne aufgesetzt hat und darauf wartet, einen Lotsen an Bord zu schicken.
Aus der Hauptfahrrinne dampft ein 12000-Tonnen-Frachtschiff, und hinter ihm fährt ein Küstenschiff durch die zweite Fahrrinne, die von kleineren Fahrzeugen benutzt wird.
Vor Plusher's Point fährt ein Fischerboot aufs Meer hinaus, und am inneren Rand von Crusher's Bank arbeitet ein Baggerschiff.
Port Liberty kann von hieraus gerade eben hinter der nächsten Biegung des Flusses erkannt werden, und die Bojen, die die Hauptfahrrinne sowie die zweite Fahrrinne in dem Fluß markieren, sind deutlich erkennbar.

Modell entsprechend der Vorschriften des Departments of Navigation von Thorp, Modellbauer Ltd. erstellt.

So eindeutig und klar, dieses Port Liberty. So präzise und wirklich. Wirklicher als alles, was ich kenne. Natürlich existiert es nicht. Es gibt keinen solchen Ort. Es gibt keine Flußrinne, kein Crusher's Bank, keinen Plusher's Point, kein Port Liberty. Die Karten und Auslotungen, die Fahrrinnenmarkierungen und die Bojen haben in der Wirklichkeit kein Gegenstück in voller Größe. Port Liberty ist eine Fiktion, erfunden von der Admiralität als Nr. 67 im Handbuch der Navigation der Admiralität Bd. 1, und das Nationale Seefahrtsmuseum hat ein Modell davon in Auftrag gegeben.
Das Modell bietet mehr, als man auf den ersten Blick erkennt. Ich bin einmal mit der Firma Thorp, Modellbauer Ltd., in Verbindung getreten und stellte erstaunt fest, daß die winzigen stetigen oder blitzenden Lichter nicht wirklich auf den kleinen Schiffen, dem Leuchtturm und den Bojen sitzen.
Ich konnte es nicht glauben. Der Maßstab war dafür zu klein, sagte man mir. Die Lichter sind unter dem Modell angebracht, und es gibt ein Spiegelsystem, übernommen von einer

alten Bühnenillusion namens «Pfeffers Geist». Das Nachtfenster ist ein Spiegel, und die Lichter, die alle so perfekt an ihrem rechten Platz leuchten oder blinken, sitzen nicht da, wo man sie sieht. Ich denke oft daran.

10. Neaera H.

Ich finde, Gerald Manley Hopkins hätte für sein Gedicht *The Windhover* mehr Lob verdient, wenn er es nicht geschrieben hätte. Ich glaube, daß Bashos Frosch, der in den alten Teich sprang, mehr von einem Falken hatte als Hopkins Vogel, einfach, weil er mehr so *ist*, wie die Dinge nun mal *sind*, einschließlich Falken und alles andere. *The Windhover* scheint mir ein weichliches und albernes Gedicht. Aber mein Urteil ist so subjektiv geworden, daß ich inzwischen viele Dinge zu meiden habe. Eine Zeitlang habe ich Gedichte gemieden, so gut es ging, aber dann öffnete ich in einem unbedachten Augenblick das *Faber Book of Modern Verse* und stieß auf Hopkins. Windhover ist der alte Name für den Vogel, der nun «kestrel» heißt, Turmfalke. Ich habe sie über Hecken schweben gesehen; sie wollen keine wohlgesetzten Worte, sondern nur die schlichtesten und knappsten, sicher nichts Längeres als ein Haiku, und am liebsten überhaupt keine Worte. Ich bin heute weniger einsichtig als in meiner Jugend.

Es gab vor langer Zeit einmal einen Turmfalken für mich; vermutlich hat mich das Gedicht daher so geärgert. Wir lagen in einer Wiese, blickten auf, öffneten den Mund und sagten nichts.

Das Spektrum menschlicher Charaktere und Handlungen ist nicht breit. Ich habe das gleiche Gesicht bei einer aristokratischen Dame und einem Barmädchen gesehen. Und es gibt offenbar nur ein paar Sachen, die man in verschiedenen Kombinationen mit dem Leben anstellen kann. Als ich noch jung war, hätte ich die Vorstellung, ich sei selbst nur ein Stereotyp, nicht akzeptieren können. Jetzt kann ich es. Ich bin eine mehr oder minder künstlerisch-intellektuell aussehende Frau von dreiundvierzig, unverheiratet, kleide mich eher stilvoll als modisch und wirke wie diese Sorte alter Jungfern, die weder Katzen halten noch vegetarisch essen. Wirke wie die Frau eines Mannes und habe doch keinen. Als ich noch klein war, sagten mir die Erwachsenen oft, ich solle lächeln, was ich anmaßend fand. Manche Leute sagen mir das immer noch, meistens Idioten auf Partys.

Manchmal frage ich mich, ob ich wirklich den Kinderwagen, den ich statt einer Einkaufstasche auf Rädern benutze, aufgeben soll. Er hat rot-weiße Streifen wie die kleinen Zelte, die man über Löcher in der Straße aufschlägt. Vielleicht werden beide von der gleichen Firma hergestellt, das würde mir gefallen. Eine Freundin, deren Kinder herausgewachsen waren, brachte mir ein Orangenbäumchen darin als Geschenk und überließ ihn mir, und ich habe ihn nie zurückgegeben. Man sieht manchmal einen bestimmten Typ alter Menschen, die zerbeulte Kinderwagen mit Müll oder schäbige Sportkarren voller Beute schieben. Mein Kinderwagen ist aber immer gut in Form, und ich bin noch nicht arm und alt.

Irgendwie halte ich meine Arbeit durch, wenn auch immer im Rückstand, und oft weiß ich nicht, ob ich wache oder schlafe. Meine Unterlagen driften sanft von Ordnung in Chaos hinüber, und im Gästezimmer verstauben alle möglichen Sachen. Ich finde nicht immer, was ich suche. Leicht ist der Weg bergab in die Hölle. Ich sitze an der Schreibmaschine, ich sitze am Zeichentisch; von Zeit zu Zeit erscheinen Fahnen, dann gebundene Exemplare, daher scheine ich immer weiterzumachen. Zweimal jährlich die Honorarabrechnung. «*Gillian Wühlmaus macht einen Flohmarkt* war auf der letzten Verkaufskonferenz der absolute Hit», schreibt mir mein Lektor, «und wir erwarten noch bessere Verkaufszahlen als für *Gillian Wühlmaus feiert Weihnachten*. Was immer Gillian als nächstes im

Schilde führt, wir und alle anderen Fans freuen uns auf ihr nächstes Wiederauftauchen.»
Nun, Gillian Wühlmaus hat sich ausgewühlt. Ums Sterben würde mir im Augenblick keine weitere Gillian-Wühlmaus-Geschichte einfallen. Mir ist Madame Käfer recht lieb geworden, aber einfach als Wohngenossin. Plötzlich weiß ich nicht mehr, habe nicht die geringste Ahnung, wie manche Leute einfach aus allem Geschichten machen. Alles ist so, wie es ist, wie zufällig es auch passiert; warum dann Geschichten erfinden?
Um drei Uhr morgens saß ich wach im Dunkeln, blickte aus dem Fenster auf den Platz, wo kein Brunnen ist, und dachte an die Schildkröten. Das Grundproblem von allem ist, daß sie etwas finden können und daß man es ihnen nicht erlaubt. Was kann man einem Lebewesen Schlimmeres antun (außer umbringen), als es daran hindern zu finden, was es finden kann? Wie müssen sie sich fühlen? Gibt es ein Gespür in ihnen für einen grünen Ozean, weiße Gischt und heißen Sand? Vermutlich nicht. Aber sie haben einen Trieb, es zu finden, auch wenn sie in ihrem grüngoldenen Licht herumschweben und die Flossenfüße bei der Kehrtwendung gegen das Glas klicken. Kann man etwas dafür tun? Ich habe keinen organisatorischen Verstand.
Was gibt es noch zu finden? Thomas Bewick folgte dem Muster des Lichts sorgfältig von einer Feder zur anderen, John Clare betrachtete aufmerksam Hecken, Emily Dickinson ätzte abgedroschene Wörter mit Gedankenstrichen. Ella Wheeler Wilcox beharrte unerbittlich. Shackleton kehrte entgegen jeder Chance zurück. Scott nicht. Es gab ein Einhandsegelrennen um die Welt, bei dem einer der Skipper an irgendeiner Stelle des Ozeans stehenblieb und falsche Positionen durchgab.
Es gibt keinen Ort mehr, den ich finden könnte. Keinen Strand, keine Brutstätte. Schulde ich den Schildkröten deshalb mehr? Oder weniger? Ist jeder verpflichtet, den Leuten finden zu hel-

fen, die es in sich tragen? Ich habe ein antiquarisches Buch über Mathematik gekauft, ich weiß nicht warum. Es handelt von sich selbst reproduzierenden Automaten. Nicht von Robotern, sondern von mathematischen Modellen. Das Buch behauptet, beliebige Suche käme bei der Evolution nicht in Betracht. Offensichtlich will etwas gefunden werden. Der Pfeil der Zeit deutet nur in eine Richtung. Selbst der gerade vergangene Augenblick kann nicht wieder erreicht werden.

Ich ging in die Küche, machte mir Tee und Toast, kehrte zurück, setzte mich mit geschlossenen Augen in meinen Lesesessel. Als ich sie wieder öffnete, war es Zeit zum Mittagessen. Ich aß Käse und einen Apfel und ging aus. Ich hatte nicht vorgehabt, in den Zoo zu gehen, aber ich landete dort.

Die Pinguine jappten und krähten auf eine Weise, die unmißverständlich mit Fortpflanzung zu tun hatte. Ein australischer Kranich vollführte einen bemerkenswerten Tanz für seine Genossin. Es war, als seien Zeit und Ort in *ihnen* angesiedelt und nicht in ihrer Umgebung – wie bei Engländern, die sich selbst auf einer Plantage in Borneo zum Abendessen umkleiden. Löwen und Tiger besitzen solche Fähigkeiten nicht, müssen wie wahnsinnig auf- und ablaufen oder still liegen und dösen.

Ich stand eine Zeitlang im Dunkeln vor dem Schildkrötenbekken, weniger, um die Tiere anzuschauen, als einfach nur, um bei ihnen zu sein und zu warten. Ein Mann in Hemdsärmeln trat aus einer Tür mit der Aufschrift PRIVAT und blieb vor den Fischbecken stehen, als überprüfe er etwas. Er war offensichtlich ein Wärter, und er verströmte eine Atmosphäre von Anständigkeit, als schenke er seine Aufmerksamkeit nur Dingen, die ihrer wirklich bedürfen.

Ich probte in Gedanken die Frage mehrere Male, und dann sprach ich ihn an.

«War irgendeine von den Schildkröten ausgewachsen, als man sie hierherbrachte?»

«Nein», antwortete er. «Sie waren noch klein, als sie kamen,

kaum mehr als ein oder zwei Pfund schwer. Die großen leben schon seit zwanzig, dreißig Jahren hier.»
«Ausgewachsene Schildkröten», sagte ich. «Wie transportiert man die denn?»

11. William G.

Neulich nachmittags kam eine Dame in den Laden, Typ Künstlerin-Intellektuelle, ungefähr mein Alter oder jünger. Sie trug einen langen orangefarbenen Rock mit indischem Muster, eine alte lila Samtjacke, ein Jeanshemd und teure Stiefel. Sah gar nicht schlecht aus. Ziemlich bekümmertes Gesicht, Ringe unter den Augen. Am liebsten hätte ich sofort angefangen, mit ihr zu reden, Stunden um Stunden, einfach über alles. Und gleichzeitig hätte ich am liebsten überhaupt nicht mit ihr geredet.
Sie schlenderte eine Zeitlang wie schlafwandlerisch vor der Abteilung Naturkunde hin und her, nahm Bücher heraus, blätterte die Seiten um, oft ohne sie anzusehen. Dann nahm sie sich einen Band von Robert Bustard über Seeschildkröten und las im Stehen ungefähr ein Viertel durch. Unheimlich, wie sie las. Als hätte sie einfach vergessen, das Buch wieder hinzustellen. Und unheimlich, daß sie über Seeschildkröten las. Natürlich kann ich nicht der einzige sein, der sich dafür interessiert, aber ich hatte das schockierende Gefühl, als gäbe es da noch ein anderes Ich, allein, mit den gleichen Gedanken im Hirn eingeschlossen. Ich, was heißt das schon? Eine willkürliche Begrenzung, eine Einbindung durch die Menschen hinter mir, vor mir und zu beiden Seiten. Wo sie aufhören, fange Ich an. Ich habe einmal einen Comic gesehen über einen Maler, der eine sehr lange Landschaft malte. Als er fertig war, zerschnitt er sie in vier Landschaften von normaler Größe. Meistens trifft man keinen anderen aus dem

gleichen Bild. Wenn doch, kann es einen aus der Fassung bringen.
Ob wir etwas Neueres über Seeschildkröten hätten als Bustard, fragte sie. Ihre Stimme klang, wie ich erwartet hatte, tief und rauchig. Sie sprach, als käme sie von einem langen Weg, wo auch immer ihre Gedanken gewesen waren, und als könne sie nicht lange bleiben.
Nein, antwortete ich. Nichts Neueres. Ob sie denn Carr gelesen hätte?
Ja, das hatte sie. Sie blickte mich direkt an, als ich Carr erwähnte, als registriere sie die Tatsache, daß mir der Name geläufig war. Dann wanderten ihre Gedanken offenbar woandershin, sie dankte und verließ den Laden.
Eigentlich schade. Wäre sie jung und hübsch gewesen – hätte ich wohl versucht, die Unterhaltung weiterzuführen? Vielleicht. Vielleicht auch nicht. Ich will eigentlich nicht mit einer Frau reden, in deren Kopf sich die gleichen Sachen angesammelt haben wie in meinem. Und ich interessiere mich schon seit einer ganzen Weile überhaupt nicht mehr für Frauen, jedenfalls nicht realistisch. Phantasierend sicher. Aber nicht aktuell, handgreiflich. Nach der Scheidung ging ich eine Zeitlang mit so vielen Mädchen ins Bett wie möglich, aber nichts war von Dauer, und ich wollte es auch nicht. Sie wollten Aufmerksamkeiten, Aufmerksamkeit für eine Gegenwart, an der sie teilhatten, und für eine Zukunft, die ihnen gehörte, und meine Gedanken waren anderswo.
Ich wollte immer eine Frau finden, mit der ich Chopin hören könnte. Nicht Scarlatti. Auch keine Haydn-, Mozart- und Beethoven-Quartette. Nicht einmal Bach. Ich habe seit mehr als einem Jahr nicht mehr die h-Moll-Messe gehört. Seit einiger Zeit schon ist mir der Gedanke an Musik völlig fremd. Ich kann mir nicht mehr vorstellen, warum man sich auf solche Weise mit Tönen beschäftigen kann. Ich kann auf einem Bahnsteig in der Untergrundbahn stehen und dem Quietschen der Schienen zuhören, wenn sich ein Zug nähert, dem

Donnern, wenn er abfährt. Ich kann geistesabwesend den Fußballspielern auf der Wiese zuhören, vorbeifahrenden Eisenbahnen, Flugzeugen über mir. Gegen pure Geräusche habe ich nichts, aber mit Musik habe ich nichts mehr am Hut. Nicht, daß ich nicht mehr meditieren könnte oder so. Ich möchte eben nur noch einfache Töne und Stille hören.

An meinem freien Freitagnachmittag ging ich wieder in den Zoo. Einer der Wächter im Aquarium kam aus der Tür mit der Aufschrift PRIVAT, und ich fragte ihn nach den Schildkröten. Die großen sind schon seit zwanzig oder dreißig Jahren dort, erzählte er mir. Ich fragte ihn, ob man von der anderen Seite her in das Becken schauen könne. Ja, antwortete er, und führte mich durch die PRIVAT-Tür. Man mußte ein paar Stufen hinaufgehen und durch ein Loch in der Wand klettern, und an der Rückseite des Beckens befand sich ein Laufsteg aus Brettern. Es war hell erleuchtet und wirkte wie hinter einer Bühne. Die Schildkröten sahen von oben anders aus.

«Sie haben nicht die gleiche Farbe wie in natürlichem Licht», sagte der Wärter. «Die Farben bleichen hier aus.»

«Wäre es schwierig, sie hier herauszuschaffen?» fragte ich.

«Nicht, wenn wir das Becken säubern», antwortete er. «Wir stecken sie dann in die Filter. Ist ein bißchen schwierig, sie durch das Loch zu bekommen; man muß auf die Mäuler aufpassen. Aber *zu* schwer ist es nicht.»

«Wenn nun», meinte ich, «ein Schildkrötenfreak die Tiere stehlen und zurück ins Meer bringen wollte? Was brauchte er dazu?»

«Sie reden wohl über mich», sagte er. «Genau das wollte ich tun. Ich sagte ihnen, wir müssen die Großen freilassen, sie durch kleine ersetzen. Wir gehen zwei- bis dreimal im Jahr nach Southampton und fangen kleine Exemplare, und ich schlug vor, die Großen mitzunehmen und im Kanal auszusetzen. Abgesehen davon, daß ich sie gern frei sehen möchte, bin ich es leid, sie sauberzuhalten. Aber sie wollen nicht, sind nicht an den Schildkröten interessiert.»

«Wäre der Transport nicht ein großes Problem?» fragte ich. «Muß man sie nicht vor dem Austrocknen schützen? Und ist der Ärmelkanal nicht zu kalt für sie?»
«Komisch», sagte er. «Sie sind schon der zweite in dieser Woche, der mich nach Schildkrötentransporten fragt. Neulich hat eine Frau mit mir über die Tiere gesprochen. Manchmal fragt sechs Monate an einem Streifen kein Mensch danach. Das Austrocknen ist auf einer so kurzen Strecke, wie von hier bis Southampton, kein Problem. Wenn man sie auf nasse Säcke legt, überstehen sie die Fahrt. Kaltes Wasser macht sie ein bißchen träge, aber ich glaube, sie finden den Weg in die Nordatlantikströmung, bis sie auf die Kanarische Strömung oder den Golfstrom stoßen. Ich wette, in drei Monaten leben sie wieder in heimischen Gewässern.»
«Diese Frau», fragte ich, «sah sie irgendwie künstlerisch-intellektuell aus? Heisere Stimme?»
«Genau», antwortete er. «Freundin von Ihnen?»
«Nein», erwiderte ich. «Dann ist es also gar nicht so schwierig, oder? Man braucht nur einen Kombi zu mieten und eine Karre oder etwas Ähnliches mitzubringen. Aber hier wird doch sicher nachts alles bewacht?» Ich fragte mich, wann er mich scharf ansehen und mir Fragen über meine Fragen stellen würde.
«Nachtwächter», sagte er. «Aber die gehen ihre Runden nach einem Dienstplan ab. Kein Problem.»
Lud er mich ein, es zu versuchen? Mir gefiel sein Aussehen; wohl einer von der richtigen Sorte. Plötzlich erschien alles ungeheuer möglich, und mir wurde zittrig. «War nett, mit Ihnen zu reden», sagte ich und merkte mir seinen Namen und seine Telefonnummer. George Fairbairn. Er ist der Oberwärter. Es schien im Moment fast zuviel, um daran zu denken, als drängte sich die Sache mir nahezu auf. Und was hatte *sie* mit den Schildkröten vor? Komisch, zwei Köpfe voll Schildkrötengedanken.

12. Neaera H.

Kinder im Sonnenlicht und der grüne Schatten vom Platz. Sie wirken wie aus Licht geformt, aus silbriger Luft oder grünem Schatten, verändern die Substanz, wenn sie von einem ins andere wechseln. Ihre kleinen Rufe und Schreie sind wie bunte Tupfer, die ein Bild des Lauts abgeben, aber wenn man sie genauer betrachtet, bestehen die Punkte aus bunter Stille. Hochbeinig und rasch waten die Kinder zu zweit und dritt durch Licht und Schatten, wie Strandvögel.

Was ich tue, ist nicht so gut, wie das, was ein Austernfischer macht. Kinderbücher schreiben und illustrieren ist nicht so gut, wie mit Orange-Augen und einem Orange-Schnabel in der Ferne an einem Fluß an Meeresstränden entlang laufen und Muscheln suchen. Und fliegen können sie natürlich ebensogut, was eine Menge wert ist. Austernfischer passen in ihre Welt, in ihre Zeit. Ich weiß nicht, wie alt sie werden. Heringsmöwen können bis zu achtundzwanzig Jahre alt werden. Die Augen von Heringsmöwen sind äußerst gnadenlos, ohne Mitleid sogar für den Vogel, dessen Teil sie sind. Sie scheinen keine Vogelaugen zu sein, sondern Meeresaugen, gelbe Augen des Ozeans, die aus Vogelkörpern blicken.

Auch die Augen des Mannes von der Buchhandlung, der Carr kannte, auch sie schienen anders als er selbst, schienen keine Dinge *für ihn* zu sehen. Es war, als fände er sich immer wieder in fremden Häusern und blickte aus Fenstern von Räumen, in denen nichts ihm gehörte. Ein großer, hoffnungslos aussehender Mann mit einem aufmerksamen Gesicht und einem Hauch von zerbrechlicher Präzision, wie ein Falzlineal aus Elfenbein. Ich erinnerte mich an etwas: *The Man in the Zoo*, die Novelle von David Garnett über einen Mann, der sich in einem Käfig einschließt und als Homo sapiens ausstellt. Er scheint zwar nicht in so einer Geschichte

mitzuspielen, aber ich finde, er strahlt eine Art unglücklicher Geduld aus.
George Fairbairn, der Oberwärter im Aquarium, schien recht willig, mir alles über die Schildkröten zu erzählen, was ich wissen wollte. Ich habe das Gefühl, wenn ich ihm erzähle, was mich beschäftigt, würde er mir sogar dabei helfen, und das macht mir natürlich Angst.
Ich kann es unmöglich allein tun. Ich brauche jemanden, der mit den Schildkröten fertig wird und den Wagen fährt. Eigentlich kann ich gar nichts dabei tun, außer für die Kosten aufzukommen. Es wäre eine lange Fahrt bis nach Cornwall, und zwar nachts. Ich würde sie in Polperro ins Meer setzen. Das Geheimnis der Schildkröten und ihre unbekannte Navigationsfähigkeit sind eine magische Realität, Lebenssaft in einer ausgetrockneten Welt. Wenn ich mir vorstelle, die Schildkröten gehen ins Meer, dann denke ich mir einen Ort dazu, der so dringend eine neue Realität braucht wie Polperro.
Das Ende der Dinge liegt immer schon in ihrem Anfang. Das hat natürlich T. S. Eliot gemerkt. Aber mir scheint, als sei das Ende auf den Gesichtern der Menschen wirklich *sichtbar*, mit denen man etwas beginnt. Es gibt immer ein frühes Gesicht, das vergessen wird und dann wieder auftaucht. Manchmal erkennt man einfach den Tod, der zu früh kommen will, wie bei Geoffrey, lange vor jenem Nachmittag mit dem Turmfalken. Aber es gibt noch etwas anderes, einen Aspekt einer Person, den man immer früh erkennt und unvermeidlich wiedersehen wird, egal, wie der Blickwinkel sich in der Zwischenzeit ändert. Der Mann, der zuerst wie ein Schweinehund aussieht und dann charmant wirkt, wird wieder wie ein Schweinehund aussehen, darauf kannst du dich verlassen. Die ängstliche Person wird wieder ängstlich aussehen, der Verlorene verloren. Dieser Mann da in der Buchhandlung sah vor langer Zeit für jemand anders hoffnungslos aus, vermutlich auch für sich selbst, und sein Gesicht ist wieder zu diesem Ausdruck zurückgekehrt. Mein Gesicht sieht mich nicht mehr an, wenn

ich in den Spiegel blicke. Auch das ist eine Rückkehr. Mehr und mehr begreife ich, daß es unbegrenzte Verwandlungen nicht gibt. Nur eine bestimmte Zahl von Dingen kann geschehen, und was geschehen *kann*, *wird* geschehen, egal, ob man Schuppen oder Kleider trägt. Ödipus ging nach Theben, Peter Rabbit in Mister MacGregors Garten, aber die Geschichte ist grundsätzlich dieselbe: Das Leben sucht nur den Schrekken. Beatrix Potter überließ es John Gould, der uns Peter im Schnabel des *Bubo bubo* baumelnd zeigte.
Die Schildkröte in Edward Lears *Yonghy-Bonghy-Bó* sieht auf der Zeichnung aus wie eine Karettschildkröte. Der Mann in der Buchhandlung hat weder einen winzigen Körper, noch ist sein Kopf zu groß, aber er hat ziemlich viel von Yonghy-Bonghy-Bó an sich.

«Durch das stumm brüllende Meer
eilt die Schildkröte schnell her,
auf dem Panzer reitet so
Yonghy-Bonghy-Bó
mit traurig-urtümlichen Galoschen
zur Sonneninsel von Boschen...»

Madame Käfer sieht ein wenig wie eine Seeschildkröte aus, besonders im Profil. Von oben gesehen wirkt sie länger, weniger gepanzert. Ihre Bewegungen sind urtümlich, aber nicht traurig. Heute habe ich das Becken und den Filter gesäubert, und sie patrouillierte mit erneutem Interesse durch ihre Domäne. Ein paarmal lief sie an der Seite auf und ab, die grün vor Algen war und nun sauber ist. Ich möchte wissen, ob sie ihr Spiegelbild sieht. «Domäne» sagte ich, als wäre sie frei und nicht die Gefangene meiner blühenden Phantasie. Das Wrack sieht jetzt recht gut aus, ein wenig pelzig und fleckig, der Mast in grünen Pflanzenwedeln verschwunden. Alle Pflanzen haben neue Schößlinge.
Sehr maritim sieht Madame Käfer aus, so adrett und schiffs-

artig wie ein Modell im Wissenschaftsmuseum. Ihre Unterseite ist braun und regelmäßig scharz gestreift, so ordentlich wie die Planken bei einem Schiffsmodell. Ein viktorianisches Einmann-U-Boot vielleicht, oder eine kleine bewaffnete Galeere. Sie geht an den Seiten auf und ab, und dann rudert sie mit glatten, wellenförmigen Bewegungen einmal ums Becken. Hinter ihrem kleinen Ozean sehe ich Dächer und den Himmel.

Einmal war ich auf der Southbank bei der Royal Festival Hall. Es war ein sonniger Tag mit einem strahlend blauen Himmel. Ich blickte zu einem Zug hoch, der die Hungerford Bridge überquerte. Durch den Zug hindurch sah ich den Himmel, nacheinander von jedem kleinen Fenster gerahmt, während der Zug vorbeifuhr. Jedes Fenster bewegte sich schnell weiter und enthielt kurz ein blaues Rechteck. Die Fenster zogen vorbei, das Blau blieb.

13. William G.

Jetzt ist das Wetter plötzlich heiß geworden; die Tage sind schwül und feucht. Im Laden tauchen immer mehr Menschen mit lauten Stimmen und Sonnenbrillen und Kameras und American-Express-Schecks auf. Viele amerikanische Paare scheinen im Alter das Geschlecht zu tauschen: Der Mann wirkt weiblich, die Frau männlich. Oder vielleicht übernimmt die Frau beide Geschlechter, und der Mann verliert seins vollständig? Gestern kam eine große, starke, ledrige Dame rein und kaufte Reiseführer und Karten. Sie schien ihren Mann unter dem Arm zu tragen, wie manche Frauen ihre Hunde in den Bus heben. «Geh doch lieber und kauf dir Antiquitäten, John», sagte sie zu ihm. «Ich bleibe ein Weilchen hier.» – «Gut», sagte John, als sie ihn abgesetzt hatte. Er ging hinaus und schob dabei sein Teleobjektiv vor sich her wie eine

drei Fuß lange optische Erektion. Wenn die Behörden jemals rauskriegen, was es mit diesen Kameras auf sich hat, dann werden sie den alten Männern verbieten, Telefotos zu schießen.
Der Ozean schlägt zurück. In der *Times* von heute morgen stand eine Notiz über eine japanische Tangart namens *Sargassum muticum*, die sich überall ausbreitet. Er schlingt sich in Propeller und fängt Boote, hieß es in dem Bericht. Das war zu erwarten.
Am Samstagnachmittag ging ich wieder in den Zoo. Im Regents Park schien die helle Sonne, die Luft war klebrig von Eis und Limonade, Menschen ruderten Boote, überall auf der Wiese lagen Mädchen in Bikinis, und die jungen Männer gingen hemdlos. Im Aquarium schien es dunkler als je zuvor. Ich sah mir die Schildkröten kaum an, sah sie nur aus dem Augenwinkel im Goldgrün schweben wie schlechte Träume.
Ich fand George Fairbairn, und wir gingen hinter das Schildkrötenbecken. Es gab noch einen anderen Raum dahinter mit einer Menge kleinerer Becken, und er zeigte mir eine kleine Schildkröte, die jemand dem Aquarium geschenkt hatte, nachdem er herausgefunden hatte, wie groß sie werden würde. Es war eine Art Ridley, aber George war sich nicht ganz sicher, welche Unterart. Ich nahm sie in die Hand. Kaum zu glauben, daß eine kleine schwarze Seeschildkröte ein kuscheliges Tier sein könnte, aber diese hier war es. Sie war an die zwanzig Zentimeter lang, schwer und fest, und wackelte sehr zahm mit den Flossen. Sie fühlte sich wie ein fröhliches, nettes kleines Stück Leben an.
Nachdem wir eine Weile geplaudert hatten, brachte ich es direkt heraus. Wir standen zwischen zwei Reihen von Becken, und ich hielt die kleine Schildkröte in der Hand. Auf dem Boden hüpften riesige Kakerlaken. «Wenn nun ein Schildkrötenfreak dem Oberwärter einen Schildkrötendiebstahl vorschlüge?»

«Wäre der Oberwärter beileibe nicht schockiert», sagte er.
«Wie würden wir es anstellen?» fragte ich.
«Der beste Zeitpunkt wäre, wenn wir das Becken säubern und neu anstreichen», erwiderte er. «Wir holen die Schildkröten heraus und setzen sie in den Filter, und da bleiben sie vielleicht eine Woche lang, während die Arbeiten ausgeführt werden. Sie sind also nicht zu sehen, und die Zoogesellschaft würde vielleicht eine ganze Woche nicht erfahren, daß sie verschwunden sind.»
«Aber wenn Sie mir helfen, gibt es keine Möglichkeit, Ihre Rolle dabei zu verheimlichen», sagte ich.
«Nein», meinte er. «Vermutlich nicht.»
«Würde man Sie verklagen?» fragte ich. «Sie entlassen?»
«Sie würden mich nicht verklagen», sagte er, «und ich glaube auch nicht, daß sie mich entlassen würden. Ich bin Oberwärter, und das seit siebenundzwanzig Jahren. Das zählt eine Menge. Sie würden es bei der Ratsversammlung zur Sprache bringen und meine Gründe erwägen, aber sie hätten es mit einer kniffligen Angelegenheit zu tun. Der Tierschutzverein ist immer an Fällen interessiert, die man als Grausamkeit gegen Tiere auslegen könnte, und wenn ich sagte, daß die Haltung der Schildkröten *hier* grausam sei, würde die Zoologische Gesellschaft es kaum weiter treiben.»
Was ist mit mir? fragte ich mich. Würde man mich zur Verantwortung ziehen? Höchstens, wenn George Fairbairn mich verraten würde, und so ein Typ war er nicht.
«Sind Sie bereit, es zu tun?» fragte ich.
«Ja», sagte er. «Das ist eines von den Dingen, die man einfach tun muß. Ich lasse Sie ein paar Tage im voraus wissen, wenn wir das Becken saubermachen. Es wird noch ein oder zwei Monate dauern. Wo wollen Sie sie aussetzen?»
«Brighton?» fragte ich. Brighton lag in der Nähe, und allmählich wollte ich es so schnell wie möglich hinter mich bringen.
«Brighton ist ebenso gut wie jeder andere Ort, denke ich.

Wenn sie auch vielleicht eine bessere Chance haben, wenn sie weiter westlich starten.»
«Woher kommen sie denn?» fragte ich.
«Madeira.»
Madeira. Der Name klingt nach Schiffen und Sonne. Ich gab ihm meine Telefonnummer vom Laden und von zu Hause. Wir schüttelten einander die Hände, und ich ging, ohne die Schildkröten anzusehen. Sie waren nun zu einer Verpflichtung geworden, einer schweren.
Auf dem Rückweg zum Südeingang sah ich die Frau, die im Geschäft nach Büchern über Schildkröten gefragt hatte. Sie kam auf mich zu, wohl auf dem Weg zum Aquarium. Verdammt, dachte ich, überrascht über die Heftigkeit meiner Gefühle. Warum verdammt? Ich konnte mich ebensogut selbst verfluchen, weil ich nicht jung war, sondern mittelalt und nirgendwo und unglücklich; weil ich Schildkrötenphantasien hatte, statt das Leben zu leben. Sie hatte was mit den Schildkröten im Sinn, ich war sicher. Und ich wußte, daß sie mir eine ganz direkte Frage stellen würde, und ich würde sie beantworten, und dann steckten wir beide drin. Es wäre nicht mehr meine Sache allein. Es war eine Situation, wie sie in einem Film mit Peter Ustinov und Maggie Smith ach so charmant und menschlich warm wirken würde, aber solche Filme wirken nur charmant, weil so viele Einzelheiten ausgelassen werden, und das wirkliche Leben besteht doch aus diesen ausgelassenen Einzelheiten.
Sie sah mich an, und ich konnte nicht weggucken oder so tun, als würde ich sie nicht erkennen, verdammt. Verdammt sei sie, verdammt, dachte ich. Wir blieben beide stehen, und ich erkannte, wie sie das Ganze bei sich bedachte. Sie hat so ein Gesicht, das nichts verbirgt, von dem man alles ablesen kann. Verletzlich, vermutlich. Warum hat sie nicht gelernt, nicht verletzlich zu sein; alt genug ist sie. Gleich würde sie mich ansprechen, mußte einfach sprechen, konnte nicht anders als sprechen, aber es war schwer für sie, denn sie war schüchtern.

Plötzlich tat sie mir leid. Vielleicht hatte sie länger als ich über die Schildkröten nachgedacht, vielleicht war ich es und nicht sie, der den anderen belästigte. Okay, dachte ich. Tut mir leid. Mach schon, sprich.
«Hallo», sagte sie und ging an mir vorbei.
«Hallo», sagte ich.
Warum hat sie nicht gesprochen?

14. Neaera H.

... tät man nicht lieber, wie andere auch,
sich necken mit Amaryllis im Haine
oder mit Neaeras zerzaustem Haar?

Väter geben ihren ersten Töchtern gern ausgefallene Namen. Ich habe eigentlich nichts dagegen, nach einer Nymphe benannt zu sein, aber mir liegt wirklich nichts an einer Beziehung zur Schäfertradition. Eine Idylle über eine Illusion hat für mich keinen Zauber, aber natürlich sind Idyllen fast *per definitionem* Illusionen. Selbst die wunderschöne Musik von *Acis und Galatea* stimmt mich den Nymphen und Schweinehirten nicht gnädig. Ich meine, ein Schäfer sollte seine Schafe hüten, und ein Dichter sollte Gedichte schreiben. Wenn ich Schafe hätte, ich würde sie, glaube ich, nicht mit einem poetischen Schäfer losschicken. Allerdings ist es etwas anderes, wenn man die Schäfer von Theokrit vergißt und an David denkt, der die Schafe hütete und dabei mit einer Schleuder bewaffnet war. David, jawohl. Ein Dichterschäfer mit einem starken rechten Arm. Ich frage mich, warum ich ihn nie zuvor in diesem Licht gesehen habe.
Mein Haar ist oft zerzaust, und niemand glättet es mir nun. Es gibt Moden bei den Gefühlen wie bei allen anderen Dingen. Wenn ich jetzt zwanzig wäre und mein Verlobter bei einem

Autounfall ums Leben käme, würde ich, glaube ich, schnell einen neuen Mann finden. Meine Generation stand irgendwie zwischen allem, war weder frei noch wirklich unterstützt von dem, was uns gebunden hielt. Aber irgend so etwas konnte uns doch eher festhalten als die jungen Leute heutzutage. Unsere Lieder waren anders, unsere Tänze und unsere Entscheidungen. Quatsch. Selbst in meinen eigensten Gedanken kann ich nicht ganz aufrichtig zu mir selbst sein.

Als ich den Mann aus der Buchhandlung im Zoo traf, dachte ich, er würde etwas zu mir sagen. Ich hatte das Gefühl, daß er aus dem Aquarium kam und an Schildkröten dachte. Aber er sagte nur: «Hallo», und wir gingen unserer Wege. Komisch, wie der Verstand funktioniert. Ich sehe die Welt jetzt durch eine schildkrötenfarbene Brille. Wegen der Schildkröten erwarte ich von einem Fremden, daß er bedeutsame Sachen von sich gibt, bin auf Zeichen und Wunder vorbereitet, meine Schrecken frischen auf, ich spüre, wie sich alles in mir sammelt, als würde ich bald sterben. Ich erwarte das Letzte Gericht. Wessen Urteil? Meins, weniger gnädig als das Gottes. Es ist nicht immer ein Trost, eine gleichgesinnte Person zu treffen, ein weiteres Fragment von Sein, das die eigene Unvollständigkeit teilt. Der Mann aus der Buchhandlung hat viele Gedanken und Gefühle, die ich auch habe, das spüre ich.

Ich ging ins Aquarium, sah George Fairbairn nicht, war aber froh, keine weitere Gelegenheit zu bekommen, mich über Schildkröten zu unterhalten. Das Aquarium war nach dem grellen Sonnenlicht draußen intensiv dunkel; ich konnte kaum die Bankreihen in der Mitte erkennen. Junge Paare wirkten schwarz vor den erleuchteten Fenstern der Becken. Ich setzte mich auf eine Bank in der Nähe der Schildkröten, blickte sie aber nicht direkt an. Einen Moment lang war dann niemand mehr in diesem Teil des Aquariums außer den Schildkröten, den Fischern und mir. Dann kamen ein junger Mann und ein Mädchen aus der Dunkelheit und stellten sich

vor die Schildkröten. Er murmelte etwas, was ich nicht recht verstehen konnte, und sie antwortete mit einer Stimme, so klar wie ein Spiegel: «Nein, es ist zu spät, es ist zu spät.»
Ich war überrascht, welche Wirkung ihre Worte auf mich hatten. Ich brach zwar nicht in Tränen aus. Ich wußte nicht, worauf sie sich bezogen – auf Liebe oder auf Theaterkarten –, aber ich begriff schlagartig, daß ihre Bemerkung stimmte. Sehr wahrscheinlich *war* es zu spät für das, worüber sie gesprochen hatten. Sie hatte den Ton jener Mädchen, die die Dinge klar erkennen, und so jung sie auch war, es gab etwas, wofür es zu spät war.
Zuspätsein, merkte ich, hat nichts mit dem Alter zu tun. Es ist eine Beziehung des Selbst zum Augenblick. Zu spät ist es potentiell jeden Augenblick. Oder auch nicht, abhängig von der Person und dem Augenblick. Vielleicht kommt sogar einmal eine Zeit, in der es für nichts mehr zu spät ist. Vielleicht ist es sogar für die meisten Sachen zu früh, und der größte Teil des Lebens muß vergehen, ehe für alles Zeit ist und fast nichts mehr zu spät. Nichts zu verlieren haben, den gegenwärtigen Augenblick gewinnen, die Integration mit dem lange verzögerten Jetzt. Scheinwerfer starren auf schläfrige Straßen. Nach Meer riechende Schildkröten und der Geruch nasser Jute von den Säcken. Ebbe und Flut, angezogen von einem Mond, sichtbar oder unsichtbar.
Ob wohl der Mann aus der Buchhandlung den Wagen fahren würde? Ich glaube, er hat schon daran gedacht, natürlich ohne mich. Vermutlich möchte er das mit niemandem teilen. Vielleicht wäre ich ein Eindringling. Aber die Schildkröten sind ja immerhin sozusagen öffentlich. Vielleicht wollen sie gar nicht mehr ins Wasser, und ich dränge ihnen zu Unrecht meine Gefühle auf. Aber ich glaube, sie *wollen* das Meer, das muß in ihnen liegen. Nein, es ist nicht immer ein Trost, eine gleichgesinnte Person zu treffen. Wenn wir, der Mann aus der Buchhandlung und ich, *beide* etwas mit den Schildkröten vorhaben, müssen wir uns so anständig wie möglich da durch-

buddeln, aber viel mehr haben wir uns sonst nicht zu sagen. Wir haben zuviel gemeinsam, um uns sehr lange in der Gegenwart des anderen wohl zu fühlen.

15. William G.

Sie hören nicht auf, die Wale zu schlachten. Sie stellen Hunde- und Katzenfutter daraus her, Gesichtscreme und Lippenstift. Sie bringen die Wale um, um die Hunde zu füttern, und dann können die Hunde auf die Bürgersteige scheißen, und die Menschen können reintreten. Eine Art natürlicher Zyklus. Wale können navigieren, echoloten, singen und miteinander reden, aber sie können keinem Harpunengewehr entkommen. Die Internationale Walkommission trifft sich im Moment hier in London, aber sie werden das Abschlachten der Wale nicht verbieten.

Der Trinkbrunnen im Park ist verschwunden. Jahre um Jahre hat er dort gestanden, vermutlich seit der Anlage von Fußwegen, Spielplatz, Planschbecken und Fußballplatz. Die Leute nebenan wohnen schon seit zwanzig Jahren hier, und er stand da, als die einzogen. Vandalen haben ihn neulich nachts umgestoßen und die Röhren zerbrochen. Jetzt hat man ihn fortgeschafft. Es gibt ein kleines viereckiges Loch mit Wasser und einer herumschwimmenden Coca-Cola-Büchse, und das ist alles.

Der Park bei Nacht, diese dunkle offene Fläche vor den beleuchteten Häusern, provoziert irgendwie Barbarei und Terrorismus. Die Halbstarken nachts im Park erheben ein schreckliches Gebrüll, wenn sie an den Häusern vorbeikommen. Sie fühlen sich als ein Teil der Nacht draußen, und sie wollen den Leuten drinnen Angst einjagen. Sie gehen auf den Spielplatz und kreischen und heulen und rufen und schleudern die Schaukeln herum, daß die Ketten wild gegeneinan-

derklirren. Morgens sind die Ketten alle um den Querbalken gewunden, und der Parkwächter muß mit einer Leiter kommen und sie wieder loswickeln.
Der Trinkbrunnen und die Wale gehören in meinem Kopf zusammen. Ich habe das Gefühl, als würde das Leben aus der Welt gerissen.
Angst. An manchen Tagen muß ich dreimal aufs Klo gehen, ehe ich morgens das Haus verlasse. Ich spüre die Angst in mir zittern, wie die Gleise den Zug kommen spüren. Angst vor allem und jedem. Es tat mir nicht leid, Dora das Auto zu geben, als wir uns trennten. Ich haßte das Fahren, hatte immer das Gefühl, jeden Augenblick könnte etwas Schreckliches passieren. Ich habe mich nie so männlich und stark gefühlt wie andere männliche Autofahrer. Wenn ich vor einer Ampel anhielt, rückte ich nie auf gleiche Höhe mit den anderen Autos, sondern hielt ein wenig weiter hinten, um ja keinen herauszufordern. Wenn ich die Schildkröten nach Brighton bringe, muß ich den Wagen fahren; aber das ist in Ordnung. Die Schildkröten brauchen mich. *Jemand* braucht mich.
Im Geschäft sah ich mir ein Buch über Schamanismus von Mircea Eliade an. Die Schamanen in Sibirien und Südamerika und sonstwo sind immer die Instabilen, die Epileptiker, die Sonderbaren einer Gruppe; Menschen, die oft Opfer von Angst und Depressionen sind wie ich. Aber im Unterschied zu mir verleiht man ihnen Macht und einen Ehrenplatz; sie werden zu Sehern und Heilern. Es gibt etwas zwischen ihnen und den Tieren – ein Band, eine Verbindung, Kanäle der Macht. Sprache mit Tieren, magische Transformationen. Könnte ich eine Schildkröte sein? Könnte ich durch einen Akt der Ekstase ohne Angst schwimmen, mich nie verirren, immer finden, finden? Schwimmen, und in Hirn und Knochen *Pangaia* eingeprägt, den Namen jenes alten Kontinents, ehe die Landmassen auseinanderdrifteten. Auch das gehört dazu: daß es keine Meere dazwischen gab, daß das Land eins war, ein Ding, unzerbrochen. Und jetzt gibt es Tausende von Meilen offenen

Wassers, und die Starken, die Schwimmer, die Wegsicheren sind getrieben, die Pfade zwischen den Ländern aufzuspüren und die alte Verbindung aufrechtzuerhalten. Ich weiß nicht, ob ich weitermachen kann. Eine Schildkröte muß sich nicht jeden Morgen neu entscheiden, ob sie sich weiter Sorgen macht; sie macht einfach weiter. Vielleicht ist das der Grund, warum der Mensch alles tötet: Neid.

«Den Steuermann erwartet eine verwirrende Vielzahl stetiger und aufblitzender Lichter», steht auf dem Schild vom Modell Port Liberty. So scheint mir das Leben manchmal. Zu anderen Zeiten ist es eine verwirrende Vielzahl stetiger und aufblitzender Dunkelheiten. Mehr Dunkelheit als Licht, glaube ich. Port Liberty existiert nicht, und Pangaia, das sich geteilt hat, wird nie mehr zusammenkommen. Wer die Nerven behält, den begünstigt das Glück, außer er ist schon verdammt. *Beowulf*. Natürlich ist es leicht, die Nerven zu behalten, wenn man soviel Kraft hat, daß man einem Meeresungeheuer den Arm ausreißen kann. Bin ich verdammt? Blitzende Dunkelheit ist so ziemlich dasselbe wie aufblitzende Lichter. Angst ist überhaupt nicht dasselbe wie Mut, aber von einem bestimmten Punkt an bedeutet Angst vor allem haben vielleicht dasselbe wie vor nichts Angst haben. So fühle ich mich noch nicht, aber ich habe diesen Punkt auch noch nicht erreicht. Wenn der Narr seine Torheit weitertriebe, würde er weise, sagt Blake. Wenn der Feigling beharrlich weiter feige ist, wird er dann mutig?

Vielleicht könnte ich mit dem Rauchen aufhören; damit hätte ich mehr Jahre, in denen ich mutig sein könnte. Es geht schon in die Beine; sie packen mich jedesmal beim Treppensteigen. Als ich vor nicht allzulanger Zeit neun Tage lang nicht geraucht hatte, konnte ich die Treppen in der Untergrundbahn raufrennen wie die anderen Leute. Ich habe ein paar andere Männer kennengelernt, die auch geschieden sind und ihre Kinder nicht mehr gesehen haben, weil die Frauen das Land verließen. Es schien ihnen nicht allzuviel auszumachen. Ich

habe das Gefühl, es könnte mich umbringen, aber als ich noch mit den Kindern zusammen war, hatte ich das Gefühl, die Ehe mit Dora würde mir das Leben rauben. Vielleicht gehöre ich einfach zu den Leuten, die so daran gewöhnt sind, unglücklich zu sein, daß sie jede mögliche Situation als Material benutzen, ihr Unglück aufzufüllen.
Manchmal denke ich, es müßte helfen, wenn man von seinem Geburtsort überzeugt ist, man würde seine Bedeutsamkeit spüren, weil man an einem bestimmten Ort und keinem anderen zur Welt gekommen ist. Wenn ich als Kind länger in Polperro gelebt hätte, empfände ich vielleicht ein stärkeres Gefühl dafür. Mein Vater hatte sich dorthin zurückgezogen, um zu malen, traf meine Mutter in einem Café, in dem sie arbeitete, heiratete sie und starb zwei Jahre später. Ich war ein Jahr alt, als Mutter und ich nach London zogen, und habe immer noch nicht begriffen, was es für mich bedeutet, in Polperro geboren zu sein. Ich war nie wieder dort.
Seit einiger Zeit fällt mir an schlechten Tagen eine Nachricht ein, die ich letzten Monat las. Ein wichtiger Zeuge im gegenwärtigen amerikanischen Regierungsskandal soll verzweifelte Angst haben, ins Gefängnis zu gehen, weil er so gut aussieht, daß alle Homosexuellen dort hinter ihm her sein werden. Ich habe viele Probleme, aber dieses nicht.

16. Neaera H.

Den einzigen Strandkiesel, den ich noch aus der Kindheit besitze, habe ich meinen Caister-Zweistein genannt. Er ist ein Amalgam aus zwei verschiedenen Materialien, halb grau und halb braun.
Mein Vater hat mich einmal zur Lebensrettungsstation in Caister mitgenommen. Es gab damals nicht so ein Bootshaus wie heute; das Boot, die *Charles Burton*, lag auf Schienen im

Sand. In jenem Jahr hatte es sieben Leben gerettet. Eins der Schiffe, denen die Männer aus Caister geholfen hatten, war die *Corn Rig* aus Buckie. «Hilfe leisten» war der gängige Ausdruck dafür. «Wir leisteten der *Corn Rig* aus Buckie Hilfe», sagte der braungesichtige Mann, der sich mit meinem Vater unterhielt. Es hörte sich elegant an, wie eine Zeile aus einem Gedicht. Mein Vater erzählte mir hinterher, daß Männer aus Caister niemals umkehren. «Sie mögen sterben, ertrinken, aber niemals kehren sie um», sagte er staunend und schüttelte den Kopf. Seine Worte und der Satz des anderen Mannes sind zusammen in meiner Erinnerung hängengeblieben:

> «Wir leisteten Hilfe der *Corn Rig* aus Buckie
> wir mögen sterben, ertrinken, aber nie kehrn wir um.»

Als ob man die Männer aus Caister für ihren widerspenstigen Mut bestrafen wollte, nahm ihnen die Lebensrettungsgesellschaft das Boot fort, und vor einigen Jahren schloß man die Station, um den Dienst zu rationalisieren. Die Männer aus Caister besorgten sich natürlich ein anderes Boot und machten inoffiziell weiter. Der Stein liegt auf meinem Schreibtisch, und ich halte ihn oft in der Hand. Diese Beschäftigung mit den Schildkröten, dieses Projekt, das sich beharrlich in meinem Kopf entwickeln will, möchte im rechten Licht betrachtet werden. Ich muß versuchen, es ein wenig besser zu begreifen. Vielleicht nicht vollständig; ich bin nicht der Typ, der Handlungen, die wirklich wichtig sind, allzugenau überlegt. Ich kann länger über einer Einladung zum Abendessen brüten und sorgfältig jeden Aspekt dieses Ereignisses bedenken und was es mich an Zeit und Ruhe kostet; aber wenn es um eine kritische Sache geht, traue ich einfach meinem Glück und stürze mich ins Ungewisse. Und selbst jetzt, im Alter von dreiundvierzig Jahren, kann ich immer noch nicht sagen, ob ich ein Glückskind oder ein Pechvogel bin. Manchmal sieht es so aus und dann wieder so.

Wenn ich darüber nachdenke, *möchte* ich es eigentlich gar nicht besser begreifen. Es ist vielleicht albern, falsch und nutzlos, vielleicht ist es überhaupt nichts, aber es ist offenbar eine Sache, die ich tun muß, bevor ich das nächste tun kann, egal, was das ist. Andere Leute mit hineinzuziehen scheint unvermeidlich; das ist bei allem auf die ein oder andere Weise nötig.

Ich ging in die Buchhandlung. Der Mann und ich sagten hallo zueinander, und ich ging zur Naturkunde-Abteilung, wo ich in einem Buch blätterte, ohne hineinzusehen. Mein Herz klopfte ein bißchen, und ich merkte, wie ich im Geiste probte, was ich sagen wollte. Das mache ich immer, ich kann nicht anders. Selbst wenn ich nur zur Post gehe, sage ich im Geiste, ehe ich an den Schalter trete: «Zwanzig Drei-Penny-Briefmarken, bitte.» Dann sage ich es laut vor dem Schalter. «Ich frage mich, ob Sie auch an Schildkröten denken», würde ich sagen. Oder: «Vielleicht sollten wir uns über die Schildkröten unterhalten?» Ich verfluchte ihn, weil er nicht Manns genug war, mich anzusprechen und das Thema anzuschneiden, wo es doch so eine riesige und sichtbare Bedeutung zwischen uns hatte.

Ich merkte, daß er neben mir stand und Stille ausstrahlte, und in Gedanken verfluchte ich ihn wieder.

«Die Schildkröten ...» platzte ich heraus.

«Die Schildkröten ...» murmelte er zugleich. Wir lachten.

«Es ist fast Mittag», sagte er. «Vielleicht können wir uns dann darüber unterhalten. Wollen Sie ein paar Minuten warten?»

Ich nickte, ging in die Lyrik-Abteilung, öffnete zufällig einen A. E. Housman-Band und las:

«Die Welt ist rund, so berichtet man uns,
doch gerade sei der Blick.
Nur zu, nur zu, alles wird wohl,
der Weg führt uns zurück.

Doch eh' der Kreis sich heimwärts schließt,
weit, weit muß er fliehn,
weiß im Mondlicht die Straße fließt,
die mich von der Liebsten zieht.»

Es war James Haylett aus Caister, der zuerst sagte, daß Männer aus Caister nie umkehren. Neunundfünfzig Jahre lang war er Rettungsmann, und im Alter von achtundsiebzig ging er in die Brandung und zog seinen Schwiegersohn und einen seiner Enkel unter dem Rettungsboot hervor, der *Beauchamps*, das in einer Nacht im November 1901 kenterte. Bei der Untersuchung wurde ihnen vorgehalten, daß die *Beauchamps*, die ausgelaufen war, auf den Barber-Sands ein Fischerboot aus Lowestoft zu retten, wegen des Sturmes und der schweren See besser umgekehrt wäre. Und da sagte James Haylett: «Männer aus Caister kehren niemals um.» Neun Männer aus dem Rettungsboot waren ertrunken, darunter zwei Söhne und ein Enkel von James Haylett. Das Fischerboot konnte sich selbst aus dem Sund befreien, ankerte sicher in tiefem Wasser, und die Leute erfuhren erst später von der Katastrophe. Retter und die, die gerettet werden sollen, kommen nicht immer zusammen zurück.

Mittagszeit. Wir gingen zu einem kleinen Restaurant in der Nähe, wo die Selbstbedienungsschlange geduldig halb auf der Straße, halb vor der Theke wartete. Es gab keine leeren Tische, daher setzten wir uns zu zwei jungen Geschäftsleuten mit frischen Gesichtern, die Eier und Speck und Fett aßen.

«Die Sache ist wirklich ganz klar», sagte der neben mir. «Wir haben die Bedenkzeit einkalkuliert», sagte der neben dem Mann aus der Buchhandlung. «Wir sind bereit einzusteigen.»

«Und das verdammt bald», sagte meiner. «Diese Burschen in der City kann man nicht ewig baumeln lassen. Wenn wir erst die Schafe von den Böcken getrennt haben, sollten wir unser Angebot abgeben.»

«Genau das, was ich in meinem Bericht gesagt habe», meinte der andere, während er das Fett mit einem Stück pappigen Toastbrotes aufwischte. «Wenn sie aus Stuttgart zurückkommen, wollen sie Action sehen.»
Ihre Gesichter waren rosa, die Augen hell und glänzend, die Hemden und Krawatten das, was die Werbung wohl «abgestimmt» nennt. Meiner hatte schmutzige Fingernägel, und sein Taschentuch steckte im Jackettärmel. Der andere hatte saubere Fingernägel. Ihre Stimmen klangen laut; sie waren begierig darauf, der Öde ringsum Farbe und Schwung ihres Lebens mitzuteilen.
Ich aß einen Salat. Sollte ich von mir geben, daß die Tomaten heutzutage der Index für den Niedergang des westlichen Menschen sind, würde man mich für irre halten, aber ich glaube nicht, daß eine Nation an solchen Tomaten groß werden kann. Der Mann aus der Buchhandlung aß Spiegeleier und Würstchen, Pommes frites und Papptoast mit Butter. Auf die Pommes frites goß er sich Ketchup. Kein Wunder, daß er so hoffnungslos aussieht, dachte ich.
«Ich bringe mir zur Mittagspause immer ein Brot mit», sagte er. «Aber das kann ich noch heute nachmittag essen.»
«Wenn man die Bananen nicht bald auslädt, verfaulen sie», sagte ich. Ich fühlte mich reden wie ein Spion.
«Ich warte darauf, daß ich von unseren Freunden am Hafen höre», antwortete der Mann aus der Buchhandlung und stieg in meiner Wertschätzung. «Ich kann den Transport erst arrangieren, wenn er mir ein Datum nennt.»
Die beiden jungen Geschäftsleute zogen die Brauen hoch.
«Haben Sie sie für die ganze Strecke gebucht?» fragte ich. Die Kellnerin reichte den Geschäftsleuten den Nachtisch zwischen uns vorbei. Der neben mir aß Wackelpeter, der andere Obstsalat mit Sahne.
«Nur auf Widerruf», sagte der Mann aus der Buchhandlung.
«Brighton liegt nahe.»
«Ich dachte an Polperro», meinte ich.

Der Mann aus der Buchhandlung errötete tief. «Polperro! Warum in Gottes Namen Polperro?»
Ich deutete mit einem Blick auf die beiden Geschäftsleute und machte mich an meinem Salat zu schaffen. Beide tranken nun Milchkaffee mit viel Zucker. Das Leben ist vielleicht nicht immer so süß für euch, dachte ich.
Dann folgte eine lange Pause, in der die Geschäftsleute eine Kingsizefilterzigarette und eine kleine dünne billige Zigarre rauchten, ohne mich zu fragen, ob es mir etwas ausmachte. Der Mann aus der Buchhandlung nahm etwas aus der Tasche und begann damit zu spielen. Es war ein runder Strandkiesel, ein grauer.
«Woher ist er?» fragte ich.
«Antibes», antwortete er. «Ich habe den ganzen Morgen nicht geraucht.»
Die Geschäftsleute entschuldigten sich. Wir tranken Kaffee, aßen keinen Nachtisch. An der Wand, zwei Tische weiter, hing eine runde blaue fluoreszierende Röhre in einem Drahtkäfig. Vermutlich war es eine Art Luftreiniger, aber es sah aus wie ein Tantrischer Mond oder ein anderes Objekt der Meditation. Ich dachte darüber nach. Der Mann aus der Buchhandlung blickte in seinen Kaffee wie in einen Abgrund.
«Habe ich etwas Falsches gesagt?» fragte ich. «Mit Polperro?»
«Nein», erwiderte er. «Es hat mich nur überrascht. Warum Polperro?»
«Wenn ich sagte, Polperro und die Schildkröten zusammen ergeben etwas Bestimmtes, würden Sie das verstehen?» fragte ich.
Er sah mich sonderbar an. «Ja», sagte er.
Auf dem Weg hinaus trat ich zu dem Tantrischen Mond und las das kleine Schildchen darunter. INSEKT-O-CUTOR stand darauf.
«Ich rufe Sie an, wenn ich von George Fairbairn höre», sagte der Mann aus der Buchhandlung.

Ich gab ihm meinen Namen und Telefonnummer.
«Neaera», las er. «Älteste Tochter?»
Ich nickte.
«Ich heiße William G.», sagte er.
Wir reichten uns die Hände und trennten uns. Auf dem Heimweg in der Untergrundbahn staunte ich über die Anzahl der Farb- und Tintenflecken auf dem Hemd, das ich trug.

17. William G.

Neaera H. Der Groschen fiel erst ein paar Minuten, nachdem wir uns verabschiedet hatten, und dann fielen mir die Gillian-Wühlmaus-Bücher ein, Delia Schwalbe, Geoffrey Mouse und all die anderen, die ich den Mädchen immer vorgelesen hatte. *Delia Schwalbes Einweihungsparty* war über lange Zeit Cyndies Lieblingsbuch; nie wurde sie es leid. Das mußte die gleiche Neaera H. sein; sie sah zu sehr wie eine Autorin/Illustratorin aus, um keine zu sein. Als ich wieder im Geschäft war, ging ich in die Kinderbuchabteilung und sah mir ein Exemplar von *Delia Schwalbes Einweihungsparty* an. Kein Foto oder biographische Daten auf dem Innenumschlag. Dort stand nur, daß Delia Schwalbe zwar für Kinder geschrieben, aber seit langem ein Lieblingsbuch von Lesern aller Altersgruppen sei, wie schon Gillian Wühlmaus etc. Ich sah auf die erste Seite:

«Nicht einfach irgendeinen Balken», sagte Delia Schwalbe zu ihrem Mann John, als sie nach einem Nest suchten.
«Ich möchte einen Balken auf der Sonnenseite und mit schönem Ausblick.»
«Wiese oder Wald?» fragte John.
«Eine Wiese mit einem Waldrand, glaube ich», antwortete Delia.
«Flußtal oder Berg?» fragte John.

«Flußtal mit einem Berg dahinter», sagte Delia.
«Gut», antwortete John und schlief ein.
Er machte immer nach dem Mittagessen ein Nickerchen.

Ariadne und Cyndie gefiel es immer, daß John nach dem Mittagessen ein Nickerchen machte. Abends ging er gewöhnlich auf ein Glas oder zwei und ein Spielchen in die Wirtschaft zur «Feder», wonach er:
«...manchmal ein wenig wackelig heimflog.»
Sonderbar, während ich mit Dora verheiratet war und in Hampstead wohnte und in der Agentur arbeitete, schrieb Neaera H. diese Bücher. Jetzt sind wir hier, beide allein, und denken an Schildkröten. Zumindest nehme ich an, daß sie allein lebt. Sie sieht aus, als sei sie immer allein gewesen. Natürlich sehe ich sie mit einsamen Augen und könnte sehr gut unrecht haben.
Die Schildkröten im Zoo teilen sich ein Becken. Ich teile ein Badezimmer bei Mrs. Inchcliff. Mit dem behaarten Mister Sandor. An die Badezimmerwand habe ich ein kleines Schild geklebt:
Bitte Bad nach dem Benutzen säubern
Nicht, daß es irgend etwas nützt. Eigentlich ist es nicht so schlimm, er badet nur zweimal die Woche.
Miss Neap badet täglich, und wenn sie vor mir im Badezimmer war, riecht alles sehr blond und militant parfümiert, als könne man die Sterblichkeit durch Lavendel in Schach halten, so wie man mit Knoblauch Vampire vertreibt. Wenn Dracula und Miss Neap es miteinander versuchten, ich wäre sicher, *er* trüge hinterher Zahnspuren am Hals.
Als ich noch ein eigenes Badezimmer hatte! Daran denke ich manchmal. Als ich noch Wirtschaftsprüfer war. Als ich ein Haus besaß. Als meine Töchter auf meinem Schoß saßen und ich ihnen vorlas. Als sie mit mir Kiesel am Strand suchten. Ariadne ist jetzt zwanzig, Cyndie achtzehn. Ich habe sie seit drei Jahren nicht mehr gesehen. Ich weiß nicht, wo sie sind.

Die Vergangenheit ist nicht mehr mit der Zukunft verbunden. Als ich noch mit Dora und den Mädchen zusammenlebte, war die Zeit, in der ich lebte, meine Zeit, immer noch das gleiche Stück Zeit, das sich seit dem Tag meiner Geburt unter meinen Füßen entrollt hatte wie eine gerade Straße. Diese Straße und alle damit verbundenen Szenen gehörten mir, meine Gedanken gingen darauf frei auf und ab. Dadurch war ich immer noch mit meiner Jugend und meiner Kraft verbunden; meine Zeit war eins mit jener Zeit. Jetzt nicht mehr. Ich kann nicht mehr auf meiner eigenen Vergangenheit laufen. Sie gehört mir nicht mehr. Hier gibt es keine Straße. Jeder Schritt von Dora und den Mädchen fort führt zu Alter und Tod, was immer ich auch tue. Niemand, mit dem ich jetzt schlafe, kannte mich jung, als ich noch die lange, lange Zeit und alles in der Welt vor mir hatte. Quatsch. Ich erinnere mich, wie es war, nachts neben Dora zu liegen. O Gott, dachte ich, das ist es also, und das ist alles, und vor mir liegt nichts als der Tod. Die Mädchen werden erwachsen und ziehen aus, und wir beide bleiben allein zurück. Daran kann ich mich gut erinnern. Es ist das «Dies hier» und «Dies ist alles», was mittelalte Männer verrückt macht.
Warum um Himmels willen Schildkröten? Wenn ich ihnen helfe zu finden, was sie suchen, hilft mir das verdammt noch mal überhaupt nicht. Und jetzt habe ich es mir an den Hals geladen. Ich muß herausfinden, was ein Mietwagen kostet. Ich frage mich, ob wir beide die Schildkröten auf die Lastkarre heben können. Sie sieht nicht sehr kräftig aus. Wir brauchen ein Brett oder etwas Ähnliches als Rampe. Vielleicht sollte ich Kisten für sie bauen, dann wären sie einfacher zu transportieren. Ich hasse Einzelheiten. Und jetzt muß es auch noch Polperro sein, um alles schwieriger zu machen. Ich weiß, es wird noch ein praktisches Problem auftauchen, wie eine Million Stufen hinabsteigen oder uns an Seilen herablassen, oder es herrscht Ebbe, und wir müssen die Schildkröten eine Meile weit im Dunkeln durch den Schlick tragen. Was um alles in der Welt kann Polperro ihr bedeuten?

Ich sah vor Jahren einen Film mit Burt Lancaster, *Der Schwimmer*. Er spielte einen amerikanischen Werbemann, dem die Gegenwart entglitten war. Er hatte immer noch Frau und Kinder und ein Haus, aber alles war verschwunden. Der Film begann an einem goldenen Spätsommernachmittag. Er tauchte am Swimmingpool von Freunden auf, die ihn lange nicht gesehen hatten. Sie sahen ihn sonderbar an; er gehörte nicht mehr zu ihrer Gegenwart. Und während er dort war, kam ihm in den Sinn, daß es in jenem Teil Connecticuts so viele Swimmingpools gab, daß er fast nach Hause schwimmen konnte. Also zog er von einem Pool zum nächsten, ob öffentlich oder privat, schwamm durch Fairfield County und traf Menschen aus verschiedenen Stadien seines Lebens, während er vermeintlich nach Hause schwamm. Und wo immer er auftauchte, wurden die Leute wütend und verstört; er gehörte nicht mehr in ihre Gegenwart; sie wollten ihn nicht darin haben. Am Ende des Films kauerte er sich im Regen vor den Eingang eines leeren, verschlossenen Hauses, das seins gewesen war, und hörte auf dem leeren Tennisplatz den Ball hin- und herprallen und die Stimmen seiner Töchter, die verschwunden waren. Dora und ich sahen den Film gemeinsam.
Keine Swimmingpools für mich. Nur ein Badezimmer, das ich von Mister Sandors Schamhaaren säubern muß, während Miss Neaps Lavendelduft die Wände rauf und runter rennt, wie ein Skelett in Rüstung. Das Bad entspannt mich nicht. Vielleicht entspannt es doch, ist sogar absolut entspannt, aber ich bin es nicht. Ich will nicht mehr nackt mit jemandem zusammensein, besonders nicht mit mir selbst.
Habe seit drei Tagen nicht geraucht. Abends beschäftigt und tagsüber nicht geraucht. Ich komme schon besser die Treppe hinauf, aber das ist auch kein Leben. Wenn man raucht, hat man wenigstens ein Leben, während man stirbt. Wie haben die Griechen bloß ohne Rauchen eine ganze Kultur gemanagt? Vielleicht gab's deshalb soviel Homosexualität. Die

Schildkröten sind kein Ersatz fürs Rauchen. Ich bin es leid, mit Kieseln zu spielen und an Weingummis zu lutschen. Saubere Luft einzuatmen scheint mir eine vergebliche Übung. Vielleicht töte ich jemanden, wenn ich nicht rauche. Mister Sandors Leben hängt an einem seidenen Faden, wenn er es nur wüßte.

Schamanen im Zustand der Ekstase fliegen, reisen über weite Entfernungen oder bilden es sich zumindest ein und behaupten es. Als ich zwölf oder dreizehn war, lag ich eines Nachts schlaflos im Bett, aber nicht ganz wach, und unvermittelt blickte ich von der Decke aus auf mich herab. Es war kein Traum, ich weiß nicht, was es war. Ich habe keine Ahnung, was eine Ekstase ist. In jenem Jahr ist es noch ein zweites Mal passiert. Ich stand am Fenster und blickte auf mich herab, wie ich im Bett lag. Zweimal im Leben bin ich auf diese Weise außer mir gewesen. Ich glaube nicht, daß ich schon in *mir* war. *In* mir vielleicht, wie ein Gefangener. Aber nicht in meinem Selbst.

Ozean. Wenn ich dieses Wort denke, möchte ich mich hineinversenken und zugleich alles selber enthalten. Große grüne Tiefen von Ozean. Ein Medium der Bewegung und des Seins. Und natürlich der Haifische. Auf dem Grund spazieren ist nicht vergleichbar mit Unter-Wasser-Fliegen, wenn dich grünes Wasser rundherum berührt.

Ich gehe jetzt oft nachts spazieren, sitze auf Bänken auf Plätzen und spüre die Dunkelheit auf dem Gesicht, blicke die Straßenlaternen an. Die meisten anderen Menschen auf der Straße sind jung. Ich will nicht in meinem Zimmer sitzen. Ich will nichts Besonderes tun.

Eigentlich sind wir alle Schwimmer, stammen alle aus dem Ozean. Einige von uns versuchen, ihn wiederzufinden.

Eliade sagt in seinem Buch über Schamanismus:

«Am Anfang, das heißt in mythischen Zeiten, lebte der Mensch in Frieden mit den Tieren und verstand ihre Sprache. Erst nach einer Urkatastrophe, vergleichbar dem ‹Sündenfall› der biblischen Geschichte, wurde der Mensch zu dem, was er heute ist – sterblich, geschlechtlich, zur Arbeit verpflichtet, um sich zu ernähren, und den Tieren ein Feind. Im Zustand der Ekstase und während er sich darauf vorbereitet, hebt der Schamane die gegebene Conditio humana auf und gewinnt für diesen Zeitraum die Situation des Uranfangs zurück. Freundschaft mit Tieren, Kenntnis ihrer Sprache, Verwandlung in ein Tier – das sind lauter Zeichen dafür, daß der Schamane die ‹paradiesische› Situation wiedergewinnt, die er am Anbeginn der Zeit verlor.»

Und das ist der springende Punkt: Die augenblickliche Conditio humana abschaffen. Schamanen tragen Vogelkostüme und fliegen. Irgendwie erleben sie das Fliegen. Sie verschwinden und kehren mit Antworten zurück. Könnte ich die Conditio humana aufheben? Könnte ich schwimmen, das Schwimmen erleben, das Finden, das Navigieren, die Angstfreiheit, das Nichtverlorengehen? Könnte ich mit einer Antwort zurückkehren? Das Nichtverlorengehen wäre schon an sich die Antwort, denn ich brauchte nicht zurückzukommen.

18. Neaera H.

Ich bekomme immer mehr das Gefühl, ich hätte mich nicht zwischen die Schildkrötengedanken dieses Mannes drängen sollen. Vielleicht wollte er gar nichts für sie tun, vielleicht stürzt er jetzt aus einer harmlosen Phantasie in eine aktive Krise – meinetwegen. Wir können gar nicht taktvoll genug sein. Unseren eigenen Schmerz spüren wir ungeheuer gut, aber nur selten gestehen wir anderen Verzweiflung zu. Als wir uns unterhielten, erinnerte mich sein Gesicht in manchen Au-

genblicken an das Gedicht von John Clare, in dem ein Dachs von Menschen und Hunden aus seinem Bau gehetzt und in die Stadt gebracht wird und dort kämpft, bis er tot ist. In einer Zeile heißt es, daß er «keckert, stöhnt und stirbt». William G. sah aus, als könnte er zu keckern anfangen.
Ich staune über mich selbst. Warum habe ich nicht einfach einen Leserbrief an die *Times* über die Schildkröten geschrieben und die Sache damit auf sich beruhen lassen? Gewiß hatte ich das Gefühl, ich müßte etwas tun, aber ich bin nicht sicher, daß ich noch das gleiche Gefühl habe, wenn's losgeht. Und jetzt habe ich mich mit diesem Fremden eingelassen. Ich habe meine *und* seine Privatsphäre verletzt, und ich wünschte fast, ich hätte das nicht getan. Wie in aller Welt sollen wir die stundenlange Fahrt nach Polperro und zurück zusammen durchstehen? Ich glaube, reden wird nicht angenehmer sein als schweigen. Mir ist bei der ganzen Sache schrecklich unwohl. Ich habe nicht einmal das praktische Problem bedacht, wie wir die Schildkröten ins Meer bekommen. Ich habe mir überhaupt keinen einzigen praktischen Gedanken gemacht. Eigentlich habe ich mich zu *nichts* verpflichtet. Jedenfalls müßte ich es nicht. Seit Jahren habe ich nur mich selbst gehabt, und ich muß mit diesem Selbst umgehen. Ich könnte einfach sagen, ich hätte nicht ganz begriffen, worüber wir geredet haben, wenn er mich anruft. Oder ich stecke bis zum Hals in Arbeit, was immer stimmt. Eigentlich bin ich ein fröhlicher Typ, solange die Minuten meiner Tage zu Hause summen wie gutgezähmte Bienen. Wenn ich oft komme und gehe, fürchte ich, sie könnten ausschwärmen und sich anderswo niederlassen. Ich glaube, in Norfolk gibt es immer noch Leute, die den Bienen erzählen, wenn ihr Besitzer gestorben ist, ja, sogar ein Stück schwarzen Krepp an den Korb hängen, damit die Bienen trauern können. Wenn sie fertig getrauert haben, machen sie wieder Honig. Man besitzt vermutlich nur den Korb, nicht so sehr die Bienen. Nicht so wie Vieh jedenfalls.
Manchmal denke ich mir den größten Unterschied zwischen

Männern und Frauen darin, daß die Männer es öfter für nötig halten, in ihrer Existenz ein schreckliches, lauerndes Ding zu suchen und sich darauf zu werfen, wie Ahab auf den weißen Wal. Frauen wissen, wo es lebt, aber sie können es in Ruhe lassen. Ich bezweifle, daß es selbst in matriarchalischen Gesellschaften jemals weibliche Beowulfs gab. Frauen schlafen mit Göttern und Dämonen, aber sie suchen keine Monster, mit denen sie kämpfen können. Ariadne gab Theseus das Garnknäuel, aber der Minotaurus war seine Sache. Es gibt natürlich viele Männer, die ihr ganzes Leben lang immer auf sicheren Pfaden wandeln, aber die wirken häufig ein bißchen entschuldigend, als fänden sie sich selbst nicht so ganz ehrenwert. Und es gibt wiederum andere, ruhige Männer, unauffällig, ohne Talente, die aber dennoch Satisfaktion bei einem grimmen Ding suchen, das sie schließlich umbringt. William G. hat sein Monster gefunden und ... was? Ich meine fast, er hat es verschluckt. Es ist lebendig und frißt ihn von innen her auf, und das ist viel schlimmer, als wenn es ihn verschluckt hätte.

Da, schon mache ich mir um ihn Sorgen. Ich bin schon scheußlich außer mir. Dabei *gibt* es von mir nicht genug; ich habe kein Selbst übrig. Ich muß meine Bienen behalten.

19. William G.

Manchmal denke ich, diese ganze Sache mit der Welt, die sich immer wieder weckt und sich Mühe gibt, einen neuen Tag zu überstehen, sei nur als Manifestation des Unerträglichen nötig. Das Unerträgliche ist wie H. G. Wells *Unsichtbarer Mann*, der Kleider anziehen muß, um gesehen zu werden. Also zieht es sich die Welt an. Vermutlich blickt es in einen Spiegel, aber soweit reicht meine Phantasie nicht.

Vor mindestens fünfundzwanzig Jahren habe ich zuletzt

Schuld und Sühne gelesen. Jetzt lese ich es wieder. Ich hatte vergessen, daß Raskolnikoff, als er die alte Pfandleiherin Aljona Iwanowna umbrachte, auch deren Halbschwester Lisaweta tötete. Lisaweta war ein «sanftes, liebes Geschöpf, bereit, sich mit allem abzufinden, immer gewillt, immer bereit, alles zu tun». Als sie kurz nach Raskolnikoffs Mord an der Alten in die Wohnung zurückkam, mußte er sie ebenfalls töten.

Aljona Iwanowna und Lisaweta *lebten* immer zusammen, sterben zusammen. Versuche, einen Aspekt des Unerträglichen zu töten, und du bringst das Sanfte, Gute ebenfalls um. Immer und immer wieder. Und wer eine Form des Unerträglichen tötet, wird selbst wieder dessen Manifestation, um mitsamt *seiner* Güte und Sanftheit von jemand anderem umgebracht zu werden. Paarweise über den Steg hinauf in die Arche. Aber die Wasser werden nicht mehr weichen.

Ich bin unerträglich. Es liegt in mir. Wenn ich esse, ißt es mit. Es gibt nur *eine* Art, es zu töten.

Der Gedanke daran, eine Mietwagenfirma anzurufen und einen kleinen Lastwagen zu mieten und all diese Meilen zu fahren, wiegt so schwer auf mir, daß ich kaum noch den Kopf heben kann. Verdammte Einzelheiten. Zu schwer. Zu viel.

20. Neaera H.

Es war nach drei Uhr morgens, und ich starrte in die grüne Brühe von Madame Käfers Becken. Die Pflanzen sind alle von langen grünen Algennetzen eingehüllt; weiße, schauderhafte Stückchen vergammeltes Fleisch hängen daran, mit blühendem Schimmel, und die Glaswände sind ganz beschlagen. Es wirkt wie die Bühne für einen winzigen Horrorfilm, aber Madame scheint es nicht viel auszumachen. Ich kann mir nicht mehr vorstellen, wie mir in den Sinn kommen konnte, eine Geschichte über sie zu schreiben. Wer bin ich denn, daß ich ihr Geheimnis auf solche Weise ausnützen dürfte? Sie schwimmt besser, als ich schreibe, und sie erwartet keine Bezahlung dafür. Wenn jemand mich kaufte, mich in eine Büchse mit Luftlöchern verfrachtete, welche Gattung würde ich vertreten? Ich ging zum Regal, holte die *Herzogin von Malfi* herunter, setzte mich in meinen Lesesessel, suchte die Szene, wo die Henker mit «Sarg, Seilen und einer Glocke» eintreten, und las die Rede der Herzogin:

«Ich weiß, der Tod hat tausend Türen,
durch die Menschen gehen, und man weiß,
sie hängen an sonderbaren Scharnieren,
die sich öffnen beiderseits...»

Während ich dort saß und auf die Zeilen starrte, glitt ich aus meinem Wachzustand, schlief aber nicht richtig ein. Ich sah Breydon Waters bei Ebbe, die Austernfischer bei den Muschelbänken, und das Wasser lag silbrig in der Sonne. Dann herrschte nicht mehr Ebbe, sondern Flut, grüner Ozean, tief. Ich schwamm in ihm, flog, und grüner Ozean über mir, unter mir, berührte jeden Teil von mir. Und von unten näherte sich ein schimmernder weißer Schatten. Ach ja, sagte es in meinem Kopf, auch ein Haifischmaul ist schließlich eine Ruhestätte. Man nennt es *requin*.

Meine ist es nicht, dachte ich, als ich wieder zu mir kam. Dieser Ozean, dieser Hai gehören einem anderen. Ich hatte William G. nicht nach seiner Telefonnummer gefragt, als ich ihm meine gab. Ich sah im Telefonbuch nach, erwartete nicht, ihn zu finden. Vermutlich lebte er in Untermiete, und das Telefon war unter einem anderen Namen eingetragen. Es gab sieben William G.s.

Es war Viertel vor vier. Ich sah auf den Kalender. Samstag morgen. Ich sah das Telefon an. Manchmal, wenn ich zu dieser Zeit morgens das Telefon ansehe, wirkt es, als habe es nur rein zufällig in diesem Moment diese Form. Es war für mich

einfach nicht drin, womöglich siebenmal auf gut Glück nach ihm herumzutelefonieren, während ich doch sicher war, daß er nicht im Telefonbuch stand.
Ich weiß nicht, woher mir die Idee in den Kopf gekommen war, daß er zur Untermiete lebte und keine eigene Wohnung hatte; aber wenn ich ihn mir zu Hause vorstellte, dann so. Mit einem sehr hohen viktorianischen Kleiderschrank, einer Art paläozoischen braunen Polstersessel, einem undefinierbaren Bett, das sich tagsüber zu einer undefinierbaren Couch verwandelte, und Tapeten, die das Auge verwirrten. Aber er konnte ja *doch* einer der sieben William G.s aus dem Telefonbuch sein. Für mich war es wie eine Sache auf Leben und Tod, aber ich konnte mich nicht dazu durchringen, einen der William G.s anzurufen. Die Buchhandlung ist Samstagmorgens geöffnet, und ich würde bis halb zehn warten müssen, um herauszufinden, ob er dort war oder zu Hause.
Ich saß in meinem Lesesessel und wartete, aber nichts passierte. Schließlich bin ich weder ein Telepath noch eine Hellseherin. Ich ging aus der Wohnung und setzte mich auf den Platz und erholte mich im Gedanken an den Brunnen, den es nicht gab. Die Luft war schwer und still; das Bronzemädchen würde im bläulichen Licht der Straßenlaternen dunkel aussehen, die Bronze wäre kühl und feucht, der Wasserstrahl abgestellt, die Kieselsteine würden vom Tau glitzern. Die Schritte eines Wachtmeisters näherten sich, dann schimmerte sein Hemd auf, dann kam einer von den Polizisten, die ich kannte. Man ist daran gewöhnt, mich zu allen Tageszeiten draußen zu sehen.
«Sehr schwül, nicht wahr?» sagte er.
«Ja», antwortete ich. «Sehr schwül.» Der Wachtmeister ging weiter, das Hemd wurde wieder zu einem Schimmer, die Schritte verhallten.
Ich konnte kaum stillsitzen. Mir kam ein Gedanke, wie sie einem manchmal im Traum kommen und zu Worten werden, die im Gedächtnis bleiben: Die Rückseite der Dinge ist immer

mit ihrer Vorderseite verbunden. Das ist die Rückseite von der Schildkrötengeschichte, dachte ich. Was? Was ist das? Ich spürte Furcht. Die Rückseite von der Schildkrötengeschichte ist Verzweiflung. Meine? Seine? Nicht meine. Meine Verzweiflung ist schon urlange fein gemahlen und bloß noch Salz und Pfeffer meines täglichen Lebens. Nicht meine. Der Platz regte sich morgendlich. Die Geländer, die unter den Straßenlaternen geglänzt hatten, wirkten nun vor dem ersten Licht des Tages dunkel. Aber es war ein dunkles Morgengrauen. Wochenendwetter. Ich ging zurück in meine Wohnung. Drinnen war es viel schwüler. Ich fühlte mich wie in feuchte Tücher eingehüllt. Ich öffnete alle Fenster. Die Fensterrahmen waren rußig, und ich machte mir die Hände schmutzig. Die Luft von draußen vermischte sich mit der drinnen, und alles war wie nasse Laken.

Ich sah hinab auf den Platz, wo ich gesessen hatte. Die Bank war leer, der Platz grün und leer im frühen Licht, wie ein langer unmodulierter Vokal. Er schien jede Besonderheit verloren zu haben. Die Bäume und Büsche und Bänke hatten zu nichts Beziehung, waren völlig unverständlich. Der nicht vorhandene Brunnen fehlte doppelt, konnte unmöglich mit dem Platz in Verbindung gebracht werden. Es war halb sechs. Ich war dösig, aber ich wollte nicht einschlafen, nicht träumen. Ich legte mich hin und schlief natürlich ein. Ich träumte, daß nichts mehr eine Vorderseite hätte. Die ganze Welt war bloß noch die Rückseite der Welt und leer. Keine Form, keine Farbe, nur äußerste Leere. Wie konnten selbst die Busse ihre Form und Farbe verloren haben? dachte ich. Selbst von hinten sind sie rot und busförmig. Ein Teil dieser ganzen Leere muß ein Bus sein. Aber es gab keinen Bus, es gab gar nichts. Nur blanken Terror.

Dann kam mir noch so ein Traumgedanke: Jede Handlung hat eine Mutter und einen Vater und ist selbst Mutter oder Vater der Handlung, die daraus entsteht. Eine endlose Genealogie, die zurück in die Vergangenheit und vorwärts in die

Zukunft zweigt. Es gibt keine unverbundene Handlung. Ich erwachte, und es war halb sieben.
Ich guckte wieder auf das Telefon. Sei nicht albern, sagte seine Form. Das Tageslicht in den Fenstern drohte mit Regen. Ich frühstückte und rauchte eine, dann noch eine Zigarette. Ich ging in der Wohnung herum, hob Sachen auf und legte sie ab, wühlte mich durch einen Berg unbeantworteter Briefe und unbezahlter Rechnungen und öder Sachen in braunen Umschlägen *On Her Majesty's Service.* Im Gästezimmer stehen Pappkartons mit Büchern, die ich aus den benutzten Regalen ausgeräumt habe. 16 Riesen ARIEL stand auf einem, OUTSPAN-Zitronen auf einem anderen, und in meiner Schrift: WOHNZIMMER UNTEN. Dieser Pappkarton ist zwanzig Jahre alt; ich beschriftete ihn, als wir zu Hause die Regale ausräumten und die Bücher für den Umzug nach London packten. Die Langlebigkeit kurzlebiger Dinge! Ich setzte mich wieder in den Sessel, döste ein und wachte Viertel vor neun auf, verließ rasch die Wohnung und ging zur Bushaltestelle.
Der Bus kam früher als erwartet, wie immer, wenn ich zu früh komme. Ich saß neben einem Mann mit einer Zeitung, in der ich über ein «verworfenes Mädchen» las, das verschiedene Geschäftsleute für einen Popstar «unterhalten» hatte. Sie hatte den Auftrag, für fünf Pfund mit Mister X zu schlafen, sagte das Mädchen. Sie hatte sich wie ein elfjähriges Schulmädchen zu kleiden und zu benehmen und in ihrer Unterhaltung häufig Frühstücksgerichte und andere Produkte beim Markennamen zu nennen. Mister X war anscheinend in der Werbung beschäftigt. Er erwies sich als unfähig, sagte das Mädchen. Unfähig zu schlafen, dachte ich und lächelte über die Zweideutigkeit höflicher Sprache. Ich wäre nicht allzu überrascht, wenn Mister X wirklich schlecht schlafen könnte bei all diesen Markennamen, die in seinem Kopf rumtanzen.
Dann stellte ich mir vor, wie man Leben verpackt und beschriftet und auf Regale stellt, um es zu verkaufen. Mir fiel

kein passenderer Markenname ein als *Kurze Kerzen*. Und wenn nun auch die Bestandteile auf der Kiste aufgelistet wären? Viele Leben würden *nicht* verkauft, man müßte einige Produkte ausrangieren. Tut uns leid, aber dieses Leben führen wir nicht mehr, es gab wirklich keine Nachfrage. *Harter Schläger* zum Beispiel. Oder *Öder Wirrkopf* – wie viele würden sie davon im Jahr verkaufen? Auf der anderen Seite würden sich *Reichtum* und *Ruhm* schnell umsetzen lassen, auch wenn eine gesetzliche Warnung vor Gesundheitsschäden auf der Packung stünde.

Es war erst fünf nach neun, als ich bei der Buchhandlung ankam, und die nächsten zwanzig Minuten brachte ich damit zu, mir die Bücher im Schaufenster anzusehen. Ich bemerkte, daß Taura Strong immer noch produktiv ist, Ökologie sich steigender Nachfrage erfreut, Sex die Stellung hält, aber ruhiger als zuvor: es gab die Hochglanz-Bücher mit Fotos von nackten Menschen, die einander gedankenvoll massierten. In Amerika wurde das Gangstertum in Regierungen untersucht, aber die Regierung im Gangstertum ebenfalls. Mehr und mehr gelangen heutzutage die Rückseiten der Dinge zwischen die Buchdeckel; Heterosexualität zum Beispiel verliert in den Biographien immer mehr an Boden. Fallopia Bothways, die auf der Ankündigung zu ihrem letzten Roman ein männliches Lächeln lächelte, hat jetzt eine andere Frisur. Durch die Glastüren sah ich Bücher still auf den Tischen und Regalen ruhen und sich für die Öffnungszeit bereithalten. Ich merkte, wie ich mich innerlich von ihrem Vielzuviel abwandte.

Um neun Uhr fünfundzwanzig kam ein Mädchen, die offenbar *Harter Schläger* gekauft hatte, mit Schlüsseln und schloß eine der Glastüren oben und unten auf. Sie lächelte flüchtig, ging hinein und verschloß die Tür hinter sich. Ich wartete, während sie die Morgenpost nahm, die Lichter anstellte, zum Büro hinten im Laden ging, mit braunen Papiertüten zurückkam und Geld in die Kasse legte. Dann blickte sie auf,

schien für meine Geduld dankbar, lächelte und öffnete die Tür.
«Guten Morgen», sagte ich.
«Guten Morgen», sagte sie. «Kann ich Ihnen behilflich sein?»
«Ist Mr. G. heute hier?» fragte ich.
Sie schüttelte den Kopf. «Er hat seinen freien Samstag.»
«Können Sie mir sagen, wie ich ihn erreichen kann? Hat er Telefon?» fragte ich. «Es ist ziemlich dringend.»
Sie sah mich aufmerksam an. Sah ich aus wie eine alte Freundin, die anruft und ins Telefon haucht? Ich glaubte es eigentlich nicht. Sie schüttelte leicht zögernd den Kopf, wie ich dachte, aber schüttelte ihn immerhin.
«Unser Geschäftsführer, Mr. Meager, ist darin sehr strikt», sagte sie. «Am besten kommen Sie Montag wieder. Dann wird Mr. G hier sein.»
«Womöglich auch nicht», sagte ich. Ein Bus fuhr an der Tür vorbei, ich betrachtete ihn, zuerst von vorn, dann von der Rückseite. «Ich glaube, er ist womöglich sehr krank. Könnten Sie ihn vielleicht selbst anrufen, um sicherzugehen, daß es ihm gutgeht? Ich glaube, es ist wirklich sehr dringend.» Inzwischen war ich von meiner fixen Idee ganz besessen und fühlte mich ein bißchen verrückt.
«Gestern sah er noch absolut gesund aus», sagte sie. «Vermutlich liegt er noch im Bett. Es ist noch früh für einen freien Samstag.»
Ich sagte nichts. Ich muß wie die leibhaftige Angst ausgesehen haben.
«Gut», sagte sie. «Ich rufe ihn an. Es ist schon ein bißchen komisch, wissen Sie. Immerhin, wenn Sie eine Freundin von ihm sind, sollten Sie seine Telefonnummer kennen, nicht wahr?»
Mir fiel keine Antwort ein, daher sah ich sie nur stumpf an.
«Gut», sagte sie wieder. «Wen soll ich melden?»

«Neaera H.», antwortete ich.
Ihre Miene wechselte, ebenso ihr Verhalten. Leise Entschuldigungen und Verlegenheit. «Diejenige, die die Gillian-Wühlmaus-Bücher schreibt?» fragte sie.
«Genau», antwortete ich.
«Nun», sagte sie mit flüchtigem Lächeln, «dann sehe ich mal zu, wie ich ihn wachkriege.» Sie ging zurück zum Büro und schloß die Tür. Durch das kleine Fenster sah ich, wie sie auf einer Liste nachsah, die sie aus einer Schublade zog. Dann wählte sie eine Nummer, wartete, sprach, während sie mich durch das Fenster beobachtete. Ich konnte nicht hören, was sie sagte.
«Ich habe in dem Haus angerufen, in dem er wohnt», sagte sie, als sie wieder herauskam. «Man sagte mir, er habe nicht geöffnet. Er scheint nicht zu Hause zu sein.»
«Es ist nichts Persönliches», sagte ich. «Überhaupt nichts Persönliches.» Ich spürte mein Gesicht ratlos, was es mit sich anfangen sollte.
Eine amerikanische Lady betrat den Laden. «Haben Sie etwas über Figuren aus Staffordshire?» fragte sie.
Das Mädchen trat zu einem Regal und nahm drei Bücher heraus.
«Die habe ich alle», sagte die amerikanische Lady. «Gibt es nichts anderes?»
«Das ist im Moment alles», antwortete das Mädchen.
«Oje», sagte die amerikanische Lady. «Danke.» Sie ging hinaus.
Ein eindringlich aussehender junger Mann mit langem Haar, einem Bart, riesigem Regenmantel und großer Schultertasche kam herein und ging auf die Abteilung Okkultismus los.
«Würden Sie bitte die Tasche auf der Theke lassen?» bat das Mädchen. Der junge Mann blitzte sie dunkel an, ließ die Schultertasche bei ihr zurück, trat zu den Regalen und zeigte sich höchst interessiert an Alchemie.
«Behalten Sie ihn einen Moment im Auge», sagte das Mäd-

chen. «Er klaut Bücher.» Sie ging wieder in das Büro, kehrte rasch zurück und reichte mir einen Zettel mit William G.s Telefonnummer und Adresse.

«Hier», sagte sie. «Sie sehen aus, als sei es wichtig.»

«Danke», gab ich zurück und eilte hinaus.

Jemand stieg aus einem Taxi, und ich stieg ein. Wie in einem Film, dachte ich. In Filmen brauchen Leute nie auf Taxis zu warten. Allerdings nur in alten Filmen. Niemals bekamen sie Wechselgeld, wenn sie für etwas bezahlten: sie hinterließen einfach Münzen und Geldnoten und gingen weiter. Heutzutage bekommen sie Wechselgeld. Vielleicht müssen sie manchmal auch auf Taxis warten. Ich nannte dem Fahrer die Adresse; sie lag im Südwesten.

«Kennen Sie die Straße?» fragte er.

«Nein», antwortete ich. «Sie?»

«Ich fahre in den Vororten», sagte er, als er von der Brompton Road abbog, «London kenne ich nicht allzugut. Die meisten Kollegen, die nach London aufsteigen wollen, kurven einige Zeit auf einem Moped herum, um alles kennenzulernen, aber ich habe mir nicht die Mühe gegeben. Ich bin Zeuge Jehovas, und wir denken, Gott wird in ein paar Jahren sowieso dazwischentreten und ein paar Dinge wieder zurechtrücken. Dann gibt's keine Taxis mehr.»

«Was gibt's denn dann?» fragte ich und blickte in meinen Stadtplan. «Ich glaube, sie zweigt von der Fulham Road ab.»

«Der Herr wird sich der Gerechten annehmen», sagte er, als wir beim Brompton-Oratorium ankamen und links in die Fulham Road einbogen. «Seit einiger Zeit interessiert uns das Jahr 1975.»

«Fahren Sie bis zum Fulham Broadway und biegen Sie nach links in die Harwood Road ein», sagte ich. «Und wenn 1975 nichts passiert?»

«Viele Leute stellen diese Frage», sagte der Fahrer. «Wir...»

Wir gelangten an eine Stelle, wo die Straße aufgerissen wurde, und ich verstand nicht, was er sagte.

«Tut mir leid», sagte ich und beugte mich dicht zu der Öffnung in der gläsernen Trennscheibe. «Ich konnte Sie nicht verstehen.»
«Wir...» sagte er, und über uns kreischte ein Flugzeug. Ich sank auf meinen Sitz zurück und fragte nicht wieder. Das Reihenhaus lag an einer geschwungenen Straße gegenüber von einem Fußballplatz. Das andere Ende sah eleganter aus, die Häuser ein wenig schöner, mit Blick über den Park. William G.s Teil bestand aus georgianischen Reihenhäusern, drei Stockwerke hoch, ganz schlicht. Ich zahlte das Taxi, und als der Fahrer fortfuhr, fiel mir ein, daß ich ihn gern mehr über 1975 gefragt hätte. Ich wollte wirklich wissen, was er tun würde, wenn 1975 käme und ging, ohne daß der HERR seinen Standort klargemacht hätte. Zu spät, eine verpaßte Gelegenheit.
Es gab keine Namensschilder, nur eine Klingel. Ich läutete. Ein feuriger, ausländisch aussehender Mann mit einem aggressiven Schnurrbart öffnete. Er trug eine Art orientalischen Morgenmantel, der mehr Farben und Muster hatte, als man gern auf einem einzigen Kleidungsstück sieht. Rote Samtpantoffeln, sehr weiße Füße und Knöchel mit sehr schwarzem Haar. Er sah nach ausgeprägten politischen Überzeugungen aus.
«Ich möchte zu Mr. G.», sagte ich.
«Oben», antwortete der Mann und trat zur Seite.
Ich ging hinauf, blieb vor Mr. G.s Tür stehen und wartete darauf, daß mein Herz zu klopfen aufhörte. Zu viele Zigaretten. Der Mann mit dem aggressiven Schnurrbart war ebenfalls nach oben gekommen und produzierte in einer winzigen Küche auf dem Treppenabsatz aggressive Gerüche. Ich könnte ihn bitten, die Tür aufzubrechen, falls nötig. Ich versuchte, mir nicht vorzustellen, was wir finden würden. Ich klopfte.
William G. öffnete die Tür und sah verdutzt aus. «Guten Morgen», sagte er. «Kommen Sie rein.»

Ich keuchte, fand aber keine Worte. Das Zimmer war anders als in meiner Vorstellung, hatte weiße Wände, einen orange japanischen Papierlampenschirm. Moderne Möbel. Dänisch, mail-order.
«Sie sehen ja ganz erledigt aus», sagte er. «Ich mache Ihnen einen Kaffee.»

21. William G.

Es war absolut unheimlich und jagte mir Schauder über den Rücken. Diese Frau dachte wirklich, ich plane Selbstmord.
Ich hatte *in der Tat* daran gedacht, ich tue das oft; immer hat diese Idee wie ein kranker Affe in einer Ecke meines Gehirns gekauert. Aber ich würde es nie *tun*. Zumindest *denke* ich, ich würde es nie tun, kann mir keinen Zustand vorstellen, in dem ich es tun könnte. Nun, das stimmt auch nicht. Ich kann mir den Zustand vorstellen, weil ich ihn oft genug erlebt habe: kein Eckchen mehr, an dem sich das Selbst hinsetzen und Luft holen kann. Einfach gehetzt, aus der Existenz gehetzt. Wenn ich mich so fühle, erschöpft es mich schon, einen Brief zur Post zu bringen oder in die Münzwäscherei zu gehen. Die Gedanken rennen jeder Handlung voraus, und das macht mich im voraus schon müde. Selbst eine so einfache Sache wie Umsteigen in der Untergrundbahn wird entsetzlich schwer. Ich denke im voraus an das Schild auf dem Bahnsteig an der nächsten Station, stelle mir vor, wie ich aussteige, durch den Gang gehe, die Rolltreppe hoch, auf dem nächsten Bahnsteig warte. Ich denke daran, wie viele Züge vor meinem ankommen, denke ans Einsteigen, *wenn* er kommt, denke an die Haltestellen, die kommen werden, denke daran, auszusteigen, die Treppe hinaufzugehen, auf die Straße. Wenn das Denken vorläuft, wird das Selbst zurückgeschoben, alles vervielfältigt

sich, wie sich Spiegel mühselig in die Unendlichkeit verkleinern, alles endlos wiederholen, selbst das Ohrenschmalz, die Stille in den Augen.
Als ich noch klein war, gab es im Flur einen Spiegel, und irgendwann wurde mir bewußt, daß der Spiegel mehr sah als nur das, was direkt vor ihm war. Er spiegelte insgeheim einen Großteil des Flurs auf beiden Seiten, sozusagen aus dem Augenwinkel. Wenn ich meine Nase auf das Glas preßte, konnte ich fast um die Ecken sehen, fast erkennen, was der Spiegel für sich behielt. Vielleicht den ganzen Flur. Alles und jedes, was ich nicht sehen konnte. Spinnen in Netzen in den Ecken, die andere Seite des Lichts durch das bunte Bleiglas der Tür. Die Schatten des Briefträgers heute, morgen, übermorgen.
Mein Vater war es, glaube ich. Ein Selbstmörder. Wenn man es auch einen Unfall nannte. Sein Auto stürzte über eine Klippe ins Meer. Auf Felsen, die man bei Ebbe sehen kann, aber nicht bei Flut. Kein Zusammenstoß, kein Ausrutschen, nichts. Meine Mutter verwahrte den Zeitungsausschnitt; ich habe ihn noch irgendwo. Wer weiß, was auf der Straße vor ihm aufgetaucht ist. Der Rest seines Lebens vielleicht. In Paddington habe ich gesehen, wie Tauben auf dem Bahnsteig der Untergrundbahn in einen Zug hineingehen und wieder herauskommen, solange die Türen noch offenstehen – sie wissen, wohin sie nicht fahren wollen.
Neaera H. kann auch nicht gut in Form sein, wenn ihre Gedanken auf so was kommen. Sie war totenbleich, als sie vor meiner Tür auftauchte. Es dauerte ein Weilchen, bis sie es herausbrachte, und dann sagte sie es fast flüsternd in die Kaffeetasse hinein, daß sie dieses ganze grüne Wasser im Kopf gehabt hätte, und daß ein weißer Hai von unten hochkam. Natürlich sind sie vermutlich auch immer in mir und kommen aus der Dunkelheit und der Kühle des tiefen Wassers hoch. Aber ich würde nicht sagen, ich *strotze* nur so von Haien, und wenn sie sie einfach so aus der Luft holt, dann muß sie ganz schön verrückt sein.

Sie erzählte mir ein bißchen von sich selbst, und ihr Leben ist auch nicht soviel besser als meins. Wenigstens im Geschäft bin ich draußen in der Welt, komme ein bißchen aus mir heraus. Sie sieht manchmal tagelang niemanden und bleibt immer wach. Kein Wunder, daß sie krank wird. Und jetzt ist sie, scheint's, auf meiner Wellenlänge. Das hat mir gerade noch gefehlt. Meine Seele ist zwar kein besonderer Trost für mich, aber immerhin war sie meine allein. Die Frau wird sich umbringen, wenn sie sich weiter so fühlt. In meinem Kopf ist es ganz schön anstrengend für Leute, die selbst keinen sehr vergnügten haben.

Ich muß mich um einen Wagen kümmern. Nach Polperro sind es mehr als zweihundert Meilen, eher dreihundert, möchte ich meinen. Nachtfahrt. Ich fahre lieber nachts als am Tage, aber so oder so erfüllt mich der Gedanke mit Schrecken. Und ich habe Angst vor den Schildkröten. Dieses große Karettmännchen könnte einem mit einem einzigen Biß die Hand abreißen. Ich könnte George Fairbairn bitten, mit uns zu kommen, und er würde es auch tun, aber das wäre nicht gut. Egal, was ich für ein schreckliches Ding in mir habe, es ist meins, und ich muß es allein mit dieser unheimlichen Dame schaffen.

Ich kann mir nicht vorstellen, daß es ohne irgendeine Katastrophe abläuft. Wenn wir die ganze Nacht fahren, müssen wir am nächsten Tag ein wenig schlafen, ehe wir uns auf den Rückweg machen. Ich werde einen ganzen Tag im Laden fehlen, vielleicht länger. Ich kann sagen, ich wäre krank. Das Geschäft geht jetzt recht langsam. Mister Meager und Harriet können ein oder zwei Tage ohne mich auskommen. Ich werde nicht sagen, ich sei krank, aber auch nichts von Schildkröten. Ich brauche aus persönlichen Gründen ein paar Tage frei.

Großer Gott, bin ich jetzt irgendwie für sie verantwortlich? Muß ich glückliche Gedanken haben und im Geist singen und tanzen, damit sie nicht in selbstmörderische Depressionen verfällt? Wieviel weiß ich eigentlich über sie, wenn ich es mir recht überlege? Sie lebt allein, schreibt und illustriert Kinderbücher, scheint nicht sehr glücklich. Sehr romantisch ist sie nicht an mir interessiert, das hätte ich gespürt. Aber wir sind in etwas hineingestolpert, was immer auch daraus werden wird. Ich glaube, im Augenblick möchte ich auch gar nicht mehr darüber wissen.

22. *Neaera H.*

Ach, du liebe Güte! Was habe ich getan? Wo sind meine Bienen? Plötzlich fühle ich mich in meiner eigenen Wohnung wie eine Fremde. Das Durcheinander auf dem Zeichentisch, die Bücher und Papiere auf dem Schreibtisch, Madame Käfer in ihrem Aquarium und die Pflanzen vor dem Fenster sind alle leer und verwirrend geworden.

Männer aus Caister kehren niemals um. Aber ich bin kein Mann aus Caister. Mein Zweistein aus Caister verleiht einem keinen Zauber, er ist nur ein Stein zum Anfassen gegen die Schrecken, die ich mit Büchern und Papieren und den Pflanzen vor dem Fenster zu überdecken suche. Meine Seele fühlt sich an, als würde sie sich vor mir verstecken und heimlich eigene Gedanken verfolgen. Identität ist ein empfindsames Ding. Hier ist meine Wohnung, meine Arbeit, mein Wasserkäfer. Albern. Wasserkäfer kann man genausowenig besitzen wie Bienen. Eigentlich kann man nichts besitzen. Eine Schreibmaschine? Eigentlich nicht. Man bezahlt für die Maschine, stellt sie in der Wohnung auf, benutzt sie. Aber vielleicht gehe ich eines Tages aus und kehre niemals zurück, und die Schreibmaschine würde bleiben und nur sich selbst gehören. Wenn ein Mutterschaf ein neugeborenes Lamm leckt, nennt man das, glaube ich, in Besitz nehmen, aber das Mutterschaf besitzt das Lamm eigentlich nie richtig. Ich spüre wieder das elende Sam-

mel-Gefühl. Mein Leben kann doch noch nicht seinem Ende zugehen. Ich bin nicht gierig, aber so früh kann es doch nicht aufhören. Wer wird es meinen Bienen sagen, und werden sie Honig für die nächste Herrin sammeln? Die gleichen Bienen, andere Leute, immer und immer wieder.
Wenn ich nur einen Austernfischer sehen könnte ... nein, es ist nicht nur der Vogel, es ist die Ferne, die Weite. Ich bin so *ruhelos*. Was habe ich getan? Zumindest mich zum Narren gemacht. Das grüne Wasser, der weiße Schimmer und die geöffneten Kiefer: mein Ozean und mein Hai, nicht seiner? Meiner so gut wie seiner, das ist klar. Ich wünschte, ich hätte diese Schildkröten nie gesehen, hätte Polperro nie gesehen. Könnte es jemand den Schildkröten sagen, ihnen ein Stückchen Krepp geben, das sie hinter sich her durchs Wasser ziehen? Wären es nicht die Schildkröten gewesen, dann eben etwas anderes.
Ich bekomme den Gedanken nicht aus dem Kopf, wie ich ausgesehen haben muß, als ich dasaß und die Tasse auf der Untertasse klapperte. «Geht es Ihnen nicht gut?» fragte er. «Ist irgend etwas? Sie sehen nicht gut aus.»
«Es tut mir leid», sagte ich. «Sie müssen mich für verrückt halten. So etwas habe ich noch nie getan. Ich hatte ein so schreckliches Gefühl, ich dachte, Sie wären vielleicht ... Man hat mir Ihre Adresse im Geschäft gegeben. Ich sagte, es sei dringend, möglicherweise eine Sache um ... Da war das grüne Wasser, und von unten kam ein Hai, schrecklich, schrecklich.» So ging es wirklich weiter, und ich platzte mit all diesen Sachen einfach raus.
Er zündete eine Zigarette an und schüttelte das Streichholz immer wieder, aber es ging nicht aus. Er blies es aus. «Warum dachten Sie, daß ich ... Warum dachten Sie, es hätte etwas mit mir zu tun?» fragte er, und seine Stimme zitterte wirklich hörbar.
«Nun, meiner war es nicht», antwortete ich lahm und wußte, wie idiotisch ich klang.
«Warum konnte es nicht Ihrer sein?» fragte er. Dabei sah er

grausam aus. «Sie hatten ein schreckerregendes Gefühl, einen Angsttraum oder furchterregende Gedanken oder etwas Ähnliches, und Sie sagen, es war nicht Ihrer, sondern meiner. Das ist doch ziemlich komisch, nicht wahr?» Seine Stimme schien von einem winzigen, dunklen Ort herzukommen; er wirkte beim Reden deutlicher, kleiner, schärfer umrissen und weiter entfernt. Ich hatte das Gefühl, ich würde ohnmächtig.

«Hören Sie auf», sagte ich. «Sie sind nicht ehrlich.»

«Sie vielleicht auch nicht», gab er zurück. «Manche Leute schauen nicht in sich hinein; sie fegen alles unter den Teppich. Bei ihnen ist alles in Ordnung; sie sind nie deprimiert. Wenn der Hai aus der Dunkelheit und der Kälte kommt, dann ist es der Hai von jemand anderem, nicht ihr eigener. Sie selbst sind total in Ordnung.»

Dafür haßte ich ihn fast. Jede Situation fordert bestimmte Regeln, und ein Gentleman hält sich daran. Da kam ich nun halbverrückt vor seine Tür und brachte eine Situation zustande, in der ein Gentleman trotzdem offen gewesen wäre, auch wenn er deshalb ebenso irre wie ich ausgesehen hätte. William G. war kein perfekter Gentleman, und ich hatte Mitleid mit uns beiden.

«Sie sind vorsichtig», sagte ich.

«Ich *bin* auch vorsichtig», antwortete er. «Und Sie? Sie hatten das grüne Wasser und den Hai, und jetzt versuchen Sie, ihn mir zuzuschieben, damit jedenfalls Sie nicht rausfallen.»

Wir waren beide ängstlich und wütend, und es folgte ein langes Schweigen. Dann begannen wir, ruhig und höflich zu sprechen, und mieden den Hai. Wir tauschten Allgemeinplätze aus, vorzeigbare Stückchen unseres Selbst: Was ich machte, was er arbeitete, wie dies und jenes sei. Wir wurden auf die ödeste konventionelle Weise ein wenig miteinander bekannt. Ich wollte die ganze Sache mit den Schildkröten abblasen und wußte, er wollte es auch, aber sie blieb wie eine massive Kette, die uns beiden Eisen anlegte und wahnwitzig klirrte.

In unserer Unterhaltung kamen wir nicht weiter. Es wurde

einfach zur Sache des Dortsitzens, bis wir aus unserem gemeinsamen Unbehagen raus- und zurück zu unseren eigenen individuellen Leben kommen konnten. Wir wiederholten Dinge, die keiner Wiederholung bedurften. Ich sagte: Natürlich teilen wir uns die Kosten des Lastwagens; er sagte, er ließe mich wissen, wenn sich George Fairbairn mit ihm in Verbindung setzte. Wir murmelten beide etwas über die mögliche Unannehmlichkeit, kurzfristig handeln zu müssen, und stimmten darin überein, daß dies bei solchen Dingen immer so sei.

Ich fuhr mit dem Bus heim.

23. William G.

Hat Sie Miss H. eigentlich erreicht?» fragte Harriet, als ich am Montag ins Geschäft kam.

«Ja», antwortete ich. «Sie hat mich erreicht.»

«Ich hoffe, das war recht so», sagte sie, «daß ich ihr Ihre Adresse und Telefonnummer gab.»

«Absolut recht», erwiderte ich. «Es war dumm von mir, sie ihr nicht vorher zu geben.»

«Ich wußte ja gar nicht, daß Sie befreundet sind», sagte Harriet.

«Kenne sie noch nicht lange», sagte ich und wickelte eifrig eine Sendung aus.

«Komisch, wenn man Autoren kennenlernt», sagte Harriet. «Die meisten sehen nicht so aus, wie man sie sich vorstellt.»

«Wie hatten Sie sie sich denn vorgestellt?» fragte ich.

«Eher klein als groß», antwortete Harriet, «dicklich anstatt dünn. Eher verheiratet. Verheiratet ist sie doch nicht, oder?»

«Nein», sagte ich. «Verheiratet ist sie nicht.» Ich machte ziemlichen Lärm mit dem Packpapier, und die Unterhaltung endete.

Harriet untersteht direkt Mr. Meager und ist im Geschäft meine Vorgesetzte. Sie ist ungefähr dreißig, und ich kann mich noch erinnern, wie sie sich die Haare im gleichen Stil frisierte wie die Hofdamen bei der Krönung. Sie ist ein hochgewachsenes dünnes Mädchen aus recht guter Familie; der Vater ist Abgeordneter und ihr Gesicht ein ständiger Vorwurf, wenn sie auch überhaupt nicht schlecht aussieht. Sie kleidete sich immer sehr konventionell, wohnte bei den Eltern, ging, als seien die Straßen voller Vergewaltiger, und trug Schuhe, die aussahen, als seien sie zur Selbstverteidigung bestimmt.

Ich kann mich nicht mehr genau erinnern, wann es war, aber eines Tages kam sie plötzlich in Sandalen, wie man sie in Läden für arabische Kleider und Räucherstäbchen bekommt. Da schauten nun ihre weißen, nackten, erstaunten Füße unter dem immer noch konservativen Faltenrock hervor. Meager und ich vermuteten, sie habe ihre Unschuld verloren, aber wenig mehr. Ihre nervös aussehenden Füße wohnten immer noch zu Hause. Gott sei Dank steckten meine Füße meistens in Schuhen. Sie sehen nicht so aus, als würden sie jemals auf glückliche Weise gehen, und ich freue mich, sie nicht zu sehen. Harriets Füße gingen nach einer Weile lockerer. Sie trug dann lange, weite Röcke und Leinenblusen, das Haar fiel herab. Sie nahm sich ein Zimmer, trug nicht mehr jeden Tag einen Büstenhalter und kaufte sich jede Woche *Time Out*.

Ihr Exemplar von *Time Out* lag einmal in der kleinen Küche im Laden, und ich warf einen Blick auf die Kleinanzeigen. HELLSEHEREI UND HYPNOSE gab es da. ANOREXIA NERVOSA, VERTRAULICHE BERATUNG. Und einen NUDISTENCLUB (Frauen freier Eintritt), MASSAGELEHRGANG, GUMMIFETISCHISTEN, TAROTWAHRSAGEREI, ÖKOLOGISCHE LEBENSMITTEL, KERZENHERSTELLEREI, ATTRAKTIVE ARABISCHE MAUS (Warum stand das in VERMISCHTES statt bei EINSAME HERZEN?), HOMOSEXUELLE MÄNNER UND FRAUEN. PICKNICK – Jeder bringt etwas mit. ENCOUNTER, WACHSTUMSSTÖRUNGEN, KALEIDOSKOPE – BIO ENERGETIC-WORKSHOP. Ich warf nur einen flüchtigen Blick auf die EINSAMEN HERZEN, wo ein SENSITIVER SINNLICHER MANN, 23; ein GUTAUSSEHENDER WASSERMANN, 37, und BIS ZU SECHS VERABREDUNGEN für ein Pfund angeboten wurden.

Es gibt Zeiten, in denen ich etwas tue und dann sage: Soweit ist es also gekommen. *Es* sind natürlich verschiedene Dinge zu verschiedenen Zeiten. In meinem Leben ist *es* oft soweit gekommen, und vermutlich wird *es* bis zum Allerletzten so weitergehen, wenn vielleicht meine letzten Worte sind: Soweit ist es gekommen.

BIO-FEEDBACK stand in einer Anzeige. ALPHA-Wellenmaschine. Darüber habe ich irgendwas in der Zeitung gelesen. Leute, die richtig meditieren können, gelangen in einen Zustand ruhigen Wachseins, in dem sich die Gehirnwellen verändern, und jetzt gibt es Maschinen, die die Gehirnwellen aufzeichnen, damit man selbst hört, wenn man in den Zustand gerät, in dem Alphawellen produziert werden, oder wenn man wieder rausfällt. Ich glaube, ich brächte nicht eine einzige Alphawelle zustande. Ich glaube nicht, daß es eine einzige ruhige Stelle in meinem Gehirn gibt. Ich wünsche mir nur, daß Neaera H. und die Schildkröten verschwinden, aber manchmal auch wieder nicht. Ich wünschte, ich könnte meinen Kopf abstellen und zu denken aufhören. Meine Träume handeln normalerweise nur von Dora und den Mädchen, daher habe ich keine Geist-Freizeit, wenn ich schlafe, und meistens wache ich erschöpft auf. Sexuelle Phantasien bieten ein wenig Abwechslung, wirken aber nicht wirklich beruhigend. Lesen ist gut, aber nicht immer. Dostojewski regt mich zu sehr auf. Kinos sind gemütlich, bis man nach Hause gehen muß. Fernsehen wirkt wie Selbstmißhandlung.

In der letzten Zeit habe ich mir einen Ort phantasiert, den es nicht gibt. Nicht Port Liberty. Port Liberty ist für die Klarsichtigen, die Kompetenten, die Starken. Mein Phantasma ist ein Ort, an dem man aufgibt. Vielleicht eine Behörde, in einem schmierigen Gang, eine Tür mit Milchglasscheibe: ABTEILUNG FÜR KAPITULATION UND BEDINGUNGSLOSE UNTERWERFUNG. Die üblichen hohen Stehpulte an einer Wand mit ausgetrockneten Kugelschreibern an Ketten. Formulare: Mitgemachte Aktionen, Bedingungen, falls erwünscht, nächste Verwandte. Ein freundlicher indischer Beamter gibt einem beim Ausfüllen Rat und Hilfe. Man kapituliert oder unterwirft sich bedingungslos, unterschreibt und wird an eine Art Zufluchtsstätte für Nichtkämpfer geschickt. Den Ort selbst stelle ich mir nie vor, nur das Aufgeben. Ob sie dort Fernsehen haben oder Bücher oder Bordelle, weiß ich nicht, aber es wird nicht mehr gekämpft. Schlaf nach den Mühen, Hafen nach stürmischer See, Leben nach dem Kriege und so weiter. Von Port Liberty gibt es wenigstens ein Modell, aber die Abteilung für Kapitulation und bedingungslose Unterwerfung existiert nirgendwo in irgendeiner Form. Das Irrenhaus ist nicht das gleiche. Ich bin nicht verrückt, aber vielleicht ist das niemand. Daher rief ich Mister Bio-Feedback an.

Das Institut lag in St. Johns Wood, große, helle, geräumige Wohnung, hohe Decken. Die Art von Wohnung, wie sie so viele junge Amerikaner gefunden oder von einem expatriierten Onkel geerbt zu haben scheinen, ehe die Mieten stiegen und man unmöblierte Wohnungen unmöglich finden konnte. Matratzen auf dem Boden mit indischen Decken, viele bunte Kissen, ein paar moderne Dinge, ein wenig Rattan. Selbstgemalte Abstrakta und vergrößerte Fotos an den Wänden. Viele Regale, viele Bücher. Teure Stereoanlage mit vier Fuß hohen Boxen.

Der junge Mann mit der Biofeedbackmaschine war schlank und gesund, bart- und sandalentragender Amerikaner mit einem wundervollen Haarschopf, der wirkte, als könne er ihn wie eine Batterie aufladen. Sah sehr friedlich und heiter aus, als hätte er überwiegend Alphawellen im Kopf. Schecks von zu Hause, dachte ich. Hat vermutlich keinen einzigen Tag seines Lebens gearbeitet. Hat auch Familie, denn das Badezimmer war voller Spielzeug und Kinderkleider.

Der Alphawellendetektor war ein recht bescheiden wirkender Plastikkasten, der aussah, als beherberge er kaum mehr als für fünf Pfund Teile und Arbeit. Er stellte ihn auf ein beeindrukkendes Bretter- und Röhrengestell, aber teurer als fünf Pfund sah er immer noch nicht aus.

«Womit verdienen Sie Ihren Lebensunterhalt?» fragte ich.

«Hiermit», antwortete er friedfertig. «Ich bin der Repräsentant der Firma, die die Maschinen herstellt, und verkaufe sie auch.»

Ich versank in einem der riesigen Plastikkissen, die aussehen wie überreife Tomaten, die auf den Boden gefallen und aus irgendeinem Grund nicht aufgeplatzt sind.

«Und Sie?» fragte er, während er mir elektrolytische Paste auf die Schläfen und in den Nacken strich und die Elektroden anpaßte. Ich schämte mich wegen meiner Schuppen.

«Verkäufer in einer Buchhandlung», antwortete ich.

«Ich *dachte* mir, daß es auf die eine oder andere Weise mit Literatur zu tun hat», sagte er. Er stellte die Maschine an und die Lautstärke ein. «Das ist ein Wellenfrequenzfilter und -verstärker», sagte er. «Sie hören die Alphawellen.»

Ich lauschte. Totenstille.

«Schließen Sie die Augen», sagte er.

«Ich glaube, ich habe keine Alphawellen», sagte ich. «Ich glaube, in meinem Kopf gibt es außer Statik und Lärm nichts.»

«Sie werden überrascht sein», sagte er. «Jeder hat Alphawellen. Treiben Sie irgendwelche Meditation?»

«Nein», sagte ich. Dann schloß ich die Augen. Stille aus der Maschine. Ich dachte an einen Graureiher, den ich einmal gesehen hatte, wie er sehr langsam über einen Sumpf flappte. Ein schöner, feierlicher Gedanke. Stille aus der Maschine. Ich gab den Reiher auf und versank in dem, was immer es da in meinem Hinterkopf gab, worein man sich versenken konnte.

«Kluck, kluck, kluck», gab die Maschine leise von sich.

«Das sind Alphawellen», sagte der junge Mann.

Ich ließ mich weiter treiben. Kluck, kluck, kluck, kluck, sagte die Maschine wieder in einem kleinen Stück Hühnergeschwätz. Ich machte eine Weile so weiter, zahlte zwei Pfund für die Stunde. Manchmal bekam ich zehn oder fünfzehn Klucks hintereinander und war recht zufrieden mit mir. Das ist der Grund, warum ich noch nicht verrückt geworden bin, dachte ich. Es muß in meinem Kopf ungestörte Stellen geben, wo ich ein wenig Ruhe finde, ohne es zu merken. Ein erheiternder Gedanke.

Ich nahm die Elektroden ab. «Was ist denn mit *Ihren* Alphawellen?» fragte ich. «Sind sie gut?»

«Wollen Sie weitermachen?» fragte er. «Sie haben noch Zeit.»

«Ich glaube nicht, daß ich Geduld für eine ganze Stunde aufbringe», sagte ich. «Ich möchte gern Ihre hören.»

Er legte sich die Elektroden an, schloß die Augen und sah noch friedlicher aus. Kluck, kluck, kluck, kluck, kluck, kluck gab die Maschine sanft und stetig wie ein Geigerzähler von sich, den man neben ein Stück Uran hält. Es kluckte fast ununterbrochen, mit nur ganz kurzen Pausen. Ich schüttelte den Kopf. Was sollte man schon sagen? Er wischte das Gelee von meinen Schuppen.

«Danke», sagte ich und stand auf.

«Meinen Sie, Sie möchten es noch einmal versuchen?» fragte er.

«Ich glaube nicht», gab ich zurück. «Aber es ist ein gutes Gefühl zu wissen, daß manchmal Alphawellen da sind.»

Beim Hinausgehen sagte er: «Ich habe Ihnen keine direkte Antwort gegeben, als Sie mich nach meinem Lebensunterhalt fragten.»

«Oh, bitte», sagte ich, «das ist nicht nötig. Ich habe aus reiner Neugier gefragt.»
«Eigentlich lebe ich von Geld, das ich aus den Staaten bekomme», sagte er. «Aber hiermit komme ich hoffentlich auf einen grünen Zweig.»
Ich ging mit meinen Alphawellen nach Hause. Man weiß nie, was man noch vor sich hat. Wer weiß, was für Wellen noch in mir kluckern und mich vielleicht irgendwann zu etwas Gutem treiben.
Ich ging nicht direkt nach Hause. In Paddington stieg ich von der Bakerloo-Line in die Main-Line. Mir war nach vielen Leuten in einem großen offenen Raum. Sonst mag ich keine Tauben, aber unter dem Glasdach der Paddington-Station mag ich sie. Wenn sich die Tauben unter die Leute mischen, sind sie ganz anders, als wenn sie auf Plätzen herumhüpfen und von Leuten gefüttert werden, die niemand anderen zum Füttern haben. Intoleranter Gedanke. Tauben oder Schildkröten, wo liegt der Unterschied?
Soviel zielgerichtete Bewegung in Paddington, so viele individuelle Richtungen, die einander kreuzen, so viele verschiedene Handlungsstränge! Ich stelle mir immer vor, daß alle anderen ein gutes Zuhause haben müssen. Sie drängen offenbar dorthin. Ich saß auf dem niedrigen flachen Holzgeländer bei den Puffern von Gleis eins und beobachtete die Gestalten vor dem Licht aus dem Zeitungsstand und unter dem grauen Glasdachhimmel. So viele hübsche Mädchen! Als ich zwanzig war, waren sie nie so hübsch. Zwei Männer unterhielten sich; der eine holte Wechselgeld aus der Tasche und ließ ein Halfpennystück fallen. Während er danach suchte, stieß er es unbemerkt fort. Ich sah, wie es über den Boden rollte, um von einem anderen Mann in die andere Richtung getreten zu werden, ebenfalls unbemerkt. Inzwischen war der Mann, der es fallen gelassen hatte, weitergegangen, und als der Halfpenny nicht mehr rollte, hob ich ihn auf, steckte ihn in die Tasche und ging nach Hause.

24. Neaera H.

Heute morgen las ich in der *Times*, daß die Astronauten an Bord der *Skylab 2* zwei Spinnen bei sich haben. Eine der Spinnen, mit Namen Arabella, hat ein ungefähr normales Netz gesponnen. «Die Schwerelosigkeit hat sie anfangs desorientiert», hieß es in dem Bericht aus Houston, «und bei den ersten Versuchen produzierte sie nur ein paar Flusen, hauptsächlich in den Ecken ihres Käfigs. Aber heute, am dreizehnten Tag des *Skylab 2*-Fluges, war Dr. Owen Garriott mit der Arbeit recht zufrieden. ‹Dieses Mal ist das Netz auf den ersten Blick genauso, wie man es auf der Erde finden würde›, sagte Dr. Garriott.»

Daß Arabella überhaupt ein Netz spann, sich diese Mühe gab, überwältigt mich. An ihrer Stelle wäre ich sicher gekränkt gewesen oder krank geworden. Sie wußte nicht einmal, wo oben war, ganz zu schweigen davon, wo sie war und warum, aber sie spann da draußen im Weltraum ein vernünftiges Netz. Ich hoffe, man war wenigstens anständig genug, ein paar Fliegen mitzubringen, die sie fangen konnte. Ich glaube nicht, daß man sie dazu bringen könnte, daß sie winzige gefrorene Mahlzeiten aus der Tube ißt, oder was immer die Astronauten zu sich nehmen. Und wenn sie Fliegen mitgenommen haben, müssen diese irgendwo in der Inventarliste von *Skylab* auftauchen: *Fliegen, 12 Dutzend.* Wenn es dort oben Fliegen gibt, dann wurde es nicht erwähnt, auch nicht, wie sie sich an die Schwerelosigkeit angepaßt haben. Vielleicht haben sie tote Fliegen benutzt, wie man tote Mäuse an die Eulen im Zoo verfüttert. In jedem Fall verdient Arabella eine Plakette in *Skylab 2*. Aber natürlich braucht sie so etwas nicht, hat nicht die Art von Verstand, der sich mit Plaketten beschäftigt. Sie braucht keine Anerkennung, kann sich selbst anerkennen und ein Netz spinnen, wo immer sie sich aufhält. Was für eine gute Sache der Instinkt ist!

Gestern nacht hatte ich einen Traumgedanken, an den ich

mich bis heute morgen sorgfältig klammerte. Er hieß: Wer es weiß, hat jede Einzelheit vergessen, wer es nicht weiß, erinnert sich an alles. Ärgerlich. Wer *was* weiß oder nicht weiß? Ich habe keine Ahnung, und am ärgerlichsten ist, daß etwas in mir weiß, was es bedeutet.

Auf der Southbank gab es eine Woche des Naturfilms, und ich sah mir einen Film über Haie an. Er war von einem Mann von offensichtlich unbegrenztem Reichtum hergestellt, der sich ein großes Schiff und jede Menge Unterwassergeräte für die Haifotos besorgt hatte. Er und seine Genossen stimmten darin überein, daß das Tauchen zwischen den Haien die größte Herausforderung bedeutete. Sie waren besonders begierig, einem großen Weißen Hai zu begegnen, einer seltenen Art, die besonders als Menschenfresser gefürchtet wird. Sie fuhren von einem Meer zum anderen, und ich konnte nicht umhin, mich die ganze Zeit zu fragen, wieviel es kostete. Ich glaube, von dem Geld, das so ein einziger spezieller Tauchkäfig gekostet hat, könnte ich ein halbes Jahr in großem Stil leben.

Die meiste Zeit folgten sie Walfängern und fotografierten die Haie, die die Walkarkassen abfraßen. Manchmal schossen sie die Aufnahmen aus dem Käfig heraus, aber zuweilen schwammen sie furchtlos zwischen den Haien herum. Sie schwammen mit blauen Haien, dunklen Haien, ozeanischen Weißschwanzhaien und mehreren anderen Arten, aber sie waren ständig enttäuscht, weil sie keinen großen Weißen Hai trafen.

Schließlich fanden sie einen großen Weißen Hai, den sie mit Walöl, Blut und Pferdefleisch anlockten. Es war eine wirklich furchterregende Kreatur, und sie blieben klugerweise in ihrem Käfig, während der Hai die Stangen mit den Zähnen umklammerte und daran rüttelte. Der reiche Mann sagte, es sei phantastisch, unglaublich, über alle seine Erwartungen hinaus gewesen. Seine Freunde gratulierten ihm zu dem Erfolg der Expedition, und der Film war zu Ende.

Ich merkte, wie ich diesen Mann verabscheute, wie unvernünftig das auch von mir war. Alles Geld der Welt gibt ihm nicht das Recht, ein schreckliches, mysteriöses Tier heimzusuchen und sein Geheimnis mit Worten wie «phantastisch» und «unglaublich» zu beschämen. Die Taucher waren für den Hai sicher keine äußerste Herausforderung. Gesellschaftlich gesehen gehörten sie nicht zu seiner Klasse, und er wäre nicht von einem Meer zum anderen gefahren, um sie zu suchen. Er wäre auf seine stumme und todbringende Weise gedankenlos weitergeschwommen und sein schreckliches Selbst geblieben, unschuldig und mörderisch. Es waren Menschen, die gierig auf die wilde Aufmerksamkeit des Hais warteten; wie Affen mußten sie sich bemerkbar machen!
Geld kann viel bewirken; selbst mit einem Weißen Hai können solche reichen *Frotteure* in eleganten Tauchanzügen spielen. Aber sie haben ihn nicht wirklich gesehen oder ihn berührt, weil er für den Menschen nur dann das ist, *was* er ist, wenn ihm dieser Mensch nackt und allein beim Schwimmen begegnet. Sie haben den großen Weißen Hai nicht gefunden; sie haben eine Bordellphantasie ausgelebt, mit schwarzen Gummikleidern und Stahlstangen. In Wirklichkeit Aluminium.
Als ich mit der Menge aus der Queen-Elizabeth-Hall kam, saß da ein armselig gekleideter Mann, der Mundharmonika spielte. Die Laternen auf der Promenade und der Brücke leuchteten, Züge ratterten über die Hungerford-Bridge, Schiffe, die augenscheinlich durch Musik angetrieben wurden, fuhren vorbei mit tanzenden Menschen, Lichter glitzerten auf dem Fluß und in den Häusern auf der anderen Seite des Flusses, es war Vollmond, die Nacht war seidenweich. Die Mundharmonika summte leise, feurige Musik; die Augen des Mannes blitzten feurig über das Instrument. Ich gab ihm zehn Pence; er dankte mir und schickte seine Musik wie Bienen hinter mir her.
Auf einer Party trank ich mehr, als mir guttat, und merkte, wie ich mit Harry Rush von Pryntward Rush & Hope über Ödi-

pus und Peter Rabbit schwafelte, über Theben und Mister MacGregors Garten. Zwei Tage später erhielt ich einen Brief, in dem er sein großes Interesse an meinem kommenden Buch: *Von Ödipus zu Peter Rabbit: Das tragische Erbe der Kinderliteratur* ausdrückte und mir tausend Pfund bei Unterschrift des Vertrages anbot.

An dem Morgen, als der Brief kam, dachte ich darüber nach, daß möglicherweise die größte Tragödie in der Kinderliteratur ist, daß die Leute nicht aufhören, sie zu schreiben. Es war einer jener Morgen, wo es plötzlich so scheint, als sei nichts, was auch immer, selbstverständlich. Ich fühlte mich fremd in meinem eigenen Kopf, als sei das Bewußtsein, das durch meine Augen blickte, ein monströser Wechselbalg. Unversöhnliches Morgenlicht lag auf allen Büchern und dem Durcheinander, das dort immer herrschte, aber nichts war erkennbar bedeutsam. Was in aller Welt sollte es eigentlich, dachte ich unvermittelt.

Leute schreiben Bücher für Kinder, und andere Leute schreiben Bücher über diese für Kinder geschriebenen Bücher, aber ich glaube nicht, daß es überhaupt um Kinder geht. Ich glaube, daß all die Leute, die sich so sehr um die Kinder sorgen, sich eigentlich um sich selbst sorgen, wie sie ihre Welt zusammenhalten, und sie holen sich die Kinder zu Hilfe, holen sich die Zustimmung der Kinder, daß es wirklich eine Welt gibt. Jeder neuen Generation von Kindern muß man erzählen: «Dies ist eine Welt, das tut man, so lebt man.» Vielleicht besteht unsere beständige Furcht darin, daß eines Tages eine Generation von Kindern daherkommt, die sagt: «Das ist keine Welt, das ist ein Nichts. Es gibt überhaupt keine Möglichkeit zum Leben.»

25. William G.

Jemand hat Harriet von einer kostenlosen Demonstration einer sogenannten Originaltherapie erzählt, und sie hat mich gefragt, ob ich mit ihr dorthin ginge. Wir hatten beide keine Ahnung, was es sein konnte, und es war mir auch völlig egal, aber ich ging mit. Ich tue alles, um meine Gedanken von den Schildkröten abzulenken. Es fand in Maida Vale statt; die Leute hatten lange Haare und trugen Sandalen, die die meisten aber auszogen. Es gab eine Menge gutaussehender Füße darunter. Die bärtigen Männer sahen alle aus wie große Gestalten der Geschichte, aber nur vom Hals aufwärts: Darwin, Pasteur, Mendelejew, Faraday. Vom Hals abwärts sahen sie aus wie Wegelagerer. Die Mädchen schienen mir besser auszusehen, aber das tun Mädchen ja immer; bei den Frauen scheint es mehr menschliche Solidität als bei den Männern zu geben. Komisch, daß man *Mädchen* und *Männer* sagt. Mehr als die Hälfte der Männer waren Jungen, und mehr als die Hälfte der Mädchen Frauen, die aussahen, als hätten sie eine Menge von einer bestimmten Art Leben gesehen und so manchen Doppelzentner braunen Reis gekocht. Orientalische Kissen auf dem Boden, buddhistische und Zen-Bücher auf den Regalen, das I Ging, Laing, Castañeda, Hermann Hesse, Die Grüne Erde. Ein Hauch von alten Räucherstäbchen.
Die Originaltherapeutin war eine üppige Dame um die Vierzig. Glänzendes rotes Haar im Stil alter Musicalfilme, enge weiße Hose, Goldsandalen, silberne Zehnägel, prallsitzende lila Seidenbluse. Dunkler Freund mit einer Sankt-Christophorus-Medaille und einem Rennfahreruhrenarmband.
Sie hieß Ruby und hörte sich nach Sprache und Tonlage an, als lebe sie in einem Wohnwagen. Sie erzählte uns von ihrer Therapie, während ein paar Leute in dem Raum sich mit sehr geradem Rücken in den Lotussitz hockten und andere ihre Köpfe aufstützten. Ein Mädchen jammerte hin und wieder, ein anderes murmelte fortwährend.

Sie war Amerikanerin, diese Ruby. Erzählte uns, wie sie so herumgekommen sei, als Rodeoreiterin, auf Rollschuhderbies, bei Ringkämpfen, drei Ehemänner und jede Menge Probleme. Entdeckte ihre Originaltherapie eines Nachts beim Ringen. Eine andere Frau hatte sie im Scherengriff, drückte sehr fest zu, wurde ein bißchen zu begeistert und ließ nicht wieder los. Unter diesem Druck erlebte Ruby eine sonderbare Veränderung ihres Bewußtseins.

«Ich sah alle möglichen bunten Lichter und Funkenregen», sagte sie, «und der Lärm der Zuschauer wurde lauter und leiser, wie das Brüllen von Gischt in weiter Ferne. Da passierte etwas mit mir. Ich spürte, wie ich tief, tief unterging und wieder hochkam, wie durch Tausende von Jahren, Millionen von Jahren, als Eiszeiten kamen und gingen und Dinosaurier in den Sümpfen versanken und die primitiven Bäume zu Kohle gepreßt wurden. Sogar noch weiter zurück, als wir aus dem warmen Ozean krochen und auf dem Strand um Atem rangen, und weiter zurück ins Meer, kleiner und kleiner werdend, bis zurück zur einzelnen Zelle. Und weiter zurück zum Nichts, dem warmen Meer, das man Urschleim nennt.»

Ruby ging sogar noch weiter als bis zum Urschleim, gelangte an einen Punkt, an dem es nichts gab, keine Zeit, kein Ich, nichts. Dann tauchte etwas auf, wie die Idee von einer Frage, eine Art ursprüngliches JA oder NEIN? Es formte sich zu einem JA. Dann folgte ein mystisches, grünes Muster ohne einen Laut, dann eine rote Explosion in Rubys Kopf, und die Leute um den Ring hoben die andere Ringkämpferin von ihrem Schoß. Das war der Wendepunkt in Rubys Leben, zurück zum Ursprung des Lebens zu wandern und das große JA zu finden, und nun würde sie uns Dias zeigen und ihre Therapie erklären.

Viele im Raum bewegten sich und versuchten, Platz auf dem Boden zu finden, um sich auszustrecken. Einige rauchten Hasch. Es gab einen Burschen, der aussah, als sei er von Müllmännern aus alten Polsterteilen und abgelegten Kleidern zusammengesetzt worden, der fragte Ruby, ob ein anderer Geist in den Körper dränge, wenn der Geist den Körper verläßt. Er hatte eine hohe, gepreßte Stimme und ein fettes, unrasiertes Gesicht.

Ruby meinte, daß sie so etwas noch nicht erlebt hätte. Es gab keine weiteren Fragen; es wurde still im Raum, ein oder zwei Leute schliefen. Durch die Fenster drang das letzte Tageslicht, und Rauch trieb vorbei. Dann wurden die Vorhänge zugezogen, und Ruby zeigte uns Dias.

Wir sahen viele Dias von Ruby im Bikini, die andere Leute im Scherengriff hielt, die ihrerseits Badehosen oder Shorts trugen. «Mit Hautkontakt geht es besser», sagte sie. «Gerüche sind ebenfalls wichtig.» Wir sahen Leute aus sich herausbrechen, wenn sie das JA erreichten, sahen die glücklichen Gesichter danach. Ruby erzählte uns, daß die Menschen unterschiedlich revitalisiert würden, wenn sie mittels ihres Scherengriffs zum Ursprung des Lebens zurückkehrten. Krankheiten verschwanden; bei einem Mann hörte der Haarausfall auf.

Die Vorhänge wurden wieder aufgezogen. Es war inzwischen Abend, das dämmrige Licht der Straßenlaternen drang ein kurzes Stück in den Raum, endete in Dunkelheit. Man zündete Kerzen an. Ruby zog sich kurz zurück, sprang dann im Bikini wieder herein. Eine kraftvolle Gegenwart. Ich fühlte mich deprimiert und ängstlich, Harriet schien nervös und umarmte sich wie verloren. Das jammernde Mädchen sagte: «Oh, Jesus.» Der Mülleimerbursche wurde rot im Gesicht. Einige dünnere Leute standen auf und gingen.

«Was macht denn die Frau jetzt?» fragte ein kleines Mädchen seine Mutter.

«Therapie», antwortete die Mutter.

«Wie Daddy?» fragte das Mädchen.

«Anders», sagte die Mutter. «Paß auf.»

Ruby legte eine Platte auf. Wegen der Atmosphäre, sagte sie. «Vor Jahren gab es diesen wunderbaren Disneyfilm, Fantasia», sagte sie. «Und da war eine Stelle vom Anfang der Welt, mit dem roten Himmel und den dampfenden Meeren, und später kamen die Dinosaurier und alles andere. Ich habe die Musik immer geliebt.»

Es war Strawinskys *Sacre du Printemps*. Auf allen Fotos, die ich von Strawinsky gesehen habe, sieht er aus wie ein Mann, der zu früh zur Sauberkeit erzogen wurde, und wenn man mich fragt, so beweist das seine Musik.

Man brachte eine Matte herein, und einer der bärtigen Typen zog sich das Hemd aus und legte sich darauf. Ruby legte sich in rechtem Winkel zu ihm und wickelte ihre Beine um seine Taille. «Mach deinen Kopf so frei wie möglich», sagte sie. «Atme aus, wenn ich zudrücke, atme ein, wenn ich nachgebe. Sieh mich an.»

Die Muskeln in Rubys Schenkeln sprangen hervor; der Bärtige keuchte, als ihm die Luft ausging, und sie waren in Trance. Nach fünf Minuten erreichte er das JA, riß sich los, war glücklich wie die Leute auf den Dias, und Ruby widmete sich dem nächsten Bewerber. Man hatte einem nicht gesagt, Badezeug mitzubringen; die meisten Männer zogen sich das Hemd aus, einige Mädchen gingen in BH und Schlüpfer, andere behielten alles an. Ruby gab sich bei allen wirklich Mühe und drückte fest zu, bis sie das JA erreichten oder es zumindest behaupteten. Ein Bursche schrie: «Pax!», aber er war der einzige. Nach einer Weile paßte ich nicht mehr genau auf. Wir alle drängten uns dicht aneinander; Harriets Hintern saß teilweise auf meiner rechten Hand, und ein nackter Fuß, der zu einem der besser aussehenden Mädchen gehörte, berührte meinen linken. Durch das Kerzenlicht, den Geruch von Hasch und Schweiß, das Atmen und Stöhnen, wenn einer nach dem anderen zu den Ursprüngen des Lebens zwischen Rubys muskulösen Schenkeln zurückkehrte, fühlte ich mich behaglich und entspannt. Selbst der Strawinsky wurde durch die Wiederholung besänftigender.

Es ging immer weiter. Ich muß sagen, eigentlich hätte ich

mich gern von Ruby drücken lassen, aber ich war mir nicht sicher, ob ich es vor allen Leuten wollte. Harriet kam nicht in Versuchung, aber wir beide begannen nun, den Abend auf ruhige Weise zu genießen.
Ruby scherenklammerte gerade einen sehr gut aussehenden jungen Mann namens David, als dieser auf ungewöhnliche Weise zu stöhnen begann. Er hielt die Augen geschlossen und schien in einer Art Trance. Er umklammerte Rubys Schenkel und schob sich vor, als wolle er sich aus ihren Beinen befreien, und es gelang ihm auch, sich wenige Zentimeter aus dem Griff zu schieben. «Kann nicht atmen», murmelte er, als rede er im Schlaf. «Um den Hals, erwürgt mich.»
«Das ist die Schnur», sagte eine blonde Frau mit krausem Haar und faltigem Gesicht. Auch eine Amerikanerin.
«Welche Schnur?» fragte Ruby.
«Die Nabelschnur», erwiderte die Blonde. «Ich bin auch Therapeutin. Er macht die Geburt, erfährt sie noch einmal. Schnell, dreh ihn um und wickel ihn frei. Laß ihn los, damit ich ihn umdrehen kann.»
Ruby lockerte ihren Griff, und die blonde Frau rollte David zwischen ihren Beinen aus. «So», sagte sie. «Alles ist jetzt gut. Laß ihn sich herauswinden, wie er es wollte.»
«Ich weiß nicht», sagte Ruby. «Das ist mir in Los Angeles nie passiert. Sie gehen einfach zurück zum Großen JA und Bong! dann sind sie wieder draußen.»
Murmeln und Laute aus der Menge. Dies sei nicht Los Angeles, sagten einige andere Amerikaner. Leise Versuche von Solidarität unter den Expatrioten und unter uns Engländern, ein Gefühl von Stolz, daß es in London vielleicht doch nicht so einfach zugehe wie in Los Angeles. Erneutes Interesse ringsum. David wand und rollte sich, öffnete Rubys Beine mit den Händen und stöhnte rauh und heftig. «Was immer es ist, es fühlt sich gut an», sagte Ruby. «Fühlt sich an, als würde etwas Großartiges geschehen. Man muß bei dieser Arbeit für alles offenbleiben.»

«Er braucht Hilfe», sagte die Blonde. «Ich schiebe ihn von hinten. Jemand anders nimmt seinen Kopf und seine Schultern und hilft ihm, wenn er herauskommt.»

«Was machen sie jetzt?» fragte das kleine Mädchen seine Mutter.

«David wird geboren», sagte die Mutter.

Willige Hände legten sich oben und unten auf David, auf Ruby und die Blonde. Mehr und mehr Leute nahmen an der Entbindung teil. Inzwischen war David bei all dem Gewinde und Gezerre halb aus seiner Hose gerutscht, hielt die Augen immer noch geschlossen. Er trug schwarze Unterhosen. Weiteres Schieben und Ziehen, und endlich war David mit einem heiseren Schrei draußen. Aus Rubys Beinen und seiner Hose.

Darauf erfolgte allgemeiner fröhlicher Jubel, und einige Mädchen hatten Tränen in den Augen. Ich sah Harriet an – sie auch. Ich drückte ihre Hand, und sie erwiderte den Druck. Ruby umarmte David und sagte: «Gib Mama einen dicken Kuß.»

David hatte die Augen immer noch geschlossen, und als er in Rubys Arme trat, fummelte er eine der großen, fleischigen Brüste aus dem Bikinioberteil und hängte sich daran wie ein Veteran von Kind.

«Jesus!» sagte Ruby und drückte seinen Kopf gegen ihre Brust. Alle klatschten spontan Beifall, abgesehen von Rubys Freund, der etwas Feuriges in Italienisch von sich gab, mit den Augen rollte und eine Handbewegung machte. David öffnete die Augen und lächelte glücklich. Ruby schob die Brust zurück, und jemand brachte ihr eine Tasse Tee. Alle zündeten sich Zigaretten und Joints an und machten es sich wieder bequem.

Die Mädchen stellten David mit glänzenden Augen viele Fragen, und in den Gesichtern der Männer zeigte sich nun eine schreckliche Lust an der Kindheit. Wie hatte es sich angefühlt, wo war er gewesen, wie fühlte er sich jetzt? David antwortete, es sei eine tiefgehende Erfahrung gewesen; er sei zurückgegangen in die Dunkelheit des Schoßes, zu seinen pränatalen Ängsten, zur Ambivalenz gegenüber der Mutter, zur Ablehnung des Vaters, zu seiner Angst, in die Welt zu treten. Er berichtete von seiner Freude, als er beim Auftauchen das erste Licht und Rubys Busen sah. Er fühlte sich gut, wie neu, heiter. Er spüre weniger Verspanntheit im Nacken. Soviel könne er jetzt sagen, aber es sei etwas, worüber er nachdenken müsse, es sei eine tiefgehende Erfahrung gewesen.

Und jetzt gab es ein ziemliches Gedränge, als nächster bei Rubys Originaltherapie dranzukommen, aber es ging nicht mehr um den Urschleim – jetzt wollte jeder neu geboren werden. Harriet ließ sich auf die Liste eintragen, ich nicht. Es ist noch nicht der Zeitpunkt für meine Wiedergeburt. Ruby versprach, alle dranzunehmen, die ganze Nacht durchzumachen, falls es nötig sein sollte, und nach einer kurzen Pause ging es weiter mit der Therapie.

Einige weinten, als sie wiedergeboren wurden, andere wüteten. Einige wüteten und weinten. Das jammernde Mädchen wurde totenstill, als es an der Reihe war; diejenige, die die ganze Zeit vor sich hin gemurmelt hatte, schrie. Strawinsky wurde vergessen. Musik brauchte niemand mehr. Man brachte zusätzliche Matten herein, um einen längeren Geburtskanal zu schaffen. Einige schlugen in Rubys Griff um sich, während sie durch den ganzen Raum geschoben und gezogen wurden, andere glitten elegant wie Fische durch ihre Beine. Ruby war am ganzen Körper rot und fleckig und zerkratzt, weil man sie durch den Raum schob und mit ihr kämpfte, aber sie meinte, sie spüre soviel Energie, daß sie sich überhaupt nicht müde fühlte.

Obzwar viele Mädchen ihre Windungen in BH und Höschen absolvierten, war das Ganze überhaupt nicht sexuell anregend, weil alle so schrecklich nach etwas suchten, das schwerer zu finden war als Sex. Mir fiel besonders ein beeindrukkend gutaussehender bärtiger junger Mann auf, der früher am

Abend mit sehr geradem Rücken in Lotusposition gesessen hatte. Und jetzt stöhnte und jammerte er sogar, um endlich an die Reihe zu kommen.
Ich hätte mir Harriet nie vorstellen können, wie sie sich im Beingriff einer Ringerin auf einer Matte windet, aber als sie an die Reihe kam, passierte es. Sie war natürlich voll angezogen, aber ihr Gesicht war nackt, und ich habe sie noch nie zuvor so gesehen. Ich dachte an Filme, in denen sonderbare, rauhe Stimmen durch Frauen reden, die Medien sind. Harriet stöhnte und schluchzte mit ihrer eigenen Stimme, aber ihr Körper bog und wand sich, als wolle ein schreckliches Wesen in ihr seine alte Haut abstreifen und herauskommen. Ich sah – es ließ sich nicht vermeiden, weil die Kleider in Unordnung gerieten und der Rock hochrutschte –, daß sie eine viel bessere Figur besaß, als ich ihr zugetraut hatte.
Aber inzwischen fühlte ich mich nicht mehr behaglich. In einem Augenblick war mir noch sicher und ein wenig entrückt zumute, und im nächsten blickte ich in die Kerzenflammen und auf die sich bewegenden Schatten, und mir wurde schlecht vor Entsetzen. Es war, als habe der Abend uns einen riesigen Teufelsspiegel mit seinem Bild der Welt vorgehalten, und ich wurde mit der Rückseite der Dinge angesilbert, wo verlorene Atome in die Unendlichkeit rasen. Es war nur noch Entsetzen, nichts anderes mehr. Er konnte die Bilder von Flugzeugen oder Kathedralen oder Ruby im Bikini und die Gesichter im Raum widerspiegeln, aber es gab keine andere Realität als den Schrecken, und das Spiegelbild als Ganzes war eine Illusion.
Als Harriet fertig war, gingen wir. Die Nacht draußen war ruhig und friedlich, aber der silberne Schrecken umringte uns. Wir nahmen ein Taxi, und Harriet kuschelte sich müde an mich. Nun, dachte ich, soweit sind wir also, nahm sie in die Arme und küßte sie. Als wir bei ihrer Wohnung ankamen, bezahlte ich das Taxi, sie öffnete die Haustür, und wir gingen wortlos hinauf in ihr Zimmer.

Wir zogen uns aus, und der Schrecken war noch im Raum. Der Schrecken war die Energie, die uns antrieb, und unsere nackten Körper trieben zueinander wie die Schallwellen eines Schreis. Die meisten Tiere sehen sich beim Liebesakt nicht an, dachte ich, als ich einschlief. Männchen und Weibchen blikken in die gleiche Richtung, um zu sehen, was ringsum geschieht. Wale und Menschen zeigen der Umwelt den Rükken.

26. Neaera H.

Tod der Austernfischer», lautete die Schlagzeile über einem Artikel im *Observer*:

«Eine Aktion, bei der 11000 Meeresvögel sterben werden, ist seit einem Monat auf den Sandbänken der Burrymündung auf der Gowerhalbinsel in Südwales angelaufen.
Männer schießen die Austernfischer während der Morgen- und Nachmittagsebbe, und bislang wurden mehrere hundert getötet. Man zahlt den Schützen eine Prämie von 25 Pence pro Vogel. Das Fischereikomitee von Südwales, das dieses Abschußprogramm initiiert hat, hält die Tötung der Vögel für notwendig, um die weltberühmten Muschelbänke von Penclawdd zu retten. Die Vögel sollen jeden Winter fünf bis sechs Millionen junge Muscheln verzehren, und sie können in einem Monat mehr davon fressen, als Muschelsammler in einem Jahr ernten können.»

Das Muschelsuchen in Penclawdd, so ging der Artikel weiter, war eine der ersten Formen von Sozialversicherung in Großbritannien, weil es denjenigen Frauen eine Verdienstmöglichkeit bot, die ihre Männer bei Grubenunglücken verloren hatten. Der Artikel endete mit den Worten eines Muschelsammlers aus Crofty: «Wir haben heutzutage Mühe, unsere

tägliche Quote an Muscheln zu sammeln. Ganz ehrlich, entweder die Vögel oder wir.»
Unheimlich, dachte ich. Hält da etwas sein Auge auf meinen Verstand gerichtet und wartet darauf zuzuschlagen, egal, was ich denke? Noch nie in meinem Leben habe ich in einer Zeitung etwas über Austernfischer gelesen. Und jetzt bringen sie sie um. «Wir oder die Vögel», hatte der Muschelsammler gesagt.
Harry Rushs Brief lag immer noch unbeantwortet auf meinem Schreibtisch, schwer von der Last, die auf mir läge, wenn ich annähme. Natürlich brauche ich die tausend Pfund; wann bräuchte ich sie jemals nicht? Der Brief nagte an mir wie ein Papierteufel. Ich wußte, ich würde niemals so ein Buch zu Ende bekommen, sollte ich jemals damit anfangen. Mir würde schon bei der ersten Seite schlecht. Mir war nach Verhängnis, Verdammung, unendlichem Verlorensein zumute, und jetzt schienen die toten und sterbenden Austernfischer auch noch allem ihr Siegel aufzudrücken. Alles schien mir zuviel; ich war überwältigt.
Heiße Blitze an Verzweiflung überkamen mich, ich rannte in der Wohnung hin und her, hob Dinge auf und legte sie ziellos wieder ab. Ich wollte Ruhe, wollte Frieden, wollte, daß mich die Welt eine Weile in Ruhe läßt. Im *Odeon* in Chelsea spielten sie *King Kong*, und ich ging hin.
Wunderbar das Innere des *Odeon*, kühl und ruhig und vor der Welt geschützt. Man hatte das Kino renoviert, und die Sitze waren bequem und geräumig. Das Licht war noch an, und die Leinwand spielte sich noch Musik vor wie immer vor einem Film. Mir gefällt diese Musik, egal, was es ist, es scheint in allen Kinos die gleiche zu sein, leicht und freundlich und voll sicherer Erwartung.
Der Film war zum erstenmal in den Vereinigten Staaten im Jahr 1933 während der Großen Depression gezeigt worden. Das hört sich sonderbar an: Große Depression. Man stellt sich Millionen von Leuten vor, die die Köpfe in den Händen

vergraben haben und zur gleichen Zeit stöhnen. Viele taten das natürlich auch, aber es gab noch keine Atombombe, die Welt war noch wie ein Kind, das zu klein ist, um über den Tod Bescheid zu wissen. Was immer hinter dem Blickwinkel der Kamera geschah, die Unschuld war immer noch möglich, und man spürt das gleich beim ersten Bild: der dunkle, nebIige Hafen, der Filmregisseur mit seinem Schiff auf dem Weg zu einem geheimen Ziel, das schöne, hungrige Mädchen, das er engagiert, als er es beim Äpfelstehlen erwischt. Er hält sie mit ausgestreckten Armen vor sich und betrachtet eindringlich ihr Gesicht; sie erwidert den Blick, fast ohnmächtig, voller Unterwerfung, die transzendental sexuell und unschuldig ist. Sie weiß, daß sie schön ist, weiß, daß ihre Schönheit erkannt wurde, daß Gutes geschieht, wenn sie sich unterwirft.

Auf dem Schiff probt er mit ihr vor der Kamera, läßt sie hochblicken («Höher! Höher!») und schreien. Er sagt ihr nicht, weshalb er sie später so schreien lassen wird, aber er weiß, er wird ihr einen riesigen Schrecken vorsetzen. Es ist das umgekehrte Thema der *Schönen Müllerin*, der unerreichbaren Schönheit. Der Voyeur, der Bildermacher, muß seine erreichbare Schönheit in bequeme Reichweite des kolossalen Ungeheuers bringen. Ich sah sie über das unbekannte Entsetzen schreien, das sie erwartete. Das war gut, absolut richtig. Sie schrie, ihre Stellung im Leben vollständig akzeptierend.

Als die Schädelinsel auftauchte, bestand sie hauptsächlich aus einer bunten Kulisse, aber das war egal; selbst wenn die Kameramänner und die Studios und die Ausrüstung hinter der Szene im Film sichtbar geblieben wären, es hätte nichts ausgemacht. Selbst das Zeigen des Trickzeichners, der die kleinen sprechenden Modelle bewegte, selbst wenn man sie Bild für Bild geknipst hätte, an der Wirkung hätte sich nichts geändert: Kong mit seinem Teddybärpelz ist eine fünfzig Fuß große Idee, auch wenn die Wirklichkeit nur achtzehn Zoll beträgt. Kong lebt. Es gab *wirklich* einen riesigen Arm für die Nahaufnahme, wenn Fay Wray in Kongs Griff schreit, und auch das scheint richtig. Möglicherweise liegt der Riesenarm irgendwo in Hollywood in einem Lagerhaus, jetzt aber mit leerer Hand. Kong hatte kein sichtbares männliches Glied, auch wenn er augenscheinlich erregt war, aber er war eigentlich *ganz* männliches Glied, wenn man das so ausdrücken darf, und daher spielt das auch keine Rolle. Andererseits wollte er vielleicht eben deshalb nur winzige Frauen zum Spielen, statt eine fünfzig Fuß große Äffin anzusehen, mit der er eine sexuelle Sitzung abhalten müßte. Die psychologischen Wellen schlagen immer weiter. Und wo ich jetzt darüber nachdenke: Warum gab es keine anderen fünfzig Fuß großen Gorillas in der Nähe? Was geschah mit Kongs Vater und Mutter? Das muß zum Pathos der ganzen Sache gehören: Kong ist Waise und der einzige seiner Art. Nicht nur ein Waise, sondern ein Riesenwaise, ein monströser Tom o'Bedlam.

Carl Denham, der Filmproduzent, kommt mit Anne Darrow (Fay Wray) und der Mannschaft an Land, um nach dem legendären Tiergott von der Schädelinsel zu suchen. Sie sehen, wie die Eingeborenen sich bereit machen, Kong eine Braut zu opfern. Die riesigen Holztore am Rand des Dorfes lassen die Größe des Tieres ahnen, das sie draußen halten wollen; seine Riesigkeit eilt ihm voraus. Schwarze Männer in Gorillafellen tanzen und singen, daß Kong komme und seine Braut heimhole: «Hier wartet was, Kong! Etwas wartet, Kong! Kong!», und bei jedem «Kong» werfen sie die pelzigen Arme hoch. Die Musik von Max Steiner war genau richtig. Dann sehen sie Fay Wray, und in dieser Nacht ziehen sie mit ihren Booten hinaus aufs Schiff, fangen sie und bieten sie anstelle des Eingeborenenmädchens an. Da stand sie im Licht der Fackeln, in einem weißen Seidenkleid, glaube ich, ganz blond und hilflos, mit gesenktem Kopf und ausgestreckten Armen, die Hände an zwei Pfähle gefesselt. Dann blickte sie auf, höher, höher und schrie, schrie, weil Kongs leuchtendes Gesicht sich über den Bäumen wie ein riesiger Affenmond erhob. Es war zugleich lächerlich und unaussprechlich wirklich. Ja, das ist ein großer nachgemachter Affe, ha, ha. Aber der nachgemachte Affe ist bloß eine Chiffre für die Wirklichkeit, vor der wir mit ausgestreckten Armen, gebundenen Händen und gesenktem Kopf stehen, und wir schreien entweder oder sind stumm.

Am Ende des Films ist Kong ebenfalls ein Opfer, tragisch in seiner Größe und der Höhe (das Empire State Building), aus der er fällt. Als man ihn gefangen nach New York bringt, wo er auf einer Bühne gezeigt werden soll, steht er da mit ausgestreckten Armen, gekreuzigt von Zwergen und Handschellen und dicken, starken Ketten.

«In der Welt, die er kannte, war er ein König und Gott», sagt Denham, «aber in die Zivilisation kommt er als bloßer Gefangener, als Schaustück, um eure Neugier zu befriedigen. Meine Damen und Herren, Kong, das achte Weltwunder!»

Fay Wray befindet sich ebenfalls auf der Bühne. Als in ihrer Nähe die Blitzlichter der Fotografen aufleuchten, denkt Kong, sie sei in Gefahr; er knurrt und zerrt an den Ketten. Dann kommt der beste Satz in dem Film und überhaupt: «Keine Angst, meine Damen und Herren, diese Ketten bestehen aus Chromstahl», sagt Denham. Dann bricht Kong natürlich aus, tötet einige Leute, läßt eine Schwebebahn entgleisen und verwüstet sie und klettert auf das Empire State Building, zusammen mit Fay Wray, und wird dort von Flugzeugen abgeschossen.

«Keine Angst, meine Damen und Herren, diese Ketten sind aus Chromstahl.» Wunderbarer Satz. Hervorragend, wie man sich vor etwas ängstigen kann, das seine Ketten zerbrechen wird, und dann ganz schnell *wird* man zu dem, was seine Ketten zerbrochen hat und auf den himmelstürmenden Turm klettert, um abgeschossen zu werden.

«O nein, die Flugzeuge waren es nicht», sagt Denham, der neben dem herabgefallenen Kong steht (in dem Lager muß auch noch ein riesiger Kopf liegen), «die Schönheit hat diese Bestie umgebracht.»

Was für ein trauriges Leben. Auf seiner Insel hatte Kong jede

Menge anderer Monster, mit denen er kämpfen konnte; sehr gut war er gegen den Tyrannosaurus, fand ich. Aber er hatte keine Freunde. Das arme Ding. Am Ende, als er an den Kugeln, die man aus den Flugzeugen auf ihn geschossen hatte, stirbt, streckt er die Hand nach Fay Wray aus, die auf einem Sims liegt, auf den er sie gehoben hat. Er ist schwach und schwankt, und sein Griff an der Turmspitze löst sich, und dann berührt er sie sehr sanft, läßt los und fällt.

Das Jahr 1933 hat viele Dinge gesehen. Zusammen mit *King Kong* zeigte man einen Dokumentarfilm über Hitlers Aufstieg zur Macht. 1933 leitete Goebbels die Bücherverbrennungen. «Ihr tut gut in dieser mitternächtlichen Stunde», sagte er, «in diesen Flammen die Vergangenheit zu exorzieren.» Die Vergangenheit exorzieren. Gewiß war allein dieser Gedanke schon genügend Beweis für den Wahnsinn. Aber mehr und mehr denke ich, daß Wahnsinn der normale Zustand der Welt ist und etwas anderes zu erwarten nur dessen Vollendung. In der Entgleisungsszene in *King Kong* wagt der Lokführer seinen Augen nicht zu trauen, als er King Kongs Gesicht aus der Lücke auftauchen sieht, die er in den Schienenstrang gerissen hat, aber das war nur irgendein Tag im Jahr 1933. Daß Züge überwiegend auf den Schienen bleiben, daß die Straßen überwiegend friedlich sind, daß der Platz unter meinem Fenster weiterhin grün und ruhig bleibt, ist mehr, als ich erwarten darf, und es geschieht jeden Tag.

Madame Käfer schwimmt in ihrer grünen Welt und erwartet weder Kontinuität noch Vernunft; ich glaube, sie kennt keine Erwartung. Solange es Wasser gibt, wird sie schwimmen. Arabella spinnt ihr schwereloses Netz an Bord der *Skylab 2*, und der Weiße Hai zieht ruhelos seiner Wege. Haie haben keinen Auftrieb, sie können nicht ausruhen, sie müssen weiterschwimmen, bis sie sterben.

27. William G.

Predigten in Stein gehauen. Als ich neulich von der Arbeit nach Hause kam, bemerkte ich zum erstenmal einen Kanaldeckel in der Nähe meiner Straßenecke. Eine viereckige Platte auf dem Bürgersteig, darauf K 257. Gut, dachte ich, als ich drauftrat, mach schon, spiel Mozart. Tat er aber nicht. Als ich nach Hause kam, sah ich in meinem Mozartführer K 257 im Köchelverzeichnis nach. Es war die Credomesse in C. *Credo*: Ich glaube. Was glaubt der Kanaldeckel, oder was glaubt man in dem Loch darunter? Ich mag es nicht, wenn ich zu viele Botschaften von den Sachen um mich herumkriege; das verwirrt mich. Jedesmal, wenn ich jetzt über den Kanaldeckel gehe, sagt es «Ich glaube». Mozart in meinem Alter war bereits seit acht Jahren tot. Ich glaube, das Stück habe ich nie gehört.

Nachdem Harriet und ich miteinander geschlafen hatten, wachten wir gemeinsam auf. Genaugenommen wachte ich zuerst auf. Dora sah im Schlaf immer verärgert aus. Harriet wirkte ruhig und schön, sah viel besser aus als wach. Linien erfüllter Begierde. Ich war beeindruckt und mit mir zufrieden. Vielleicht war ich doch kein so übler Knabe. Harriet blieb auch nach dem Aufwachen schön. Sie hat auch eine ziemlich elegante Figur, lang und anmutig. Das Frühstück war gemütlich, wir sprachen nicht viel, sahen uns hauptsächlich an.

An diesem Abend aßen wir zusammen, gingen zu mir, und Harriet verbrachte die Nacht hier. Sandor steckte seinen Kopf durch die Tür und riß die Augen auf, als sie auf dem Weg zum Badezimmer an seiner Tür vorbeikam. «Ich glaube», sagte K 257, als wir am nächsten Morgen zusammen darüber gingen.

Gut, dachte ich, ich bringe diese Schildkrötensache hinter mich und habe das dann erledigt. Ich hatte mich ziemlich viel mit dem Transport der Schildkröten beschäftigt und beschlossen, am besten würden wir mit ihnen fertig, wenn sie in Kisten verpackt wären. Ich rief George Fairbairn an, und er gab mir die erforderlichen Maße. Der große Tag käme vermutlich in zwei Wochen, meinte er. Vierzehn Tage. Gut. Wenn ich die Kisten dorthin brächte, könnte er die Schildkröten einpacken und zum Abholen bereitmachen. Wunderbar.

Harriet strahlte wochenendliche Verfügbarkeit aus, und ich war mehr als willig, aber ich wollte am Samstag die Schildkrötenkisten bauen und sie und die Tiere voneinander getrennt halten. Ich erzählte ihr, ich hätte den ganzen Tag und Abend zu Hause zu tun und könnte erst spät am Samstagabend bei ihr sein.

Am Samstagnachmittag, als ich im Geschäft fertig war, kaufte ich das Holz für drei Kisten, sechs Ringbolzen und hundert Fuß Seil von einem Zentimeter Durchmesser. Die Ringe und das Seil sind für den Fall, daß wir die Kisten absenken oder über Treppen schleppen müssen oder was auch immer. Hätte ich zwei Zentimeter dickes Seil kaufen sollen? überlegte ich. Dann kaufte ich noch einen Zwanzigliterkanister für Extrabenzin.

Mrs. Inchcliff freute sich, als sie mich in der Werkstatt hantieren sah. Sobald sie mich sah, brachte sie mir eine Tasse Tee.

«Was machen Sie denn?» fragte sie.

«Schildkrötenkisten», antwortete ich. «Ich werde drei Seeschildkröten aus dem Londoner Zoo stehlen und ins Meer setzen.»

«Gut», sagte sie. «Das ist eine gute Idee.»

Ich nahm die Handsäge, aber sie ging zum Schrank und holte Charlies Black & Decker-Schlagbohrmaschine mit Kreissägevorrichtung heraus. Wunderbar, was für Sachen Männer so zurücklassen. Natürlich hatte sie sie bezahlt. «Ich weiß nicht, warum er sie nicht mitgenommen hat», sagte sie.

«Sicher wissen Sie das», meinte ich.

«Vermutlich weiß ich es», gab sie zurück. «Aber er hätte sie gern mitnehmen können.»

Ich habe immer Angst vor elektrischen Maschinen gehabt. Kastrationskomplex. Kastrationskomplexe sind aber etwas

Vernünftiges. Es gibt heutzutage mehr und mehr Chancen, sich bei den zeitsparenden Geräten der fortschreitenden Zivilisation das Glied abzuschneiden. Gut, dachte ich, sei ein Mann, sei stark mit einer Säge. Daher benutzte ich Charlies Black & Decker und schnitt mir überhaupt nichts ab. Ich war ziemlich stolz auf mich. Ein Nachmittag und ein Abend Arbeit, und da standen sie, drei Schildkrötenkisten mit Ringbolzen. Es waren einfache, schlichte offene Kisten, ohne Deckel, vier Fuß lang, achtundzwanzig Zoll breit, ein Fuß tief. Die Schildkröten würden auf dem Rücken liegen und die Flossenfüße an die Seiten gepreßt halten.

«Werkzeuge», sagte ich. «Mit richtigem Werkzeug kann man alles.»

«Mit Werkzeug und einem Mann», sagte Mrs. Inchcliff. «Man braucht beides.» Sie hat mir die ganze Zeit Gesellschaft geleistet, während ich arbeitete, konnte sich nicht trennen. Abendessen gab es auch. Komisch, wie jung sie aussieht. Soweit ich weiß, hat sie nie etwas Besonderes unternommen, um sich jung zu halten, außer nicht zu rauchen. Vielleicht liegt es auch daran, daß sie nie alle Stadien ihres Lebens durchleben konnte. Sie trägt die Jugend immer noch in sich, sie wurde nicht ausgelebt.

Miss Neap, die den Abend aus gewesen war, kam zurück und warf einen Blick in die Werkstatt. «Was soll denn dort rein?» fragte sie, als sie die Kisten erblickte.

«Schildkröten», antwortete ich. «Ich werde ein paar Schildkröten ins Meer setzen.»

Sie stand außerhalb des Kreises aus grünschattigem Licht, und ihr Pincenez blitzte in den Schatten. Sie hielt ein Theaterprogramm in der Hand, und mit ihr zusammen wehten frische Luft und Parfüm herein. Ihr blondes Haar und der Leopardenmantel sahen aus, als würden sie auch allein ausgehen, selbst wenn sie zu Hause bliebe. «Das Meer», sagte sie. «Es scheint immer so weit fort, selbst wenn die Themse irgendwann hineinfließt.» Sie lächelte und ging nach oben.

Ich hatte nicht erwartet, eine Sensation hervorzurufen, war aber ein wenig überrascht, daß Mrs. Inchcliff und Miss Neap so wenig neugierig auf das Schildkrötenprojekt waren. Das Reden über Schildkröten und das Meer schien ihre Gedanken nach innen zu wenden.
Mister Sandor kam nach Hause, als Mrs. Inchcliff und ich immer noch in der Werkstatt saßen, die Kisten bewunderten und Tee tranken. Er trug mehrere ausländische Zeitungen unter dem Arm, hielt die Aktentasche wie gewöhnlich und roch nach seinem üblichen Restaurant. «Ecken nicht stark genug», sagte er, als er die Kisten begutachtete. «Schwalbenschwanzverbindung hält besser.»
«Sie sind genauso stark, wie sie sein müssen», sagte ich. Die Schildkröten erwähnte ich nicht.
Ich muß versuchen, mich an meinen ersten Eindruck von Harriet zu erinnern, wie sie mich ansah, als ich im Laden neu anfing. Vorwurfsvoll, das dachte ich. Ich hatte mir erst kürzlich gesagt, ihr Gesicht sei ein beständiger Vorwurf. Das darf ich nicht vergessen, wie anschmiegsam sie jetzt auch scheint. Der Vorwurf wartet nur darauf, wieder aufzutauchen. Dora sah wütend aus, als ich sie kennenlernte, und zu diesem wütenden Blick kehrte ihr Gesicht am Ende auch zurück. Und ich bin sicher, was für ein Ausdruck auch immer Harriet einen ersten Eindruck von mir gab, er wartet darauf, auf mein Gesicht zurückzukehren.
Ich sollte mir Gedanken machen, worauf ich mich einlasse. Lockere Affären mit Leuten vom Arbeitsplatz vermeidet man wohl am besten. Und wenn es keine lockere Affäre ist, was ist es dann? Ich bin nicht in Harriet verliebt. Ich fühle mich gut, wenn ich mit ihr zusammen bin, schlafe gerne mit ihr, will aber nicht darüber hinaus denken.
Es war gemütlich, am Samstagabend zu ihrer Wohnung zu gehen, unter den Straßenlaternen her, zu erleuchteten Fenstern hochzublicken und zu wissen, daß auch auf mich ein erleuchtetes Fenster wartete, wo ich nicht allein sein würde.

Im Bett betrachteten wir die Lichtmuster, die Umrisse der Fenster, die von den Straßenlaternen an die Decke geworfen wurden.

«Was hast du denn den ganzen Nachmittag und Abend gemacht?» fragte Harriet.

«Kleinigkeiten, die ich immer wieder hinausgeschoben habe», antwortete ich. Ich dachte an das erste Mal, als wir uns in diesem Zimmer geliebt hatten, als der Schrecken da war, fragte mich, ob der Raum fortgleiten würde, die Lichtmuster an der Decke, die Kleider auf dem Stuhl, und nur der Schrekken übrigbliebe. Aber es geschah nicht. Der Raum blieb. Harriet war da, warm und glatt, in ihrer ganzen Länge an mir ausgestreckt. Morgen würden wir zusammen aufwachen, aber ich konnte ihr nicht von den Schildkröten erzählen.

«Woran denkst du?» fragte Harriet.

Ich hasse es, wenn mich Leute nach meinen Gedanken fragen.

28. Neaera H.

Heute morgen las ich in der Zeitung etwas über Kohlenpferde. Grubenponys nennt man sie. Sie leben unter Tage und arbeiten mit den Bergleuten. Sie hätten Leben gerettet, hieß es in dem Artikel, indem sie Sekunden vor dem Einsturz auf der Stelle stehenblieben und sich weigerten weiterzugehen. Sie haben Bergleute mit zerbrochenen Lampen durch schwarze Schächte in die Sicherheit geführt, und es hieß sogar, daß einmal ein Pferd eine zusammenbrechende Wand mit seinem Körper zurückhielt, um den Männern Zeit für die Flucht zu geben.

Mir gefällt der Gedanke an die Pferde, die mit den Männern unter Tage arbeiten. Ein starkes, großes Tier und ein Mann bilden zusammen mehr als nur ein Mann und ein Tier. Sie haben nicht vor denselben Dingen Angst, und wo die Sinne des einen versagen, springen die des anderen ein. Ich wünschte, ich hätte ein Pferd, mit dem ich arbeiten könnte. Entweder denke ich, die Decke würde jeden Augenblick einstürzen, oder ich denke, sie würde nie einstürzen. Ich glaube, ein Pferd würde keinen Gedanken daran verschwenden, außer, wenn es wirklich passiert. Man kann kein Pferd haben, das einem beim Schreiben oder Zeichnen hilft. Mäuse vielleicht. Madame Käfer ist keine Hilfe im praktischen Sinne, aber ich habe das Gefühl, ihre Haltung ist beispielhaft. Schwimmen, Tauchen, an die Oberfläche kommen, um Luft zu schnappen, oder still in ihrem Wrack sitzen, so lebt sie in Harmonie mit ihrer kleinen Welt, hat guten Stil.

Wie überheblich von mir, wenn ich jetzt so darüber nachdenke, mir Madame Käfer so vorzustellen. Wenn sie in Harmonie mit «ihrer kleinen Welt» lebt, dann lebt sie mit allen Teilen der Welt in Harmonie, zu denen sie Kontakt hat. Wenn ich eine vergleichbare Harmonie empfände, dann spräche ich von der «ganzen Welt», nicht «meiner kleinen Welt». Und wenn ich sie beispielhaft finde, wie kann ich dann sagen, sie hätte keinen praktischen Wert? Wenn ich einen Zenlehrer für Unterweisung bezahlte, würde ich ihn als ein Beispiel betrachten, dessen Lehre praktischen Wert für mich hat. Madame Käfer kostete nur einunddreißig Pence, und ihr winziger Tageslohn wird nicht einmal in Geld ausbezahlt, daher unterschätze ich ihren Wert.

Ich schrieb einen Brief an Harry Rush und dankte ihm für sein Angebot, teilte ihm aber mit, daß ich einfach kein Buch über «Das tragische Erbe der Kinderliteratur» schreiben könnte. Ich war mir nicht sicher, ob ich den Brief abschicken würde, aber ich nahm ihn mit, als ich ausging. Mir war nicht nach Kochen oder Zuhause-Essen zumute. Also nahm ich Tolstois *Die Kosaken* mit und ging in ein italienisches Restaurant in Knightsbridge, in der Nähe von William G.s Buchhandlung.

Es war früh und das Restaurant fast leer. Ich machte es mir in einer Nische gemütlich, bestellte ein Schnitzel Milanaise und

eine halbe Karaffe Rotwein und begann die *Kosaken*, die ich zuletzt vor fünfundzwanzig Jahren gelesen hatte. Am Ende des ersten kurzen Kapitels kam ich an die Stelle:
«...die drei struppigen Postpferde schleppten sich aus einer dunklen Straße in die nächste, an Häusern vorbei, die er noch nie gesehen hatte. Es schien Olenin, daß nur Reisende, die sich auf einer langen Fahrt befinden, jemals durch solche Straßen fuhren.»
Absolut wahr, dachte ich, während ich meinen Wein trank. Es existieren nicht für jedermann dieselben Straßen. Nur Reisende auf einer langen Fahrt ziehen durch solche Straßen. Nur einsame Gäste gehen durch andere Straßen und sitzen an solchen Tischen.
Mein Stuhl erzitterte ein wenig, als sich jemand in die Nische hinter mich setzte. Ich saß mit dem Rücken zur Tür und hatte die Leute nicht hereinkommen sehen. Ich las meinen Tolstoi weiter, bis ich William G.s Stimme hörte: «Ich möchte ein Schnitzel Milanaise.»
«Wo steht das?» fragte die weibliche Stimme, eine, die ich schon einmal gehört hatte. Das Mädchen aus der Buchhandlung, das mir seine Adresse und Telefonnummer gegeben hatte. Ihre Stimme klang von seiner Tischseite und nicht von gegenüber.
«Hier», antwortete William. Komisch, was Leute mit den Speisekarten anfangen. Eine Person liest laut den Namen eines Gerichts, und die andere möchte es gedruckt sehen, als sei das Wort ein Bild.
«Ich nehme Scampi», sagte sie. Ich wollte ihrer Unterhaltung nicht lauschen, aber mein Schnitzel war noch nicht gekommen.
«Jannequin, Costely, Passereau, Bouzignac», sagte William. «Renaissance-Madrigale mit Sopransolo.»
«Couperin, Lully, Rameau, Barocklieder für Sopran», sagte sie. «Die drei kenne ich, aber von den anderen habe ich noch nie gehört.»

Vermutlich waren sie auf dem Weg zur Southbank und sahen sich das Programm an. Die Nische knarrte, während die Stimmen nur noch murmelten; es gab auch Pausen. Ich konzentrierte mich auf meinen Tolstoi, bis das Schnitzel kam, aß es so schnell wie möglich, trank den Wein aus, wollte weder Nachtisch noch Kaffee. Ich mußte an ihrer Nische vorbei, um zur Tür zu gelangen. Wenn sie mich bemerken, sage ich hallo, wenn nicht, tue ich einfach so, als sähe ich sie nicht.
Ich kam an der Nische vorbei; beide blickten auf. Es waren nicht William G. und das Mädchen aus der Buchhandlung. Es waren zwei Menschen, die ich nie zuvor gesehen hatte.

29. William G.

Ich rief die Mietwagenfirma an. Pro Tag 2,75 Pfund, zweieinhalb Pence pro Meile, zehn Pfund Hinterlegung. Gott, wie ich den Gedanken hasse, so ein Ding zu fahren. In Filmen springen Leute wie Paul Newman und Burt Lancaster immer in Fahrzeuge, die sie noch nie gesehen haben, Autos, Lastwagen, Lokomotiven, alles, und machen sich in vollem Tempo aus dem Staub. Manchmal müssen sie vorher noch mit jemandem kämpfen, einen ausknocken, ehe sie losfahren können. So geht das natürlich in Filmen. Wie kann die Wirklichkeit nur so anders aussehen?
Ich habe Harriet immer noch nichts von den Schildkröten erzählt, und ich möchte es auch immer noch nicht. Sie sagt jetzt schon «wir». Soundso fragt, ob *wir* auf eine Party kommen. Es gibt eine Serie Konzerte mit früher Musik, und ob *wir* nicht abonnieren sollen. Wir gingen zur Party und wir abonnierten die Konzerte.
Ich warte ständig auf den Telefonanruf aus dieser anderen Welt der Schildkröten. Eigentlich ist es keine andere Welt, es

ist diese hier. Alles passiert in derselben Welt; daher ist das Leben so schwierig. Also: ich hole den Wagen direkt nach der Arbeit ab, liefere die Kisten ab, komme später zurück, treffe mich mit Neaera am Zoo und fahre nach Polperro. Vielleicht sollte ich sie früher abholen; vielleicht sollten wir zuerst zusammen essen gehen.

Gestern abend sah ich aus meinem Fenster die Windhunddame vorbeigehen. Allein. Kein Mann. Die Windhundwitwe, wie eine Figur auf einer Tarotkarte. Auf der andern Seite des Parks fuhr ein Zug vorbei. Eine vertikale Reihe von drei Lichtern: Tower Hill. Ich wußte, daß der Mann tot war; man merkte es an der Art, wie sie mit dem Hund ging. Ich fragte Mrs. Inchcliff danach; sie weiß alles, was in der Nachbarschaft vor sich geht. Ja, sagte sie, der Mann sei vor einer Woche gestorben. Hätte er noch zwei Wochen länger gelebt, hätte seine Witwe zwei Jahresgehälter bekommen, aber so nicht.

In der U-Bahn-Station Charing Cross gibt es eine Eule. *Bubo tubo*. Keine echte. Der Laut stammt von einer Rolltreppe, aber es klingt genauso echt wie die Eule, die ich aus dem Park höre, aber nie sehe. Es gibt nur eine Welt, und manchmal müssen eben Tierstimmen aus Maschinen schreien.

Da war er: der Anruf von George Fairbairn. Donnerstag soll's sein. Heute ist Montag. Wenn ich die Kisten um halb sieben abliefern könnte, könnte er die Tiere ungefähr eine halbe Stunde später fertig haben. Er redete so sachlich mit mir, als existierte ich wirklich und wäre eine wirklich erwachsene Person, die Autos fahren kann, zu bestimmter Zeit an einem bestimmten Ort ist und tut, was sie einmal angefangen hat. Unglaublich. Ich sagte, vielleicht könnte ich es erst gegen sieben schaffen. Gut, meinte er, dann würde er um diese Zeit auf mich warten.

Vielleicht stand kein Lastwagen zur Verfügung; vielleicht klappten alle Verabredungen nicht. Ich rief die Mietfirma an. Ja, Donnerstag könnte ich einen Lastwagen bekommen.

Vielleicht hält man mich im Geschäft fest. Spätsommer, immer noch viele Touristen. Ich frage Mister Meager, ob ich Freitag frei haben könnte. Persönliche Sache. Natürlich sagte er ja.
Fast wollte ich den Zoo anrufen und die Leute warnen, daß am Donnerstag ein Schildkrötendiebstahl geplant sei. Das tat ich nicht. Gut, dachte ich. Soll es passieren.

30. Neaera H.

Ich habe den Brief an Harry Rush nicht abgeschickt; er steckt immer noch in meiner Handtasche. Ich wollte das Buch nicht schreiben, aber sonst hat sich auch nichts ergeben. Madame Käfer ist eine gute Gesellschafterin und gibt mir Lektionen in Philosophie, nur ohne Richtung auf kommerziellen Profit, und Gillian Wühlmaus und die anderen gehören wohl der Vergangenheit an. Daher war ich noch nicht so ganz bereit, die tausend Pfund laufen zu lassen. War nicht bereit, die *Idee* an die tausend Pfund laufen zu lassen. Ich kann das Buch ebensowenig schreiben wie den Ärmelkanal durchschwimmen. Genau besehen könnte ich zwar mit etwas Training irgendwann auch durch den Kanal schwimmen, aber ich könnte soviel trainieren, wie ich wollte, und es käme kein solches Buch heraus.
William G. rief an. Donnerstag soll's sein. Er sprach so, als sei alles ganz wirklich und wir wären wirkliche Menschen, die einfach das tun würden, was sie verabredet hatten. Hatte ich es wirklich verabredet? An jenem ersten Tag beim Mittagessen hatten wir in Geheimsprache geredet, es Bananentransport genannt. Hatte ich jemals *Schildkröten* gesagt? Ja, das war eins der ersten Worte im Laden, ehe wir zum Mittagessen gingen. Und dann dieser entsetzliche Samstagmorgen, als ich in seine Wohnung ging, da haben wir über Schildkröten gespro-

chen, bevor ich wieder ging. Vielleicht hätte ich da noch abspringen können. Und dann klang seine Stimme durchs Telefon, und ich antwortete ja, Donnerstag wäre in Ordnung. Er fragte, ob er mich auf dem Weg zum Zoo mit den Kisten abholen könne, und ob wir vor der Abfahrt noch gemeinsam irgendwo zu Abend äßen. Ich sagte, es wäre schön, ja, natürlich, und ich wollte um halb sieben bereit sein.
Ich sah das Telefon an, nachdem ich den Hörer auf die Gabel gelegt hatte. Schlaues Ding, das Worte aus mir herausbekommt, die ich gar nicht sagen wollte. Heute war Montag. Dienstag, Mittwoch, Donnerstag. O Gott, mehr als zweihundert Meilen pro Fahrt. Ich werde Brote und eine Thermosflasche Kaffee einpacken, aber wieviel Zeit werden wir schon mit Brotessen und Kaffeetrinken verbringen? Die ganze Sache wird wahrscheinlich mit einer Katastrophe enden, bei der der Wagen, die Schildkröten und wir uns irgendwo mitten in der Nacht überschlagen und in einem Graben landen, überall Blut und Glassplitter, Stöhnen und Jammern. Vielleicht werden wir auf der Stelle getötet, und das alles für eine alberne Idee, die mir schon lange nicht mehr im Kopf sitzt. Oh, Scheiße.
Decken. Wir werden uns ein wenig ausruhen wollen, ehe wir zurückfahren. Sicher wird er kein Hotelzimmer buchen; so eine Geschichte ist das ja nicht. Nein, nein, es wird einfach gemacht, und dann raus aus der Sache, so schnell wie möglich. Handtuch, Seife, Zahnbürste und Zahnpasta. Vor der Rückfahrt werde ich mich auf einer öffentlichen Toilette waschen. Jeans, T-Shirt und eine Strickjacke. Zigaretten, bloß nicht zu wenig. Hat er wohl Landkarten? Er sieht aus wie ein Typ, der Straßenkarten, Taschenlampen, Kompasse besitzt. Er ist ein ängstlicher Typ, und ich weiß, wir werden uns verfahren.
Das Meer. Wird Ebbe oder Flut herrschen? Warum soll ich das mühsam rausfinden? Wie es ist, so ist es. Ich frage mich, ob sie in Penclawdd immer noch die Austernfischer umbringen. Wahrscheinlich.

Ich bat Webster de Vero, Madame Käfer zu füttern, gab ihm einen Schlüssel und die Reste eines Lammkoteletts, von dem sie die ganze letzte Woche gelebt hat. Den Brief an Harry Rush habe ich immer noch nicht abgeschickt.
Und da ist auch schon Donnerstag.

31. William G.

Donnerstag. Grau und regnerisch. Das war hilfreich, denn sonnige Tage mit blauem Himmel wirken auf mich immer wie ein schlechtes Omen. Harriet wollte wissen, wohin ich denn ginge, aber ich antwortete bloß, ich hätte zu tun.
«Es ist doch nicht nötig, ein Geheimnis daraus zu machen», sagte sie.
«Es ist auch nicht nötig, mich danach zu fragen», erwiderte ich.
«Sieh mal», begann Harriet, «du kannst dich doch absolut frei fühlen, alles zu tun, was du willst...»
«Danke sehr», antwortete ich.
«Oh, du weißt schon, was ich meine», sagte Harriet. «Du brauchst mich nicht wie eine Fremde zu behandeln, nur weil du mit jemand anderem zusammensein wirst.»
«Es dreht sich nicht alles um Sex», gab ich zurück. «Es gibt noch andere Sachen, die privat sind.» Ich hatte nichts dagegen gehabt, Mrs. Inchcliff und Miss Neap alles zu erzählen, aber ich wollte einfach nicht, daß Harriet alles über mich erfuhr. Sie ging mit vorwurfsvollem Gesichtsausdruck weg und hatte mir den Rest des Tages nur sehr wenig zu sagen.
Nach der Arbeit holte ich den Wagen ab. Es war ein Ford Transit 90, riesig, elegant, massig und weiß und ohne jede Schramme oder Kratzer. Ich konnte nicht glauben, daß ich ihn heil hin- und zurückschaffen könnte. Sie gaben ihn mir

ohne das leiseste Zögern. Auf beiden Seiten stand in großen Lettern:

LIEFERWAGEN / LASTWAGEN 4-U MIETWAGEN.

Der Mann von der Firma sagte noch, der Tank fasse sechzig Liter, und der Wagen brauche vierzehn Liter auf sechzig Meilen. Ich hielt achtzehn für wahrscheinlicher, wenn sich auch der Motor sehr sparsam anhörte, und fragte mich, ob er es wohl mit zwei Leuten und drei Schildkröten bergauf schaffen würde. Ich tankte voll. Auf der Straßenkarte sah die Strecke etwa zweihundertfünfzig Meilen weit aus, und nachts konnte ich mit keiner offenen Tankstelle rechnen. Wenn der Wagen achtzehn Liter auf sechzig Meilen brauchte, kam er mit vollem Tank etwa hundertfünfundneunzig Meilen weit, mit dem Reservekanister weitere fünfundsiebzig Meilen, daher würden wir glatt hinkommen, auch wenn keine Tankstelle offen sein sollte.

Es kam mir komisch vor, so hoch oben zu sitzen, rundherum Lastwagen. Wenigstens war die Schaltung ein gewöhnliches Vierganggetriebe. Das Ding war unheimlich breit. Ich fuhr hinter einem Bus her, als ich vom Hof auf die Straße kam, und das Ding war nur zwölf Zentimeter schmaler als dieser. Mit dem linken Vorderrad kam ich prompt auf den Bordstein, immer wenn ich dachte, er wäre noch einen Fuß weit weg.

Es regnete immer noch leise und stetig. Ich fuhr zu meiner Wohnung, lud die Kisten, die Lastkarre, den Reservekanister, das Seil, Taschenlampe, Karte, Straßenatlas, ein Federbett zum Liegen, eine alte Decke als Unterlage und ein paar Dekken zum Zudecken für uns ein. Für uns? Ich glaube, keiner von uns beiden hatte ein Techtelmechtel im Sinn, und wir hätten ja unsere Kleider an. Ein paar Kissen. Thermosflasche. Die konnten wir vermutlich bei einer der Raststätten auf der M 4 füllen und ein paar Sandwiches dazu kaufen. Ich war fortwährend sehr nervös. Zigaretten. Ich nahm vier Päckchen mit. Sonst fiel mir nichts ein. Ich ging zweimal aufs Klo, stieg

in den Wagen und fuhr los, kam ein paarmal beim Linksabbiegen auf den Bordstein und kriegte böse Blicke von Fußgängern. Ich hielt, um auch noch den Reservekanister vollzutanken, und machte mich dann auf den Weg zu Neaera.
Sie wartete an der Vordertreppe, als ich vorfuhr. Sie sah zweifelnd aus. Ihre Grundstimmung, merkte ich. Dora hatte immer wütend ausgesehen, Harriet vorwurfsvoll. Neaera zweifelnd. Nicht, daß es irgendeine Rolle spielte, denn zwischen uns war ja nichts außer den Schildkröten, und es war unwahrscheinlich, daß sich etwas entwickeln würde. Warum eigentlich nicht? Ich weiß nicht. Ich glaube, wir sind uns zu ähnlich. Wir bilden keine Gegensätze, weder ergänzt sie meine Leerstellen noch ich ihre. Haben vermutlich beide vor denselben Sachen Angst. Wir passen nicht zusammen. Und wenn doch? In verschiedenen Läden gibt es ein billiges kleines Spielzeug, ein kleiner flacher Holzclown, der an Fäden zwischen zwei Stücken hängt. Du drückst die Stäbe zusammen, und der Clown schlägt Purzelbäume. Sein Körper und sein Gesicht sind im Profil zu sehen, und er ist so ökonomisch hergestellt, daß ein einziger Schnitt zugleich seinen Rücken und den Bauch des nächsten Clowns bildet, der aus dem gleichen Stück Holz stammt. So trägt sein Hinterkopf Einkerbungen in Nase- und Kinnform. Wenn man ihn so ansieht, möchte man den, der nach ihm kommt, in ihn einpassen, und ihn selbst in seinen Vordermann. Und wenn man fünfzig Holzclowns in einer Reihe aneinanderlegte, blieben die zwei an den Enden immer noch draußen im Kalten, der eine mit dem Rücken, der andere mit der Vorderseite. Man muß sie zu einem Kreis zusammenfügen, dann ist das Problem gelöst. Dann drehen sie sich einfach immer im Kreis herum.
Neaera hatte in ihrer Tasche Brote und eine Thermosflasche mit Kaffee und Decken und Kissen. Sie wirkte genauso nervös wie ich.
«Ich bin nicht an so ein breites Ding gewöhnt», sagte ich. «Es wäre hilfreich, wenn Sie mir sagen würden, wenn wir zu dicht

an geparkte Autos oder den Bordstein kommen.» Wir fuhren los zum Zoo.
«Zu dicht», sagte sie etwa alle zwei Minuten. Ich nickte und schwenkte seitwärts, versuchte, an Sachen zu denken, die ich vielleicht vergessen hatte. In dem Wagen sollten irgendwo ein Reserverad, Werkzeuge und ein Wagenheber sein, aber ich hatte vergessen zu fragen, an welcher Stelle. Egal. Der Regen war eine nette kleine Zugabe, gerade genug, um die Scheibenwischer glatt arbeiten zu lassen. Das gefällt mir; es ist gemütlich.
George Fairbairn hielt am Betriebseingang nach uns Ausschau. Wir setzten die Kisten bei ihm ab und fuhren zu einem Kebabrestaurant auf der Finchley-Road. Sie spielen immer griechische Musik dort, aber nicht zu laut, einfach eine angenehme Hintergrundmusik, die einem Ungestörtheit gibt. Ich hasse Restaurants, wo so eine Art schreiende Stille herrscht und die Leute sich zur Schau und für Zuhörer an den Nebentischen unterhalten.
Es war immer noch hell, der Regen fiel leise herab, und in dem Restaurant war es gerade genügend dämmrig, um die Kerze auf unserem Tisch ein bißchen zur Geltung zu bringen. Ich fühlte mich entspannt. Wenn Atome in die Unendlichkeit sausen, gehen sie doch nicht unbedingt verloren, oder? Sie sausen einfach dorthin, wo sie hinsausen. Irgendwas passiert in meinem Kopf, ein wartender Gedanke wirft seinen Schatten voraus. Manchmal weiß ich, daß es ein Gedanke sein wird, der mich mit Schrecken erfüllt, und dann kommt der Schrecken *vor* dem Gedanken. Manchmal spüre ich hinter der nächsten Ecke einen wohligen Gedanken, und dann kommt das Wohlige sofort. Was immer es war, ich wollte dabeibleiben. Hingehen, wo *sie* hingehen. Dinge und Menschen sind, wie sie sind, wo sie sind. Dora und Ariadne und Cyndie sind, wo sie sind, wie Neaera und ich und die Schildkröten. Das ist alles, nichts zum Fürchten. Man brauchte nicht dabeizubleiben, nichts festzuhalten. Einfach den Schrecken fahren lassen, sich nicht

daran festhalten. Einfach, wenn es mir nur immer im richtigen Moment einfiele.
«Wo steht das auf der Karte?» fragte Neaera und lachte. Ich hatte gesagt, ich wollte das Doner-Kebab nehmen.
«Und was ist an dem Doner-Kebab komisch?» fragte ich.
«Ich habe gelacht, weil ich Sie gefragt habe, wo es auf der Karte steht», sagte sie. «Eine von den komischen Sachen, die Leute immer fragen.»
Ich zeigte es ihr auf der Speisekarte. Wir bestellten eine Karaffe Rotwein und für uns beide Doner-Kebab. Ob der Kellner uns für verheiratet hielt? Mir ging es gut, ich rauchte eine Zigarette, griff schon nach der nächsten, aber ich hielt mich sonst an nichts fest. Behaglich, auf gewisse Weise. Ich werde nie aufhören, über die Tatsache zu staunen, daß Menschen, die sich unbehaglich fühlen, anderen Leuten ein behagliches Gefühl vermitteln können. Selbst ich konnte Behagen ausstrahlen; Ariadne und Cyndie fühlten sich bei mir wohl. Neaera war eine unbehagliche Person, das konnte ich spüren. Aber ich fühlte mich in ihrer Gegenwart behaglich.
«Wissen Sie irgendwas?»
«Kein bißchen», antwortete sie.
«Sie wissen nicht, was für jeden das Beste wäre?»
«Nicht mal für mich selbst. Besonders nicht für mich selbst.»
«Wunderbar», sagte ich. Ich hob mein Glas. «Auf das Nichtwissen.»
«Darauf trinke ich», sagte sie und erhob ihr Glas. Wir lachten, es kam einfach so heraus.
«Außer den Schildkröten», sagte ich. «Wir beide wissen, was für die Schildkröten das Beste ist, eh?»
«Oh, Scheiße», sagte sie. Kein Lachen. «Es wollte offenbar passieren, nicht wahr?»
«Ja», antwortete ich. «Es wollte offenbar passieren.»
Ihr Gesicht sah traurig aus. Ich fühlte mich bei ihrem Gesicht zu Hause. Vielleicht war es ein schönes Gesicht, ich weiß

nicht. Es sah ebenso müde aus wie meines, dunkle Ringe unter den Augen. Sehr schwarze Brauen, kein Grau in dem langen, schwarzen Haar. Harriet. Ja, ja. Wir haben eine Serie von Konzerten abonniert, aber das war kein Vertrag auf Lebenszeit. Ich habe Neaeras Wohnung nie gesehen, aber ich stellte mir Bücher vor, einen Zeichentisch, eine Schreibmaschine. Ich konnte mir vorstellen, dort den Abend mit ihr zu verbringen. Vielleicht mit Lesen oder Schreiben.

«Sie haben doch nicht etwa eine Katze, oder?» fragte ich.

«Nein», sagte sie. «Sehe ich aus, als hätte ich eine Katze?»

«Nein», sagte ich.

«Ich habe einen Wasserkäfer», erklärte sie.

«Warum nicht», gab ich zurück. «Wasserkäfer sind okay.»

«Es begann als Insekten-Ausbeutung», erzählte sie. «Ich dachte, es wäre eine Geschichte in ihr.»

«Keine Selbstanklagen», sagte ich. «Wenn ich irgendwas ausbeuten könnte, würde ich es tun. Warum sollten Insekten besondere Privilegien genießen; sie sind nicht besser als wir anderen. Wir können den Käfer auch mit nach Polperro mitnehmen, wenn Sie wollen.»

«Nein», sagte sie. «Sie ist ein Süßwasserkäfer und mir ausgeliefert; wir stecken zusammen in der Sache drin.»

«Woher wissen Sie, daß es eine Sie ist?» fragte ich.

«Sie hat geriffelte Flügeldecken statt glatten», erwiderte sie. «Und die Vorderbeine sind anders als beim Männchen. Sie hat nicht die Saugnäpfchen, mit denen er sich beim Paaren anklammern kann.»

«Männliche Schildkröten haben dazu eine Extraklaue», sagte ich.

«Die Natur sorgt für alles», meinte Neaera.

Es war dunkel und regnete immer noch, als wir das Restaurant verließen. Kurz nach acht waren wir wieder am Zoo. George Fairbairn rollte die Kisten auf der Lastkarre heraus. Die Schildkröten lagen auf dem Rücken und hatten die Füße an die Seiten gepreßt; die Mäuler standen offen. Ich konnte sie

seufzen hören; sic wußten, sie waren Idioten in die Hände gefallen. Sie rochen frisch und nach Meer.
«Haben Sie den Champagner?» fragte er.
«Champagner?» sagte ich.
«Für den Stapellauf», meinte er.
«Ich besorge ihn unterwegs», antwortete ich. An so etwas hatte ich nicht gedacht, an Fröhlichkeit und Feierei im Zusammenhang mit den Schildkröten. Wenn es im Leben irgendwo Spaß zu versäumen gibt, dann gelingt es mir immer.
Neaera stand hinter mir und trat mich. Sofort merkte ich, daß ich das Falsche gesagt hatte. Ich hatte nicht einmal daran *gedacht*, ihn einzubeziehen. Es ist schon toll, was für ein dummer Tölpel ich bin.
«Ich habe mir die Freiheit erlaubt, eine Flasche kalt zu stellen», sagte er. «Ein guter Abschiedsdrink für die Dame und Sie. Und ich schicke meine Schildkröten nicht jeden Tag hinaus in die Welt, wissen Sie. Das ist doch eine besondere Gelegenheit.»
Warum muß ich mich immer wie ein Kind fühlen? Ich bin der große Schildkrötenfreund, aber er denkt auch an die Menschen. Wir ließen die Schildkröten seufzend im Wagen zurück und gingen ins Aquarium, durch die grün erleuchtete Halle zu dem NUR FÜR PERSONAL-Raum neben dem Eingang. Wir setzten uns an einen Tisch, und er brachte den Champagner. *Moët et Chandon* war es auch noch. Er ließ den Korken knallen, und er prallte gegen das Foto einer Dame mit dickem Busen, das neben dem Dienstplan angepinnt war. Er hatte sogar Gläser mit Stiel mitgebracht, und als der Champagner in sie hineinperlte, spürte man wirklich etwas von einem besonderen Anlaß. George Fairbairn hob sein Glas. Wir standen ebenfalls auf, hoben unsere.
«Auf den Stapellauf», sagte er. «Alles überall und jederzeit.»
Und ich hatte kaum einen Gedanken an ihn verschwendet!

Mir war nach Weinen zumute. «Auf Sie», sagte ich. «Auf den Mann, der den Stapellauf möglich machte.»
«Auf den Mann, der dem Aufmerksamkeit schenkt, was der Aufmerksamkeit bedarf», sagte Neaera.
Danach wurde noch eine Menge geredet, und wir tranken den Champagner schnell auf, schüttelten einander die Hände und versprachen, ihm so bald wie möglich nach unserer Rückkehr Bescheid zu geben, wie alles gelaufen war. Wie heißt das noch an der Stelle in *Moby Dick*:
«Schiff und Boot trennten sich; der kalte, feuchte Nachtwind blies zwischen sie: Eine Möwe kreischte über uns hinweg; die beiden Buge schwankten wild hin und her; wir stießen schweren Herzens drei Hurrarufe aus und stürzten uns blindlings wie das Schicksal in den einsamen Atlantik.»
Stürzten uns blindlings wie das Schicksal auf die einsame M4.

32. Neaera H.

Auf dem Weg zur M4 hielt William an einem Kiosk und kaufte eine Flasche Champagner. «Das schulden wir den Schildkröten», sagte er. Ehe wir wieder losfuhren, zeigte er mir unsere Route auf der Karte. «Wir bleiben bis hinter Swindon auf der Autobahn», sagte er, «und dann fahren wir durch Chippenham, Trowbridge, Frome, Shepton Mallet, Glastonbury, Taunton, Exeter, Plymouth, überqueren den Tamar, fahren durch Looe und sind schon in Polperro.» Der Regen floß über die Windschutzscheibe, unsere Köpfe neigten sich dicht nebeneinander über die Karte, das Licht der Taschenlampe spielte über die roten, blauen und grünen Straßen, und ich fühlte mich wieder jung, wagemutig bei Verbotenem spätabends. Andererseits konnte ich die Ortsnamen ohne Lesebrille nicht gut erkennen; die Karte war bloß eine schöne Abstraktion.

Wir fuhren los; die Scheibenwischer nahmen ihren regelmäßigen Takt auf. Wir verpaßten immer noch Bordsteine und parkende Autos auf meiner Seite um nur wenige Zentimeter. «Zu dicht», sagte ich immer wieder, während ich mich vor den vorweggeahnten Kratzern zurücklehnte, immer in Erwartung von knirschendem Metall. William hielt den Kopf auf eine Weise, daß ihn nach meiner Erfahrung noch vor Ablauf der nächsten Stunden der Nacken schmerzen würde. Ich kann nicht Auto fahren, konnte ihn nicht ablösen, er würde alles allein tun müssen.

Ich war entschlossen, wach zu bleiben, alles in mich aufzunehmen und nichts zu verpassen. Ich war immer noch wach, als wir beim Hammersmith-Flyover ankamen, und auch noch nach dem Kreisverkehr bei Chiswick, aber bald war es wie in einem Konzert, wo ich mir jedes Mal schwöre, aufmerksam zuzuhören, aber immer einnicke und döse. In dem Laster bin ich zwar nicht richtig eingedöst, aber in eine Art Reisetrance verfallen, die sich mit einem intensiven Unbehagen abwechselte, weil alles auf meiner Seite zu dicht schien. Egal, was William früher gefahren hat, es muß an die zwei Fuß schmaler gewesen sein als dieser Lastkahn. Wenn er aber noch in einem Wagen saß, den es nicht mehr gab, saß er dann nicht in Gedanken auch noch neben derselben Person wie damals? Es folgte eine lange Strecke mit gelben Lichtern, absolut ortlos. Die Straße schien von nirgendwoher zu kommen und nach nirgendwohin zu führen; sie wirkte total außer der Zeit. Ich lauschte auf das Summen des Motors, das Zischen der Reifen, das Wischen der Scheibenwischer. William hatte mir erzählt, daß er in der Werbung gearbeitet hatte, aber sonst nicht viel über sich preisgegeben.

«Waren Sie jemals verheiratet?» fragte ich.

«Ja», sagte er. Er öffnete den Mund als wollte er etwas sagen, aber er schloß ihn wieder. Dann fragte er: «Und Sie?»

«Nein», antwortete ich. Dann öffnete auch ich den Mund und schloß ihn wieder.

«Schildkröten», sagte ich und schüttelte den Kopf.
«Ja», sagte William. «Schildkröten.»
Plötzlich schien es mir total unvorstellbar, daß ich in den letzten fünfzehn Jahren Gillian-Wühlmaus-Bücher geschrieben und illustriert hatte, Delia Swallow und all die anderen. Das Zeichnen von Vögeln hatte mich dazu gebracht. Ich arbeitete in einem Grafikstudio und hatte eine kleine Werbekampagne mit gezeichneten Vögeln ausgestattet. Jemand sagte, ich solle es mit Kinderbüchern versuchen, und mein erstes verkaufte ich an Bill Sharpe: *Delia Schwalbes Hochzeit.*
Kurz nach zehn hielten wir hinter Swindon und füllten Benzin nach. Wir hatten etwa fünfundsechzig Meilen zurückgelegt, meinte William, und wir tankten etwas mehr als vierzehn Liter. Viereinhalb Liter für zwanzig Meilen, das schien ihn zu freuen. Als der Wagen stand und der Motor abgestellt war, konnten wir die Schildkröten atmen hören.
Dann bogen wir von der M4 ab, und als wir durch Chippenham und die anderen Städte fuhren, rasierte William immer noch fast alles auf meiner Seite. Ich sagte immer wieder: «Zu dicht!» und ärgerte mich über den Klang meiner Stimme und daß ich es immer wieder sagen mußte. Das hier war eben nicht das Auto von früher, und es war auch nicht die Zeit, in der er früher Auto fuhr, es war hier und jetzt und wir und die Schildkröten, verdammt noch mal. Es wirkte so beleidigend wie ein Mann, der einen ständig mit dem Namen der Frau anredete, mit der er früher zusammen war.
«Hier», sagte ich. «Jetzt. Heute abend. Diese Woche, dieser Monat, dieses Jahr. Schildkröten. Wir. Ford Transit 90, 1,8 t.»
«Ja», antwortete William. «Ja, ja, ja.» Er wußte, was ich meinte. Er wechselte die Kopfhaltung und brachte seinen Nacken aus den Schultern hoch. «Das hier ist eigentlich gar nicht so schlecht», sagte er. «Dazwischen fühle ich mich eigentlich immer am besten. Weder hier noch dort.»
«Es gibt keine Dazwischen», sagte ich. «Jeder Ort, an dem wir

vorbeifahren, ist in diesem Moment *hier*. Dazwischen ist eine Illusion.»

«Danke sehr», sagte er. «Sie haben soeben den größten Teil meines Lebens entwertet.»

«Meins auch», sagte ich. Die reflektierenden Stubben auf der Straße sahen wie Krebse ohne Beine aus, jeder mit zwei kleinen Krebsaugen, die fortwährend aus der Dunkelheit kamen. Jeder starrte mich an, ehe er von dem Wagen verschluckt wurde. Ich starrte zurück.

Gegen halb zwölf hatten wir etwas mehr als hundert Meilen zurückgelegt und hielten kurz vor Frome an, um Kaffee zu trinken und etwas zu essen. Die Schildkröten atmeten geduldig. So, wie sie auf dem Rücken in ihren Kisten lagen, konnten sie nicht einmal an die Decke des Wagens blicken. Ihr Meergeruch schien jetzt schwächer, vermischt mit den Benzindünsten aus dem Reservekanister. Die drei Panzer wirkten im Licht der Taschenlampe hell, sahen aus wie Wappen: Drei Panzer auf dem Rücken liegend in einem Ford Transit. *«Navigare necesse est; vivere non est necesse.»*

Ich habe Filme über neu geschlüpfte Schildkrötenbabies gesehen, die zum Meer rennen, ganze Flotten, die in ihrem Drang zum Wasser fast über den Sand zu fliegen scheinen. Diese drei lagen nachdenklich auf dem Rücken, ihr Ziel in sich, geduldig wartend. Wenn ich sie betrachtete, konnte ich mir nicht vorstellen, daß sie irgendeine Erwartung kannten. Wenn sie erst wieder im Meer wären, würden sie einfach tun, was Schildkröten eben im Ozean tun; ihre Bereitschaft war ungeteilt und unvermindert. Nach der Erlaubnis zu leben, würden sie sich nach der Sonne richten, nach chemischen Spuren im Wasser, nach der Prägung ihrer Gene durch einen alten Kontinent, der nun geteilt war. Sie waren aus Finden zusammengesetzt, das verkörperte Finden. Daneben lag der gefüllte Reservekanister. Die Schildkröten würden schweigend verbrennen.

Ich stieg aus. Der Regen hatte aufgehört. Ich stellte mich neben den Wagen und lehnte die Stirn gegen das nasse, kühle

Metall. Die Krebsreflektoren auf der Straße sahen mich entweder an oder nicht, je nachdem, ob ein Auto vorbeifuhr oder nicht. In der Tasche meines Regenmantels lag der Zweistein aus Caister. Er mußte dort liegen, seit ich den Mantel zum letztenmal trug. Heute hatte ich ihn nicht eingesteckt.

33. *William G.*

Der Himmel klarte auf; in einem gezackten Wolkenloch erschien ein Vollmond. Es gäbe also eine Springflut oder Ebbe? Mir war, als könnte ich mich an die Gezeiten erinnern, als wüßte ich über sie Bescheid.

«Ich habe Ihnen nie erzählt, daß ich in Polperro geboren bin», sagte ich zu Neaera.

«Gütiger Gott», sagte sie. «Aber es war doch sicher anders, als Sie noch klein waren?»

«Ich weiß es nicht», erwiderte ich. «Wir zogen fort, als ich ein Jahr alt war, und ich bin nie dorthin zurückgegangen. Meine Mutter hat nie viel davon erzählt. Warum haben Sie es ausgesucht?»

«Es war einmal wirklich, ist es jetzt aber nicht mehr», sagte Neaera. «Es gibt nur noch Souvenirs und Cream Teas und eine Kiste mit einem Schlitz für Geld, mit dem der Charakter des alten Fischerdorfes bewahrt werden soll. Die Schildkröten mögen vielleicht aussterben, aber echt sind sie, und sie funktionieren. Wenn wir sie dort ins Meer setzen, werden sie echte Schildkrötenarbeit leisten.»

«Wir können aber nicht mit drei Schildkröten die ganze Welt verzaubern», entgegnete ich.

«Brauchen wir mehr?» fragte Neaera. «Würde es ein Dutzend wohl schaffen?» Wir lachten.

Meine Mutter hat nie viel von Polperro erzählt. Keine Geschichten über die Sardinenfischerei, über die Suchboote, die

den Wadebooten Zeichen gaben, und ähnliche Sachen. Sie war in Calstock geboren, wo ihr Vater in einer Arsenfabrik gearbeitet hatte, bis er daran starb. In jenen Tagen bestand der einzige Schutz darin, daß man Scharpie und ein Taschentuch vor der Nase trug. Meine Mutter erinnert sich, wie grau und verdorrt die Bäume in der Nähe der Fabrik alle aussahen, und wie es an nebligen Tagen roch. Sie wohnte zu Hause, war Lehrerin in einer Schule, aber als ihr Vater starb, verließ sie Calstock. Ihre beiden jüngeren Brüder arbeiteten da auch schon; die Mutter war früher gestorben. Sie kam nach Polperro, weil ihr der Name gefiel und sie in der Nähe des Meeres sein wollte. Sie erinnerte sich immer an die Dohlen, die auf dem Kai zwischen den Möwen und Fischern spazierten und aussahen, als wollten sie sprechen.
Sie wurde Kellnerin in einem Café. Das war angeblich in dem Jahr, als sie bei der Schule aufhörte und den Methodismus und das Arsen aufgab, alles auf einmal. Bald darauf traf sie meinen Vater, und zwei Jahre später lebte sie als Witwe mit einem einjährigen Sohn in London. Sie kaufte sich in Fulham einen Tabakwaren- und Zeitungsladen und holte sich aus der Bibliothek immer Bücher über Cornwall. Sie mochte Legenden und Märchen. Ich erinnere mich, wie sie mir von dem Geist von Tregeagle erzählte, der heulte, wenn die Teufelshunde hinter ihm her waren, und den man schließlich fortschickte, um am Ufer des Meeres Seile aus Sand zu flechten. Ich erinnere mich, wie sie diese Stelle immer erzählte: «Auf ewig flechtend Seile aus Sand, die in seinen Händen zerrieselten, und der Wind blies sie fort.»
Wenn ich sie mir vorstelle, wie sie die Dohlen auf dem Kai beobachtete, dann sehe ich wohl die Vögel mit ihren Augen. Den Rest der Szene kann ich mir ebenfalls vorstellen: den grauen Himmel über dem Meer und den Landspitzen, die weiß-grau-schwarzen Möwen mit den gelben Schnäbeln und den gelben, starren Augen, die Fischer, schwer und derb im grauen Licht, mit Waagen und Schubkarren, die Boote an ih-

rer Vertäuung schaukelnd oder auf Rahmen stehend. Ich sehe es niemals sonnig, immer grau. Ich habe noch nie jemandem über die Dohlen meiner Mutter berichtet. Meine drei Onkel sind tot. Ich habe Vettern in Cornwall, die ich nie besucht habe. Das Haus in Fulham, wo wir über dem Laden wohnten, bis meine Mutter starb, stand in der Nähe meiner jetzigen Wohnung, aber es ist abgerissen; jetzt steht ein Wohnhaus dort. Die Straße, von der mein Vater über die Klippe fuhr, liegt auf der anderen Seite von Polperro; auf dieser Reise werden wir nicht daran vorbeikommen.

In der Nähe von Glastonbury war eine Selbstbedienungstankstelle geöffnet. Ich steckte eine Pfundnote in den Automaten, und der Tank faßte für sechsundneunzig Pence Benzin. Vier Pence blieben für den übrig, der als nächster Benzin tanken würde.

Der Wagen summte weiter und verschluckte die kleinen krebsförmigen Reflektoren mit den kleinen Krebsaugen. Der Mond verschwand und tauchte wieder auf, wenn zerrissene Wolken über ihn hinweghuschten. O ja, dachte ich, ich fühle etwas Gutes gleich hinter der nächsten Ecke in meinem Kopf: bleib nur bei der Sache, und es geht dir gut. Laß einfach alles fallen, wie eine Sternschnuppe. Wenn man die sieht, die ganz weit weg sind, ist ihr Licht schon seit Millionen Jahren verlöscht. Auch dies, mein kurzes Licht, ist vielleicht schon vor langer, langer Zeit durch die Dunkelheit geblitzt. Nicht *mein* Licht, einfach ein Licht. Und jetzt war ich an der Reihe, mit ihm zu huschen, die Dunkelheit mit ihm zu durchblitzen. Beim nächstenmal ist ein anderer dran. Man braucht nicht selbstsüchtig zu werden; sei es einfach, solange du an der Reihe bist, und dann laß los. Der Wagen schnurrte weiter, aber ich ließ meine Gedanken, wo sie waren.

34. *Neaera H.*

Um zwei Uhr morgens in der Nähe von Exeter füllte William wieder den Tank auf. Ich war froh, daß nicht mehr Tankstellen geöffnet hatten. Er schien mit vollem Tank in Polperro ankommen zu wollen, als habe er die Information, daß sämtliche Tankstellen auf dem Rückweg morgens verschwunden sein würden.

Um Viertel vor drei aßen wir noch eimal Brote und tranken Kaffee, das war zwanzig Meilen von Plymouth. Inzwischen hatten wir zweihundert Meilen zurückgelegt und noch fünfzig vor uns. Ich fragte mich, ob er bis Polperro noch einmal zum Tanken anhalten würde. Es war ruhig auf der Straße; zwischen den einzelnen Fahrzeugen gab es lange Pausen. Ich lauschte dem Atmen der Schildkröten. Auf einem Parkplatz vor uns ruhte ein großer Lastwagen mit Anhänger wie ein müdes Monster. Die Krebse auf der Straße marschierten unerforschlich gen London. Was würden sie sagen, wenn sie dort ankamen?

Wir fuhren durch Plymouth, wach durch die schlafenden Straßen. Wir überquerten um halb vier die Brücke über den Tamar unter bläulichem Licht, das ebenso jenseits jeder Zeit schien wie zuvor das gelbe. Lears Worte über den stumm brüllenden Ozean fielen mir ein, und ich spürte mich von stummem Gebrüll erfüllt. Vielleicht habe ich auch bloß geschnarcht, aber wenn ja, dann war William zu taktvoll, um es zu bemerken. Ich döste ein und wachte auf, als wir den Berg hinab nach Polperro fuhren. Der Himmel war nun völlig klar, und über allem lag heller Mondschein. ZWISCHEN 9.00 UND 18.00 NUR FAHRZEUGE MIT GENEHMIGUNG stand auf dem Schild. Wir fuhren weiter durch die Hauptstraße, an dem Modelldorf in seinem Modellschlaf vorbei, an den dunklen und stummen Cafés und Souvenirläden vorbei, bogen ab in die Straße, die uns zu *Jonathans Coach House* führte, und parkten auf der kleinen Brücke davor. Wir hätten in eines der kleinen

Sträßchen einbiegen können, die die restlichen zweihundert Meter zum Außenhafen führten, aber hier machte William Schluß. Er wollte nicht riskieren, seinen Wagen anzukratzen oder jemanden mit unseren Manövern aufzuwecken. Wir erwarteten sozusagen, daß Lichter angingen, Fenster aufflogen und Polizisten auftauchen würden.
Beide hatten wir uns nicht darum geschert, uns vorher über die Gezeiten zu erkundigen. Ob Ebbe oder Flut, die Schildkröten würden freigelassen. Aber ich glaube, wir hatten beide das gleiche Gefühl: Wenn Flut herrschte, stand der Ozean auf unserer Seite, und unser Unternehmen würde klappen; bei Ebbe bedeutete es, daß alles genauso wäre wie sonst: jede Menge Komplikationen und Ärger. Dann hörte ich auf, mir über Zeichen und Omen Gedanken zu machen und ob es nun gut oder schlecht ausgehen würde. Unsere Rolle im Rhythmus der Dinge war, die Schildkröten ins Meer zu setzen, und wie es lief, so *mußte* es laufen. Im Schlick steckenbleiben oder ertrinken oder ein Bein brechen oder von der Polizei erwischt zu werden gehörte entweder dazu oder nicht. Ich machte mir über aufwachende Leute keine Gedanken mehr. Ich fühlte mich entspannt und unverletzbar.
Wir bogen um die Ecke und gingen die Straße entlang. Die Boote im Innenhafen schaukelten alle auf Wasser. Der Wind schlug uns ins Gesicht; wir hörten das Aufschlagen der Wellen, als wir um die nächste Ecke und den Hang zum Außenhafen hinauf fast rannten. Der Strand, den man bei Ebbe sah, war verschwunden; unter dem vollen Mond warf sich eine wilde Flut gegen die Wellenbrecher, Gischt flog durch die Luft, und die Wellen brachen sich auf den Stufen. Und der Wind, der Wind, der Vollmondspringflutschildkrötenwind!
Wortlos gingen wir zum Wagen zurück. William zerrte die erste Kiste heraus, kippte sie auf die Lastkarre und karrte sie mit einem Lärm fort, der Tote hätte aufwecken können. Ich dachte, wir müßten beide schieben, um die Karre den Hang hoch zu kriegen, aber William schaffte es allein. Beim Wellenbrecher

wuchteten wir die Kiste von der Karre, legten sie auf die Stufen wie auf eine Rampe und senkten sie mit dem durch die Ringbolzen gezogenen Seil herab. «Keine Aufregung, meine Damen und Herren», sagte ich. «Diese Ketten bestehen aus Chromstahl.» William muß den Film gesehen haben. Er lachte, wie er auf der Treppe stand und die Flut über seine Füße schlug.

Ich ließ los, als er die Kiste am Rand der Stufe hochkant stellte, er kippte sie vor, und die Schildkröte fiel mit einem lauten Aufklatschen ins Wasser und tauchte unter. Wir umarmten und küßten uns, rannten zurück zur nächsten Schildkröte, setzten sie frei und holten die letzte. Jede tauchte ab ins wilde Wasser und war verschwunden. Es war geschafft. Es war wirklich passiert. Drei leere Kisten, und die Schildkröten weg in Sicherheit.

«Der Champagner!» sagte William. Er rannte fort und kam mit der Flasche und den beiden Bechern von den Thermosflaschen wieder. Er ließ den Korken in den Wind knallen, und der Champagner schäumte im Mondlicht auf. «Wir trinken auf ihr Glück», sagten wir und tranken auf die Schildkröten. Die Wellen glitzerten silbrig unter dem Mond, Gischt flog an den Felsen zu beiden Seiten des Hafeneingangs hoch, und auf der Landspitze stand ein Leuchtturm. Der Champagner schmeckte wie ein klarer und sprudelnder Morgen ohne Ende. Wir stürzten ihn gierig hinab und warfen die leere Flasche ins Meer. Der Ozean war rauh und wirklich, *immer* wirklich, *nur* wirklich. Es war nicht der Fehler von Polperro, daß der Ort mit Souvenirs und Geldbüchsen und einem Dorfmodell betteln mußte. Ich verzieh Polperro, liebte es für das, was es einmal gewesen und was es jetzt war, wegen seines Glücks und seiner Traurigkeit am Meer. Ich verzieh mir selbst, es nicht geliebt zu haben, liebte mich, weil ich es jetzt liebte. Ich verzieh jedem alles, tastete nach dem Zweistein aus Caister in meiner Manteltasche und schleuderte ihn weit hinaus in den mondbeschienenen Ozean.

35. *William G.*

Als ich den Wind auf meinem Gesicht spürte und die Flut sah, schien mir unvermittelt, als bräuchte ich keine Antworten mehr auf irgendwas. Die Flut und der Mond, der Leuchtturm auf der Landspitze und der Wind wirkten so *Hier* und *Jetzt*, daß nichts anderes notwendig war. Ich fühlte mich frei von mir selbst, unbelastet. Egal, wo der Mond aufhörte und ich begann und wer was war. Alles war, was es war, und das Bewußtsein davon war ein Teil davon.

Die Kisten kamen leicht aus dem Wagen und auf die Lastkarre, fuhren locker den Hang hinauf, und es gab keine Trennung zwischen Kiste und Karre und mir und der Bewegung. Dann passierte es, die Schildkröten waren im Meer, der Champagner floß im Mondschein.

Auf dem Weg zurück blieben wir bei einer Toilette stehen. *Adamant*, diamanthart, stand auf dem Pissoir. Sein Wappen sah aus wie ein Hosenbandorden, aber mit einem Löwen oben und in der Mitte einer Art Eulengesicht. Hier, jetzt. Beim Rauskommen hörte ich den Fluß durch das Dorf fließen, eine Eule durch die Dunkelheit schreien. Nicht hart, kein bißchen hart.

Wir stellten den Wagen auf dem Parkplatz ab, ich schaltete den Motor aus. Wir nahmen das Federbett und Decken und Kissen nach hinten in den Wagen. Wir legten uns angezogen hin, Seite an Seite mit einem kleinen Zwischenraum. Zuerst lagen wir auf dem Rücken, dann rollten wir herum auf die Seite. Der Zwischenraum rollte mit uns, blieb ruhig zwischen uns, die ganze Nacht, eine Form, gebildet aus ihrem Rücken und meiner Vorderseite.

36. Neaera H.

Ich wurde in dem Wagen wach. Ach ja! dachte ich, hier bin ich auch eingeschlafen. Holz, neben meinem Gesicht, roch salzig und meerig. Leere Schildkrötenkiste. Ich legte ein Ohr daran, ich berührte sie, lauschte: stumm brüllender Ozean. Da das Seil: ich berührte es, leckte meine Finger ab: Salz. Ich berührte die Lastkarre, ebenfalls salzig. Ich rollte herum. Dort lag William und schlief noch. Es schien wie Spionage, sein schlafendes Gesicht zu betrachten, daher stieg ich aus.

Es war Nachmittag. Auf beiden Seiten parkten Wohnwagen mit Gardinen in den Fenstern, und die Leute drinnen wirkten häuslich. Am Eingang des Parkplatzes hatten ein Erfrischungsraum und ein Souvenirladen geöffnet. Ein Mann mit einem Pferd und einem geschmacklos herausgeputzten gelben Wagen, der halb mit Passagieren gefüllt war, winkte mir zu wie der Kutscher, der Pinocchio ins Land der Bubis brachte.

Eigentlich albern, sich so zu fühlen, wie ich im Augenblick. Es gab keinerlei Grund dafür. Wir waren nach Polperro gefahren, um die Schildkröten ins Meer zu setzen, und das hatten wir geschafft.

Die Sonne schien heiß, der Himmel war blau. Ich fühlte mich völlig fehl am Platze. Zuhause näherten sich der Tag und ich einander immer ganz allmählich: Zähneputzen, das Gesicht waschen, die erste Tasse Kaffee, die erste Zigarette, die Post öffnen. Hier hatte ich nichts, nur unvermittelt ein grobes Tier von einem Tag mit Wohnwagen und Gardinen und Leuten, die Kinder fütterten.

Größe ist etwas Komisches. Manchmal, an heißen Tagen, scheint alles zu groß und ausladend. Kaum mit den Gedanken zu erfassen oder mit dem Auge zu erblicken. Ich dachte an Winter. Wintergraue Himmel, winterfrühe Abende, die London so klein machen wie ein Modell. Die beleuchteten Schaufenster der Geschäfte wirken wie die Schaufenster in Spielzeugläden: Tabakwaren, Wäscherei, Bäckerei. Ich sah im Geist die kleine Modellstraße, die Läden. In der kleinen Bäkkerei eine dreistöckige Hochzeitstorte, großartig in ihrer Winzigkeit. Bilder von Hochzeitstorten: «Windsor», «Paradies», «Wedgwood». Klein, klein, erstaunliche Details im Modellgedächtnis, alles zu erkennen. Das Modell von Polperro hier in Polperro ging mir immer noch durch den Kopf. Ich verglich es mit dem Modell für London. Das von Polperro war viel größer, riesig und dick, kaum mit dem Geist oder dem Auge zu erfassen.

37. William G.

Als ich aufwachte und den hellen Sonnenschein sah, schien die vorige Nacht weit fort und klein. Mein ganzer Körper war steif und wund. Neaera war weg. Ich öffnete die Tür und sah sie an der Betonmauer des Parkplatzes lehnen. Ich dachte an die Schildkröten und konnte nicht glauben, daß sie gegen die starke Flut hinausgekommen waren. Sicher waren sie gegen den Wellenbrecher geschmettert oder durch die Lücke in den Hafen hineingespült worden, wo die Boote ein- und ausfahren. Vermutlich lagen sie jetzt im Hafen, vermutlich waren sie von Fischern gefangen worden.
Langsam bahnten wir uns einen Weg durch die Touristen und ihre Kinder zur öffentlichen Toilette. Ich hatte weder eine Zahnbürste noch Rasierzeug, noch Ähnliches mitgebracht. Ich rieb die Zähne mit den Fingern, wusch mich und beließ es dabei. Langsam und in der Sonne blinzelnd gingen wir in ein Café, wo wir Würstchen und Eier aßen. Während wir aßen, spürte ich die Verlegenheit dieses «Morgens danach» am stärksten. Eigentlich war es Nachmittag, noch schlimmer als ein Morgen. Manchmal war mir so zumute, wenn ich mit der falschen Person geschlafen hatte, und die Intimität von Sex ist

natürlich nichts im Vergleich zu der Intimität, wenn man nachts zweihundertfünfzig Meilen gefahren ist und Schildkröten ins Meer gesetzt hat. Aber das war es nicht; sie war nicht die falsche Person für die Schildkröten. Ich wußte nicht, was es war. Offenbar hatten wir einander nur wenig zu sagen. Eigentlich nichts.
Wir gingen zum Hafen. Es herrschte Ebbe; die Boote standen auf Rahmen oder lagen im Schlick. Der kleine Strand hinter dem Wellenbrecher war übersät von zerbrochenem Glas und Kondomen. Auf dem Pier saßen ein paar Fischer, und ich fragte sie, wann Flut gewesen sei. Um sieben in der Frühe, sagten sie. Niemand erwähnte die Schildkröten, und es war keine zu sehen. Sie mußten es also ins offene Meer geschafft haben. Wir gingen zurück zum Parkplatz, stiegen ein und fuhren zurück nach London.

38. Neaera H.

Na also. Das war also die Rückseite der Schildkrötenaffäre. Nicht ganz Verzweiflung, wie ich mir zuvor vorgestellt hatte. Nur eine Art Leere, so leer und albern wie eine Schabracke, die umgekehrt auf dem Boden liegt und bei der man alle Nägel sehen kann. Das ist in Ordnung, eine Schabracke kann eine Vorder- und eine Rückseite haben, sie ist nur ein Gegenstand. Ein Kleid hat eine Innen- und eine Außenseite. Eine Zeichnung bedeckt nur eine einzige Seite des Papiers, selbst eine Zeichnung von Rembrandt.
Aber eine Handlung, nein. Eine Handlung, die eine Vorder- und eine Rückseite hat, ist nicht gut.
Wir fuhren zurück nach London. Wir redeten kaum ein Wort. Mittag- und Abendbrot aßen wir in Restaurants, die an der Straße lagen, voller Bewegung und Abwesenheit, wo das Ketchup in roten tomatenförmigen Plastikflaschen auf den

Tischen stand. Die Leute, die in den Nischen saßen, schienen wie auf ein Tonband gespielt, das sich selbst löscht. Nur die Bewegung blieb übrig, die Abwesenheit. Draußen auf der Straße, drinnen mit dem Ketchup. Rot, dickflüssig.
Die Nacht brach herein, aber es regnete nicht. William hielt nur einmal, um zu tanken. Ich hatte vergessen, mir das Mühlrad an dem Gasthaus in der Nähe des Parkplatzes von Polperro anzusehen. Ich weiß immer noch nicht, ob es von Wasser aus einer Röhre getrieben wird oder nicht.

39. William G.

Manchmal kann ich es nicht glauben, daß mechanische Abläufe nur Zufall sind und nichts weiter. K 257 auf dem Pflaster, die Rolltreppeneule in Charing Cross. In dem Restaurant, in dem wir auf dem Heimweg aßen, ging ich auf die Toilette. Kaum öffnete ich die Tür, hörte man ein metallisches Rülpsen, und drei Zehnpencestücke hüpften aus dem Automaten für Kondome und klirrten auf den Boden. Warum, um Gottes willen? Warum ausgerechnet bei *mir*? Ich war volle zehn Fuß von der Maschine entfernt, als es geschah. Es hatte etwas Beleidigendes, etwas Verächtliches. Hier, schien der Automat zu sagen, ist das Rückgeld. Verdammter Affe.
Die Meilen sausten auf uns zu, schossen unter den Wagen. Ich fühlte mich absurd, fand keine Stelle, an der ich mich zu den drei Schildkröten in Beziehung setzen konnte, die nun im Meer schwammen. Was in aller Welt hatte das alles zu bedeuten? Warum saß ich mit dieser Frau in diesem Wagen? Würde es ewig so weitergehen, immer im Kreis, wie ein Kaugummi an einem Reifen? Konnte man es anhalten, und wenn ja, gäbe es dann etwas anderes zu tun? Nach Einbruch der Dunkelheit machten mir die Augen zu schaffen. Die Straße wurde immer

wieder abstrakt. Verwirrung, stetige und blitzende Lichter. Flache Schatten nahmen Masse an, Entfernungen verloren ihre Tiefe, die roten Hecklichter der Autos in einer halben Meile Entfernung schienen in der Luft zu hängen.

Rechtzeitig tauchte der Kreisverkehr von Chiswick auf, der Flyover in Hammersmith. Elf Uhr war vorbei, als wir vor Neaeras Wohnung hielten. Ich schaltete den Motor ab, und wir saßen ein paar Augenblicke da und tickten stumm.

«Haben Sie die Kosten aufgeschrieben?» fragte sie.

«Ich habe noch nicht alle Zahlen», antwortete ich. «Ich rechne es aus, wenn ich morgen den Wagen zurückbringe.»

«Ich rufe Sie an», sagte sie und blieb sitzen, etwas unsicher, wie sie gehen sollte. Ich wußte, daß sie mich nicht auf eine Tasse Kaffee oder sonstwas in die Wohnung einladen wollte.

«Bei solchen Sachen gibt es keinen Schlußstrich», sagte ich. «Man kann nur den Kopf schütteln und beim Weggehen gegen einen Stein treten, wenn es einen Stein gibt.»

«Ich habe meinen Stein fortgeworfen», sagte sie. Sie nahm ihre Decken und Kissen und stieg aus. Dann blickte sie durch das Fenster. «Ich sage jetzt nichts», sagte sie. Und ging fort, ohne ein Kopfschütteln.

Ich fuhr nach Hause, parkte den Wagen und lud ihn aus. Nicht ein Kratzer oder eine Delle an dem Riesending. Ich konnte es nicht glauben. Es dauerte an diesem Abend lange, bis ich endlich einschlief. Ich lag im Bett und horchte auf Autos, die durch unsere Straße fuhren. Ich weiß nicht, warum es so schnell sein muß; das Geräusch der dröhnenden Motoren erfüllt mich immer mit Wut. Die ganze Zeit wartete ich darauf, daß eines von ihnen den Wagen rammen würde. Es ist eine ziemlich schmale Straße.

40. *Neaera H.*

Als ich die Wohnungstür öffnete, war es, als würde ich eine Kiste mit schaler Zeit aufmachen. Alte Zeit, tote Zeit. Die Fenster waren alle geschlossen, es war stickig. Ich öffnete die Fenster und blickte auf den Platz. Ich glaube, ich habe einmal gelesen, daß Korn, das man in ägyptischen Gräbern fand, sproß, als es ausgesät wurde. Weizen, ja.
Zeit, nein. Im Britischen Museum gibt es eine Mumie, eine Frau, wenn ich mich recht erinnere. Ich bin lange Zeit nicht in der ägyptischen Abteilung gewesen. Komisch, tot zu sein und ein Sammlerstück zu werden. Sie liegt auf der Seite in Schlafhaltung, und in meiner Vorstellung wirkt sie so einsamer, als wenn sie förmlich auf dem Rücken läge und die Hände gefaltet hielte. Ihre Haut ist altes Pergament, nichts Persönliches, ihre Knochen sind einfach Knochen. Aber ihre Schlafhaltung ist nackt und privat, die Privatheit ihres Schlafs bleibt, auch wenn sich keine Person mehr in der Hülle befindet.
Als ich die Lichter anknipste, sah die Nacht draußen so schwarz aus, daß ich alle wieder ausschaltete. Die Nacht ausschließen heißt, sie schwärzer machen. Ich erinnere mich, wie ich als Kind draußen war im Dunkel von Sommerabenden, Winterabenden, später und früher Dunkelheit. Man konnte absolut deutlich sehen, es schien nie richtig dunkel, bis ich ins Haus kam. Dann war die Nacht vor den Fenstern sehr schwarz.
Ich wußte nicht recht, was ich tun sollte, wußte nicht, wo ich den Faden aufnehmen sollte, wo ich aufgehört hatte. In meinem Leben schien es keine Kontinuität mehr zu geben. Die Straße führte zum Aussetzen der Schildkröten und endete dort vor einem Abgrund, dem die Brücke fehlte.
Ich schaltete das Licht in Madame Käfers Aquarium an. In dem Becken waren jetzt Schnecken, rote, sechs oder sieben. Sie säuberten die Scheiben von den Algen; auf dem Glas waren kleine deutliche Mäanderspuren zu sehen, wo sie schon

gearbeitet hatten. Das Fleisch von gestern und heute lag fahl und ausgeblichen auf dem Grund. Daran arbeiteten die Schnecken ebenfalls. Madame Käfer saß in der Ecke unter dem Filterschwamm. Unter der porzellanenen Badeschönheit lag eine Notiz. Ich las sie im Licht des Aquariums:

Habe mir die Freiheit erlaubt, eine Putzkolonne einzusetzen.
Kann sie wieder zurückholen, wenn Sie sie nicht wollen.
Beste Grüße
WEBSTER DE VERE

Affe, dachte ich. Wenn ich ein schmutziges Aquarium hatte, war das doch meine Sache. Da fiel mir ein, daß Madame Käfer ja ein Raubtier war; warum hatte sie die Schnecken nicht angegriffen? Zu müde vielleicht.
Ich suchte in der Handtasche nach Zigaretten und fand den immer noch nicht abgeschickten Brief an Harry Rush. Ich zündete eine Zigarette an und ging aus der Wohnung bis zur Straßenecke. Dort gibt es zwei Telefonzellen und einen Briefkasten. Die Telefonhäuschen sind nicht gleich groß, eines ist größer und solider gebaut als das andere. Ich stelle sie mir immer als Stier und Kuh vor. Sie standen dort, rot in der Dunkelheit, dunkel im Licht der Straßenlaterne, das Stiertelefon und das Kuhtelefon und der Briefkasten. Keiner sagte ein Wort, als ich den Brief durch den Schlitz warf und er ins Dunkle tauchte. Adieu, ihr tausend Pfund. Es war eigentlich nie wirklich gewesen.

41. William G.

Ich wachte auf. Da bist du ja, dachte ich: Das Leben geht weiter. Im National-Film-Theater sah ich einen alten deutschen Film mit Harry Bauer. Massiger Mann, mit dem kahlen Kopf einer Granitstatue. Im Film saß er lange Zeit im Gefängnis, zwölf Jahre, glaube ich. Er hakte die Tage mit einem Stückchen Holzkohle an den Wänden seiner Zelle ab. Als er bei der Hälfte angekommen war, warf er den Kopf zurück und stieß einen heiseren Schrei aus. Ich dachte, ich könnte auch einen heiseren Schrei versuchen, beschloß aber, es zu unterlassen. Es war ohnehin schon mehr als die Hälfte vorbei.

Es war Samstag. Neun Uhr. Ich blickte aus dem Fenster. Der Tag war grau und naß. Harriet war vermutlich auf dem Weg ins Geschäft. Plötzlich vergaßen meine Gedanken alles auf einmal. Ich merkte in diesem Augenblick, daß das Ende aller Dinge nicht schwierig zu sein braucht. Keinerlei Mühe, nur ein Abwenden, egal, welche Mittel man gerade hat.

Ich ging ins Badezimmer. Sandor hatte die Badewanne nicht saubergemacht. Ein Ring aus Sandorschmutz. Sandors Schamhaar. Wut durchströmte meine Adern. Ich hatte einmal ein ganzes Leben gehabt, ein Haus und eine Familie! Und soweit war es gekommen: Sandors Schamhaare in einem gemieteten Badezimmer.

Ich säuberte das Bad, badete und rasierte mich, obzwar Samstag war. Zog mich an, machte mir Frühstück. Sandor hatte den Herd schmutzig und stinkend zurückgelassen, wie üblich.

Ich ging den Gang entlang und klopfte an seine Tür. Ich zitterte am ganzen Körper. Sandor öffnete die Tür. Er trug seinen Morgenmantel, ein geiles, persisch aussehendes Ding. Er trug rote Samtpantoffeln, in denen seine Füße sehr weiß aussahen und das Haar an seinen Knöcheln sehr schwarz. Er hatte die Füße nach auswärts gestellt, als gäbe es keine

Grenze für die Fläche, die sie einnehmen könnten. «Zuviel!» hörte ich mich sagen. «Das ist zuviel!» Ich wiederholte es.
«Was wollen Sie denn?» fragte Sandor, füllte den Türrahmen aus und wuchs weiter. Sein Atem roch genauso wie der Herd. Tintenfisch? Muscheln? Ziegenhaar?
«Zuviel!» sagte ich noch einmal wie eine idiotische Maschine.
«Was?» fragte Sandor mit einem sehr roten Gesicht und einem sehr schwarzen Schnurrbart. «Was zum Teufel meinen Sie?»
«Sie machen den Herd sauber!» sagte ich.
«Was Herd säubern? Wer sagt das?» sagte Sandor. Noch eine Atemwolke.
«*Sie* säubern den Herd, und das sage *ich*!» Jetzt stieß ich ihn mit dem Finger gegen die Brust. Fedrige Brust, eine Menge Haare.
«Vorsicht», sagte er. «Langsam. Ich warne Sie. Hauen Sie ab. Alles Gute.»
«Nein», sagte ich. «Nichts ist gut. Alles verdammt schlimm. Sie machen jetzt sofort den Herd sauber.» Ich griff nach den Revers seines Morgenmantels. Ich war ganz überrascht, als ich meine Hände vorschießen und handeln sah. Dünne Handgelenke.
«Aha!» sagte Sandor. «Sie machen besser nicht soviel Theater, Sie!» *Seine* Hände schossen vor. *Dicke* Handgelenke. Plötzlich drehte man mich herum und bog mir den linken Arm auf den Rücken. Ich schleuderte den rechten Arm so fest nach hinten, wie ich konnte, und traf ihn im Gesicht; dann lagen wir beide am Boden, und er hatte mich in einem, jawohl, Scherengriff. Ich wollte lachen, verlor aber wertvollen Atem dabei. Was für eine schreckliche Ausdünstung er hatte. Sein persönlicher Geruch, er hätte baden können, soviel er wollte. Ich verspannte die Beine und spürte alle meine Rippen brechen. Ich hätte wissen sollen, daß ein Mann mit einem Schnurrbart und einem derartigen Akzent ein vollendeter

Ringer wäre. Ich wünschte mir nur, ich hätte gewartet, bis er seine Hose angezogen hätte; jetzt trug er nur Unterhosen, und ich haßte seine nackten Beine um mich herum.
Wir waren aus der Tür auf den Flur gefallen. Mein Gesicht lag auf dem fadenscheinigen Teppich, ein Ohr in dessen Stille gepreßt, das andere auf Sandors schweren Atem lauschend, während er fester zudrückte. Auf der anderen Seite des Parks fuhr ein Zug vorbei, und in Gedanken sah ich ihn unter einem nassen, grauen Himmel, unter den schleppenden Rändern einer grauen, vorbeitreibenden Wolke, das einsame Rattern eines Zuges, so verlassen, wie nur ein Schoner auf dem Meer sein kann, der einzige Dieselputter auf dem weiten grauen Meer, mit Stille ringsum, so weit das Auge sehen kann.
In Gedanken sah ich das nasse Eisengeländer, das Putney-Station umgibt, kaltes, nasses Eisen im Regen, rote Lichter, grüne Lichter glänzen auf dem Eisen, glänzendes Rot, glänzendes Grün, stetig und aufblitzend, keine Verwirrung. Die Schienen führen wahrscheinlich nach Port Liberty. Das war mein Fehler; ich hatte mir immer den Zugang vom Meer aus vorgestellt und nie gedacht, *wie* eisern und naß das Geländer war. Tower Hill würden die Lichter verraten, die hinter den Bäumen des Parks vorbeifuhren. Upminster oder Edgeware. Ich sah in Gedanken die graue, regnerische Luft über den Zügen, über dem Park, zwischen den Zweigen der Bäume. Ich streckte die Hände aus, dachte, ich könnte die graue Luft kühl und feucht zwischen den Händen halten.
Es war falsch gewesen, meine Vergangenheit nicht mehr als mir gehörig zu betrachten. Ich war durch die Nabelschnur mit allen Vergangenheiten verbunden, aber warum das betonen. Drücken war ja ganz gut, die Frage war nur: Wollte man eigentlich wieder rauskommen? War man gewillt? Zu *sein*? Für wen strengte man sich an. Nicht für die nie erzählten Dohlen, die über die Hafenmauer spazierten, das wollte ich nicht glauben. Ich hatte eine klare Frage gestellt und wollte eine klare Antwort. War es für sie? War es für ihn? Ich glaube nicht, daß

es für mich war. Mach schon und drück zu, dachte ich. Ich komme nicht raus, nur weil du das willst. Es ist verdammt noch mal nicht für mich.

Überhaupt nicht für mich. Aber dann wiederum, was war schon für mich? Für jeden? Eigentlich nichts. Nicht für sie, als sie herauskam, und nicht für ihn. Noch wird mein Rauskommen für irgend jemanden etwas bedeuten, was immer Sie denken mögen. Warum mich dann überhaupt festhalten? Eine unnütze Geste. Das Leben geht weiter, man kann nicht auf halbem Weg anhalten. Ich wurde wütend. Stumm explodierte etwas Rotes in meinem Kopf. Gewalt. Wunderbar. Bumpittibump.

Ich lag auf dem Treppenabsatz und fühlte mich zermürbt und zerstoßen. Mister Sandor lag eine Treppe tiefer, rieb sich an verschiedenen Stellen und sah mich mit großer Konzentration an. Jetzt wird er *wirklich* wütend, dachte ich. Ich hatte nichts dagegen. Mir war es gleich, ob wir einander umbrachten.

Dann kam Mrs. Inchcliff die Treppe hinaufgerannt. Sie hatte nie im Leben geraucht, daher waren die Treppen ein Kinderspiel für sie, auch mit sechzig. «Was ist denn hier los?» fragte sie. «Warum liegen Sie beide auf dem Boden? Ist alles in Ordnung?»

«Wir haben Zusammenstoß», sagte Sandor. «Und runtergefallen.» Er starrte mich immer noch an, und ich erkannte in seinem Gesicht, daß er in meinem erkannte, daß ich keine Angst mehr vor ihm hatte.

Später fuhr ich den Wagen zur Verleihfirma zurück. Fünfhundertfünfzehn Meilen ohne einen einzigen Kratzer! Ich war ungeheuer beeindruckt. Die Form dieses Wagens war so anders als ich oder mein Leben; wie war es uns nur gelungen, nichts auf all diesen Meilen anzustoßen?

42. Neaera H.

Etwas hat sehr langsam und verschwommen in meinen Gedanken gearbeitet, und jetzt wird es mir klar: Es gibt keine Vorfälle, es gibt nur Zufälle. Wenn man ein Foto in einer Zeitung ganz aus der Nähe betrachtet, sieht man die einzelnen Halbton-Punkte, aus denen es zusammengesetzt ist. Man sieht den Vorfall eines einzigen Punktes, dort noch einen und noch einen. Tausende von ihnen bilden zufällig das Gesicht, das Haus, den Baum, das ganze Bild. Jedes Bild ist ein Muster aus Zufällen, aus dem einzelnen Punkt nicht erkennbar. Jeder Vorfall im Leben ist nur ein einzelner Punkt, und mein Gesicht ist so nahe davor, daß ich nicht erkennen kann, wovon es ein Teil ist. Ich werde nie in der Lage sein, weit genug zurückzutreten, um das ganze Bild zu sehen. Ich werde in blinder Ignoranz und Wut sterben.

Die Arbeiter aus dem Loch auf der Straße sind verschwunden; das Loch ist zugeschüttet. Ich weiß nicht, ob die Straße nun anders ist oder nicht. In dem Laden, in dem ich die Austernfischer im Fernsehen gesehen habe, zeigen sie nun auf allen Bildschirmen zwei Männer in Sombreros, die hinter Felsen sitzend mit Revolvern aufeinander schießen. Ich kam an einem Antiquitätenladen vorbei. Im Fenster lag ein brauner, lackierter Schildkrötenpanzer. Ein schwarzer Mann – stammte er aus der Karibik? – betrachtete ihn. Er trug einen weißen Regenmantel; es war ein nasser, grauer Tag. Nebenan war ein Obstgeschäft; dort lagen Orangen. Der Regen ließ nach, die Sonne erschien an einem metallenen Himmel.

«Nun, ja», sagte ich laut. «Natürlich.»

Der Schwarze drehte sich um und sah mich an. «Tortuguero», sagte er. Er sprach es aus wie ein Codewort, machte aber kein geheimes Zeichen. Er sagte es, weil er den Namen einfach nur dort und zu mir laut aussprechen mußte. Ich nickte und fühlte mich schwindlig, weil mein Gesicht so nahe vor den Punkten war. Woher wußte er, daß ich wußte, wo Tortuguero war? Ich werde das Bild niemals sehen. Ich könnte mit den Zähnen knirschen und weinen. Sieht sich auf meinem Schreibtisch mitten in der Nacht eine winzige Gestalt Madame Käfer an und träumt davon, sie freizusetzen? Gibt es eine Grenze für Kleinheit und Größe? Ist es wirklich möglich, eine Orange in der Hand zu halten? Eisen und Wind sind beide grau. Stünden wohl Austernfischer in Rüstungen auf dem Dachfirst, wenn ich hochblickte? Das Meer war, wo es immer war, und die Schildkröten auch. Es konnte nicht wiederholt werden. Von ihren Befreiern hat keiner überlebt. Ich kam an einem leeren Spielplatz vorbei. Das Schaukelpferd schaukelte, alle fünf Sitze leer. Ich ging zum Zoo, zum Aquarium. Das Schildkrötenbecken war leer, wurde immer noch gereinigt. Ich öffnete eine der PRIVAT-Türen und fand George Fairbairn auf dem Laufbrett hinter den Fischbecken. Es roch nach frischem, sauberem Meer; das beleuchtete Wasser schien wie klare, grüne Zeit, das Holz des Laufbretts war wie das Holz von einem Boot.

«Nun», fragte er. «Hat alles geklappt?»

«Ja», antwortete ich. «Sie müssen es geschafft haben. Oder haben Sie gehört, daß man vor der Küste Cornwalls Schildkröten gefunden hat?»

«Bislang nicht», meinte er.

Ich wußte nichts zu sagen, fühlte mich aber sicher auf dem bootsmäßigen Laufbrett in dem grünen Licht von Salzwasserzeit. «Alles in Ordnung?» fragte er. «Sie sehen ein bißchen abgespannt aus. Möchten Sie eine Tasse Tee?»

«Ich möchte einfach ein Weilchen hier bleiben und das Wasser ansehen», sagte ich. «Ich bringe Ihnen eine hierher», sagte er.

Unter mir schwamm der Tigerhai seine ziellose, drängende Runde wie ein Bürolaufbursche. Idiot, dachte ich. George Fairbairn kam mit dem Teetablett zurück und stellte es auf eine Planke. Ich hatte ihn nie genau betrachtet; er forderte keine Aufmerksamkeit heraus. Er war ein sehr durchschnittlich aussehender Mann, weder groß noch klein, weder dunkel noch blond, etwa mein Alter. Sein Gesicht war schlicht, freundlich und anspruchslos.

«Wie bleiben Sie immer so fröhlich?» fragte ich.

«Ich habe nichts gegen das Leben», sagte er. Er schenkte den Tee ein, nahm eine Tabaksdose aus seiner Tasche, drehte sich eine Zigarette und zündete sie an. «Man kann nichts dafür tun, wissen Sie», fuhr er fort. «Nichts wirklich für die Tiere tun. Alles, was man tut, wirkt albern. Die Antwort liegt in uns. Es ist fast so, als habe man uns hier auf die Erde gesetzt, um zu beweisen, wie dumm die Tiere *nicht* sind. Ich habe nichts dagegen. Ich habe sie nur einfach gern in meiner Nähe.»

Ich begann zu weinen. Ich lehnte mich an ihn und schluchzte.

«Tun Sie sich keinen Zwang an», sagte er und strich mir über das Haar. «Hier sind lauter Salzwasserbecken.»

43. William G.

Es gibt nichts Besseres, als ein bißchen körperliche Gewalt, damit sich ein Mann wieder jung fühlt. Ich war ein halber Krüppel. Sandor muß mir fest auf den linken Fuß getreten haben; am nächsten Morgen schmerzte er und war so geschwollen, daß ich kaum auftreten konnte. Meine Rippen fühlten sich an, als sei ein Lastwagen darüber gerollt; mein linker Arm und die Schulter funktionierten nicht richtig; mein Hals war steif und abgeschürft, und die linke Seite meines Kopfes fühlte sich weich an.

Der Herd war sauber, als ich mein Frühstück darauf machte, aber bestimmt nur, weil Sonntag war und Sandor lange schlief. Ich bezweifelte sehr, daß ich ihn am Montagmorgen sauber vorfinden würde. Ich verbrachte einen ruhigen Tag mit den Sonntagszeitungen, ging am Abend ins National-Film-Theater, um mir einen japanischen Film anzusehen, und machte einen Abendspaziergang. Harriet rief an, als ich aus war, aber ich rief sie nicht zurück, als ich nach Hause kam. Ich hatte Montagmorgen, das Bad und den Herd im Kopf. Im Bett lag ich lange mit Phantasien wach, wie ich Sandor in einen Zustand kriecherischen Gehorsams prügelte, aber es war klar, daß ich das nicht schaffen würde. Er war jünger und größer und stärker als ich, und er schlug sich in der Tat sehr gut. Ich erwog, früher aufzustehen, damit ich als erster ins Bad und zum Herd konnte, und so würde Miss Neap nach ihm an die Reihe kommen. Sie würde sich schon um ihn kümmern. Aber das wäre gemogelt.

Montag morgen wachte ich früh auf. Ein grauer und trüber Morgen ohne jede Hoffnung. Alles würde so sein wie immer. Warum kämpfen? Ich dachte an den Morgenwind über dem Meer. «Draußen auf See der Morgenwind faltet und gleitet», sagte Eliot. Ich nahm die *Four Quartets* aus dem Regal und sah *East Coker* an. Es beginnt mit: «Am Anfang liegt mein Ende.» Die Zeile, an die ich mich erinnerte, steht am Ende von Teil I:

Die Dämmrung zeigt sich, und ein weiterer Tag
bereitet sich vor auf Hitze und Schweigen.
Der Morgenwind draußen auf dem Meer
faltet sich und gleitet. Ich stehe hier
oder dort oder sonstwo. In meinem Anfang.

Gegen Ende des Gedichtes las ich:

Es gibt nur den Kampf zu gewinnen, was man verlor
und fand, und wieder und wieder verlor, und jetzt,
unter Bedingungen,

die ungünstig scheinen. Doch vielleicht gibt es weder Verlust noch Gewinn
für uns; es gibt nur den Versuch. Der Rest ist nicht unsere Sache.

Und die letzten Worte lauten:

In meinem Ende liegt mein Beginn.

Und das alles für Sandors Ring in der Badewanne und seinen Dreck auf dem Herd. Lächerlich. Aber so ist alles. Auch die Thermopylen. Die wichtigen Sachen ergeben meistens keinen Sinn. Mein Ende schien bei jedem Atemzug bevorzustehen, und meinen Anfang schien es nie gegeben zu haben.
Die Schildkröten waren jetzt schon unterwegs, folgten ihrer Spur. Taten es einfach so. *Dachten* nicht daran, *taten* es einfach.
Kein Laut aus dem Badezimmer. Sandor badet nicht jeden Morgen. Ich hörte, wie sich seine Tür öffnete, wie er zur Küche tapste, hörte und roch seine Kocherei, hörte, wie er zurück in sein Zimmer ging.
Ich zog mich an und ging in die Küche. Wieder der ganze Herd verdreckt. Ich nahm das Tuch, mit dem ich ihn immer sauber machte, hielt es unter den Kaltwasserhahn, machte es schön naß und klopfte an Sandors Tür.
«Wer ist da?» fragte eine Stimme von drinnen.
«Ich», sagte ich.
Er öffnete die Tür. Persischer Morgenmantel, rote Pantoffeln, haarige Knöchel.
Ich hielt das nasse Tuch hoch. «Mach den Herd sauber», sagte ich.
«Ich mach dir schon den Herd sauber», gab er zurück.
«Ich breche dir die Knochen, wenn du nicht gehst.»
Ich warf ihm den Lappen ins Gesicht und knallte ihm das Knie hoch zwischen die Beine. Als er sich vornüberbeugte, schlug ich mit beiden Händen auf seinen Hinterkopf und

zwang ihn runter, während mein Knie hoch in sein Gesicht schoß. Was tue ich da, dachte ich. Diesmal bringt er mich sicher um.
Er lag auf dem Boden, das Gesicht blutig, und ich dachte, es wäre vielleicht klug, ihn ohnmächtig zu schlagen, wenn ich das könnte, aber ehe ich zulangen konnte, schoß sein Fuß vor, und ich flog hin.
Als ich wieder zu mir kam, lag ich auf meinem Bett, und Mrs. Inchcliff saß neben mir. «Wo ist Sandor?» fragte ich. «Er ist zum Arzt, um seine Nase verbinden zu lassen», erwiderte sie.
«Wie bin ich hierhergekommen?» fragte ich.
«Wir haben Sie getragen», antwortete sie. «Mr. Sandor und ich. Was ist das denn nur zwischen euch beiden?»
«Nichts», sagte ich. «Die Thermopylen. In meinem Ende liegt ein Beginn.»
So kam ich also ziemlich spät und humpelnd im Geschäft an, und da waren all die Bücher und Harriet und Mr. Meager, die Bücher verkauften, und Kunden, die Bücher kauften, und ich dachte: Was in aller Welt tue ich hier, was soll der Quatsch mit den Büchern, und wer sind diese Leute? Als ich in die Tür trat, schienen alle Bücher und Leute weiter fortzurücken, statt näher zu kommen, sie wichen vor mir zurück wie das Ufer vor einem davonsegelnden Boot. «Alles in Ordnung?» rief Mr. Meager.
«Ja», sagte ich. «Danke. Tut mir leid, daß ich zu spät komme. Ging nicht anders.»
«Sind Sie in Ordnung?» fragte er. «Sie sehen ein bißchen blaß aus.»
«Nicht mehr als gewöhnlich», antwortete ich. «Sie haben mich einfach ein paar Tage nicht gesehen. Normalerweise bemerken Sie doch gar nicht, wie ich aussehe.»
Mein Verstand schien klar, aber mein Kopf fühlte sich an, als habe er eine komische Form. Ich drehte mich um, um Mr. Meager mit der harten Seite anzusehen. Er blickte zurück,

den ganzen Kopf schön hart. Er hat sehr helle blaue Augen, wie Paul Newman, aber niemand würde jemals ein Poster von Mr. Meager kaufen.

Harriet brachte mir einen Becher Kaffee auf eine Weise, die unnötig häuslich wirkte. Sie sah gewollt verständnisvoll aus, was mich ärgerte. Ich hatte das Gefühl, es gäbe nichts zu verstehen. Und mein Kopf tat wirklich weh, wo ich gegen die Wand geschlagen war.

«Ich habe dich gestern abend angerufen», sagte sie. «Aber du warst nicht zu Hause.» Wieder dieser vorwurfsvolle Blick, der Blick von damals, als ich sie zum ersten Mal sah. «Ich kam zu spät nach Hause, um dich noch anzurufen», sagte ich.

«Wie geht es dir?» fragte sie ernst, als sei ich gerade aus dem Krankenhaus entlassen worden.

«Gut», antwortete ich, und sie sah verletzt aus. *Mir* kannst du es doch sagen, meinte ihr Blick. Nein, ich konnte ihr nichts erzählen. Was gab es auch schon zu berichten? Man kann es nicht mit Schildkröten machen, das ist alles. Man muß mit Mister Sandor kämpfen und gegen alles andere. Jeden Tag, jeden Zentimeter des Wegs.

«Mann kann es nicht mit Schildkröten machen», sagte ich.

«Du kannst es aber mit mir machen», sagte sie und umarmte mich schnell hinter der Theke. Frauen denken aber auch immer nur an das eine!

«Es gibt nicht bloß dieses Es», sagte ich.

«Tut mir leid!» sagte Harriet und entfernte sich in die Abteilung für Okkultismus.

Ich rief Neaera an, als ich einen Moment Zeit hatte. Sie war nicht zu Hause.

Mittags ging ich in den Hyde-Park, aß mein Brot und meinen Apfel unter einem Baum und gab das Rauchen nicht auf. Bald vielleicht, aber jetzt noch nicht. Ich betrachtete die gelben Blätter auf der Wiese und die Boote auf der Serpentine und die Menschen ringsum, als sei ich gerade zurück von den Seen und der Schrecklichen Zone und den Bergen des

Chankly Bore. Aber niemand sagte, wie groß ich geworden wäre. All die gelben Blätter wurden zuviel für mich; ich wußte nicht, ob ich es zurück in den Laden schaffen und den Tag überstehen würde.
Ich überstand den Tag. Am Nachmittag sagte Harriet: «Kommst du heute abend vorbei?»
«Harriet...», sagte ich.
«Gott», meinte sie. «Du hörst dich so erschöpft an.»
«Ich stehe auf ziemlich dünnem Boden», sagte ich. «Ist nicht viel von mir da. Ich muß mich selbst finden.»
«Nun, dann viel Glück und alles Gute», erwiderte sie und verkaufte rasch einer Dame aus Knightsbridge *Steigender Saft* von Taura Strong.

44. Neaera H.

Aus unerwarteten Ecken tauchen Dinge auf. Der einzelne Punkt vor meinem Gesicht wird zu einem anderen Punkt von anderer Form und Dichte.
George Fairbairn war bis jetzt nur die Person im Hintergrund gewesen. Jetzt war er der Punkt vor meinem Gesicht, das Gesicht vor meinem Gesicht. Da ich wußte, daß ich das ganze Bild niemals sehen würde, kümmerte ich mich nicht mehr um die Frage, wie es aussah.
Er hatte so mittelmäßig gewirkt, so unspezifisch zwischen dem Oben und Unten des Lebens plaziert, daß er wirklich erst an jenem Abend in meine volle menschliche Anerkennung geriet, als er den Champagner mitbrachte. Ich hatte angenommen, er sei verheiratet, sei Teil eines geschlossenen Kreises, wo sich keine Linie auf einer Landkarte bewegte.
Er war nicht verheiratet. Er hatte eine Wohnung in einer Seitenstraße vom Haverstock Hill, und dort wachte ich am Dienstagmorgen auf, dem Morgen, nachdem ich ihn im

Aquarium besucht hatte. Da stand nicht viel in seiner Wohnung; sie war hauptsächlich mit Licht und Ruhe möbliert. Sie lag im obersten Stock und blickte über die Dächer. In der Küche gab es eine chinesische Teekanne, ein Exemplar von Lillys *Mind of the Dolphin* auf dem Tisch neben dem Bett. Im Wohnzimmer lagen R. H. Blyths vier Bände über Haikus und ein bißchen Naturgeschichte. «Ich kaufe nicht mehr viele Bücher», sagte er. Es gab ein Radio, aber keinen Plattenspieler.

Ein komischer Mann, irgendwie mehr bei der einen Seite der Dinge. Angeblich hatte er nichts gegen das Leben, aber ich glaube, viel bedeutete es ihm auch nicht. Ich fragte ihn nicht nach seinem Leben, und er bot keine Informationen an. So standen die Dinge. Er sah sauber aus und vermittelte einem ein sauberes, klares Gefühl, nichts Schmieriges. Das reichte. Um ihn herum war der Geruch, vielleicht auch nur der Gedanke von trockenem Gras, das warm in der Sonne liegt.

Er machte uns das Frühstück. Als ich aus dem Fenster über eine Wiese blickte, sah ich andere Menschen am Fenster frühstücken.

«Meinst du, daß du mit den Kinderbüchern weitermachen wirst?» fragte er.

«Ich weiß es nicht.»

Wir verließen die Wohnung. Im Aufzug der Untergrundstation Belsize Park hing ein Plakat von Dale Carnegie: MAXIMIEREN SIE IHR POTENTIAL stand darauf, und es zeigte einen Mann mit einem dicklichen Gesicht in grobem Schwarzweiß. Er hielt einen gespitzten Bleistift in der Hand und blickte auf ein Diagramm auf seinem Schreibtisch. Ob man die Zeichnung von seiner Seite aus ansah oder von meiner, die Kurve darauf verlief immer nach unten.

In Camden Town küßte mich George und stieg aus. Ich ging heim zu Madame Käfer und den Schnecken.

45. *William G.*

Dienstag morgen. Ich wachte auf und stöhnte. Am ganzen Körper hatte ich Schmerzen, und als ich aufstand, konnte ich kaum gehen. Wenn Sandor mir wieder den Fehdehandschuh hinwerfen sollte, wüßte ich nicht, ob ich die Kraft haben würde, ihn aufzuheben.

Das Badezimmer war sauber. Der Herd war sauber. Was war mit Sandor geschehen? Er war so regelmäßig wie ein Uhrwerk, verschlief sich nie. Hatte ich ihn ernsthaft verletzt? Einen Moment lang hoffte ich das, dann wieder nicht. Ich klopfte an seine Tür. Keine Antwort. Ich klopfte wieder und blickte auf den fadenscheinigen, muffigen Teppich, auf dem gestern mein Gesicht gelegen hatte, hörte einen Zug am Park vorbeifahren.

«Wer ist da?» fragte Sandors Stimme von drinnen, ein wenig weiter fort als beim letztenmal.

«Ich», antwortete ich. «Ist alles in Ordnung?»

«Kommen Sie rein», sagte er. Er lag im Bett, trug eine Art wilden islamischen Pyjama. Auf seiner Nase klebte ein Pflaster, das Gesicht war gerötet, sein Schnurrbart sah niedergedrückt aus. Stapel ausländischer Zeitungen lagen herum, ein Schachbrett mit aufgestellten Figuren, mitten in einem Spiel, Blumen in einer *Art-nouveau*-Vase, die eine nackte Frau verkörperte. Es gab gerahmte Fotografien von Männern mit Schnurrbärten, Frauen mit traurigen Gesichtern, einem jungen Sandor in Shorts und Pullover in irgendeiner Schulmannschaft, einem Fluß mit einer Brücke. Die Tapete war alt und dunkel, die Möbel waren dunkel, der Raum strahlte einen dunklen, fremdartigen Geruch aus. Auf dem Tischchen neben dem Bett lag ein Thermometer.

«Geht es Ihnen nicht gut?» fragte ich. Er sah aus, als trüge er eine Nachtmütze, was er aber nicht tat.

«Mir ist ein bißchen schwindelig», antwortete er. «Ich habe neununddreißig Grad; vielleicht Anflug von Grippe.»

«Haben Sie schon gefrühstückt?» fragte ich.
«Mir ist so schwindelig», sagte er. «Ich stehe auf, Zimmer dreht sich, Boden schief. Nicht hungrig.»
«Ich mache Ihnen einen Tee und Toast», sagte ich.
«Nur keine Mühe», sagte Sandor. «Ich stehe später auf.»
«Macht keine Mühe», gab ich zurück.
«Sehr freundlich von Ihnen», sagte er. «Sie sind friedlich heute morgen. Machen keine Aggression.»
«Ich mache gewöhnlich keine Aggression», erwiderte ich. Ich bereitete Tee und Toast und brachte es ihm.
«Was essen Sie gewöhnlich zum Frühstück?» fragte ich.
«Eine halbe Grapefruit», antwortete er. «Seetang, Tintenfisch, Kaffee. Sehr gesund. Top-Proteine.»
Ich nickte. Herde müssen einfach hinnehmen, was auf sie zukommt. So ist das Leben.
«Sie mögen keine Ausländer, eh?» fragte er. «England den Engländern. Sie wollen kein ausländisches Frühstück auf dem Herd. Nicht schön, ja?»
«Ich habe nichts gegen Ausländer», sagte ich. «Sie haben völlig falsche Vorstellungen.»
«Stümper», sagte Sandor. «Sie sich geben Mühe. Falsches Lächeln auf dem Gesicht. Machen in höflich. Sie nicken hallo, aber Sie sehen keinen Ausländer wie einen normalen Menschen an. Sie sehen mich an, als habe ich nichts anderes als Würstchen in meiner Aktentasche.»
«Was haben Sie denn in Ihrer Aktentasche?» fragte ich.
«Würstchen und Zeitungen», antwortete er. «Ich lese und spreche Ungarisch, Russisch, Deutsch, Französisch, Englisch. Wie viele Sprachen sprechen Sie?»
«Nur Englisch», antwortete ich.
«Wunderbar», meinte Sandor. «Soll der Rest der Welt doch lernen, mit Ihnen zu reden. Sie vergeuden mit solchen Albernheiten nicht Ihre Zeit.»
«Vielleicht nicht», sagte ich, «aber ich hinterlasse das Bad und den Herd sauber für den nächsten, die nächste mensch-

liche Person. Ich gehe jetzt besser, sonst komme ich zu spät zur Arbeit.»
Sandor ließ sich zurück auf die Kissen fallen und schloß die Augen. «Danke für Ihren Besuch», sagte er.

46. Neaera H.

Als ich nach George Fairbairns Abschied zurück in meine Wohnung kam, sah der Himmel hart und blau aus; die Sonne ging in richtigem Postkartenstil auf. Es gefiel mir nicht. Sonnige Tage waren für mich immer schwieriger als graue.
Die Schnecken grasten langsam an den Seiten von Madame Käfers Aquarium; die kleine porzellanene Badeschönheit wandte mir den Rücken zu. Madame Käfer blieb unter dem Filterschwamm. Alles wirkte fade. Ich ging von einem Zimmer ins andere, nahm Bücher aus den Regalen, stellte sie zurück, grub alte Briefe aus und las hier und dort eine Zeile.
Die Wohnung schien plötzlich unerträglich voller Sachen. Die Kleiderschränke platzten von Kleidern und Schuhen, die ich nie wieder anziehe, die Schubladen waren voller Müll, die Ordner erstickten unter abgelegten Korrespondenzen.
Ich fing an, meine Habe auszudünnen, band Kleider zu Bündeln zusammen, stapelte alte Zeitungen, füllte Tragetaschen mit dem Inhalt der Schubladen. Dann war ich erschöpft, aß etwas zu Mittag, trank einen Kaffee, rauchte. Ich wollte den Rest des Tages nicht in der Wohnung verbringen, steckte Papier in einen Faltordner und ging zum Britischen Museum. Ich setzte mich auf eine Holzbank vor den Eingang. Überall waren Tauben und Touristen aktiv; die Sonne schien unerträglich. Ich hielt den Umschlag auf dem Schoß, spürte Gewicht und Dicke des leeren Papiers darin. Ich schloß die Augen, dachte an all die Jahre mit Gillian Wühlmaus, Delia Schwalbe und den anderen Tieren, über die ich geschrieben

und gezeichnet hatte. Sie lebten ein so fröhliches Leben, alle miteinander. Ich hatte sie geschrieben, aber in ihrer Welt schien kein Platz mehr für mich zu sein.
Selbst mit geschlossenen Augen konnte ich die Sonne noch sehen. Einen Moment lang erblickte ich einen Ozean, scharf und deutlich, das Wogen der offenen See, wie die Sonne auf einer Million von blendenden Punkten tanzt. Die Schildkröten würden wohl schwimmen, schwimmen. Es war gut gewesen, es zu tun, und nicht dumm. Als ich an die Schildkröten dachte, spürte ich die Bewegung ihres Schwimmens, die Muskelkontraktionen, die die Flossen durch das grüne Wasser trieben. Sie hatten nur sich selbst, aber sie würden weitermachen, bis sie gefunden hatten, was sie finden mußten. In ihnen gab es einen Ort, zu dem sie schwimmen mußten, und am Ende der Reise würde er aus dem Meer ragen, wirklich, fest, nicht als Illusion. Sie konnten natürlich aufgehalten, konnten von Haien oder Fischern getötet werden, aber sie würden wenigstens auf dem Weg zu dem Ort sterben, an dem sie sein wollten. Ich werde nie erfahren, ob sie dort ankommen oder nicht; für mich werden sie allezeit schwimmen.
Ich war in meinem Ozean; der einzige, den es für mich gab: die trockenen Straßen Londons und mein Platz ohne Brunnen. Niemand würde mich freier machen, indem er mich woanders aussetzte. Ich hatte ebensoviel wie die Schildkröten: mich selbst. Immerhin konnte auch ich auf dem Weg dorthin sterben, wo ich sein wollte. Gillian Wühlmaus! Nicht genug, lange nicht genug.
Ich nahm das Papier aus dem Umschlag, einen Stift aus der Handtasche. Was gab es denn zu schreiben? Alles, nichts:

Madame Käfer wohnte in einem Wrack aus Plastik in einem Aquarium neben dem Fenster. Im gleichen Aquarium wohnten sieben rote Schnekken. Die Schnecken verrichteten ihre Schneckenarbeit, und sie die Käferarbeit.

Die Perversität des menschlichen Verstandes! Ich faltete das Blatt, legte ein unbeschriebenes oben auf den Stapel, blieb lange Zeit mit der Leere vor mir sitzen. Ich wünschte mir, es gäbe noch einen anderen Ort außer meiner Wohnung, an den ich gehen könnte. Irgendwo, wo es hell und leer war, mit geraden Schatten, ein Irgendwo, das nicht von meinen Jahren verkrustet war. Wie Georges Wohnung.

47. *William G.*

Sandor blieb Dienstag, Mittwoch und Donnerstag im Bett, und in diesen drei Tagen fand ich Bad und Herd jeden Morgen sauber vor. Sollte er den Herd zu ungewohnter Stunde benutzt haben, als ich aus war, so gab es jedenfalls keinen Hinweis darauf. Vielleicht kümmerte sich Mrs. Inchcliff um ihn. Und er kaufte natürlich keine frischen Vorräte von Tintenfisch und Seetang, während er im Bett lag. Vielleicht kochte er sich Dinge, die keine Spuren hinterließen. Ich war nicht interessiert genug, um ihn noch einmal zu besuchen.

Freitag war er wieder auf den Beinen. Das Bad war fast sauber, nur ein oder zwei Haare. Der Herd war nur ein kleines bißchen verdreckt, aber ohne den üblichen Gestank. Nun, ich konnte mir das Meckern nicht zur ständigen Aufgabe machen. Die beiden Kämpfe hatten mich genügend befriedigt oder zumindest fast. Ich konnte zwar jeden Tag mit Sandor kämpfen und vielleicht sogar hin und wieder gewinnen, wenn ich ihn unfair austrickste, doch ich hatte keine Möglichkeit, ihn zu zwingen, Bad und Herd zu säubern.

Harriet und ich waren im Geschäft höflich zueinander. Soweit war es gekommen. Anstatt aneinander vorbeizugehen und uns so oft wie möglich zu berühren, mieden wir nun den Kontakt, wie Diebe, die sich vor einem Alarm hüten.

Ohne jede Aussicht, ihr wieder die Kleider auszuziehen, dachte ich von Zeit zu Zeit lebhaft an ihren nackten Zauber, aber ich wollte nicht die andere Hälfte des «Wir» sein, die dieses oder jenes tat und hier und dort eingeladen wurde. Ich wollte nicht irgendwo als etwas Regelmäßiges erwartet werden. Ich machte mir auch nichts mehr aus früher Musik, und es gab noch zwei Konzerte in dem Abonnement, das wir gekauft hatten. Ich würde ihr die Karten geben, und sie würde leicht jemanden finden, den sie mitnehmen könnte.
Dienstag rief ich Neaera an, um ihr mitzuteilen, wie hoch die Kosten waren. Wagen und Benzin beliefen sich zusammen auf 26,56 Pfund, und ihr Anteil belief sich auf 13,28 Pfund. Kisten und Seile bezahlte ich. «Wir haben George Fairbairn einen Bericht über unsere Expedition versprochen», sagte ich. «Vielleicht sollten wir bald einmal im Aquarium vorbeischauen.»
«Habe ich schon getan», antwortete sie. «Aber ich bin sicher, er würde sich auch über einen Besuch von Ihnen freuen.»
Ich besuchte ihn am Sonntag. Die beiden kleinen verbliebenen Schildkröten waren wieder im Becken und wirkten wie Waisen. Nun, dachte ich, paßt auf euch auf und werdet schön groß, und vielleicht bringt euch eines Tages jemand nach Polperro.
«Hat schon jemand was gesagt?» fragte ich George.
«Noch keiner hier gewesen», antwortete er, «außer den Jungs, die mit mir arbeiten. Keiner von der Zoogesellschaft.»
«Vielleicht passiert überhaupt nichts», sagte ich. «Ist das möglich?»
«Genau das erwarte ich», meinte er.
Nun, ich hatte es nicht geschafft, in die Schlagzeilen zu kommen. Aber ich hätte doch wenigstens gedacht, daß man es zumindest in diesem Teil der Welt bemerkt.
Er machte mir im PERSONAL-Raum eine Tasse Tee. Die Frau mit dem dicken Busen lächelte von ihrem Foto neben dem Dienstplan. Kein Champagner heute. Da fiel mir ein, daß

ich ihm ja irgendeine Dankeschön-Flasche hätte mitbringen können, aber das hatte ich natürlich vergessen. Ich lasse auch nichts aus.

«Wie fühlen Sie sich denn jetzt?» fragte er.

Ich zuckte die Achseln. «Ich glaube, den Schildkröten geht es besser», antwortete ich, «und das war ja immerhin das Ziel der Übung.»

«Aber?» fragte er.

«Sie wissen, wie das ist», sagte ich. «Das Befreien der Schildkröten hat mich nicht befreit. Man kann es mit Schildkröten nicht tun.» Warum redete ich mit ihm wie ein Sohn mit seinem Vater? Er war weder älter noch klüger. Nur ruhiger.

«Man kann es mit Schildkröten nicht tun», sagte er. «Aber bei Menschen weiß man nie auf Anhieb, was *was* auslöst. Vielleicht hat ihre Befreiung Sie befreit, nur Sie wissen es noch nicht.»

«Wie geht es Neaera?» fragte ich. «Sie sagte, sie habe Sie besucht. Ich habe sie seitdem nicht mehr gesehen.»

«Es geht ihr gut», antwortete er und drehte sich eine Zigarette. Er machte das sehr geschickt; es war eine schöne, glatte Zigarette.

«Glauben Sie, es hat sie befreit?» fragte ich.

«Schwer zu sagen», erwiderte er.

Wir tranken den Tee, und ich ging. Wir beide hegten freundliche Gefühle füreinander, aber keiner drängte den anderen, in Verbindung zu bleiben.

48. Neaera H.

Ich kam am Dienstag aus dem British Museum nach Hause und hatte nichts anderes geschrieben als den Absatz über Madame Käfer. Ich sah das Telefon an und sagte: «Klingle!» Es klingelte, aber es war nicht George, sondern William, der mir mitteilte, wie hoch die Kosten gewesen seien. Dann klingelte es noch einmal nach ein paar Minuten, und es war George. Er lud mich zum Essen ein, und ich bat ihn zuerst auf ein Glas in meine Wohnung.

Die Wohnung sah anders aus, seit ich mich *darauf* freuen konnte. Alles darin, auch die Unordnung auf dem Schreibtisch und dem Zeichentisch, alle Bücher und Objekte nahmen mit der Vorstellung, von ihm gesehen zu werden, einen anderen Charakter an.

Ich kaufte Whiskey und Gin und Blumen. Ich nahm ein ausgiebiges Schaumbad, wusch mir die Haare, zog das arabische Kleid an, in dem ich am besten aussehe, und meine schnieken Stiefel. Und Patschuli. Ich hatte es zuerst neulich zum ersten Mal im *Forbidden Fruit* gekauft, aber es schien, als sei es schon immer mein Duft gewesen.

Etwa eine Stunde, ehe ich George erwartete, klopfte es.

«Guten Abend», sagte Webster de Vere. «Ich hoffe, ich störe nicht. Waren Sie gerade in vollem Schwung an der Schreibmaschine?»

«Wie ein Fluß nach einem Wolkenbruch», sagte ich und war mir aus keinem besonderen Grund sicher, daß er vor dem Klopfen gelauscht hatte.

«Dann darf ich Sie also nicht stören», sagte er unter gehöriger optischer Aktivität. Solche hellen Blicke! Ich antwortete nichts und blieb an der Tür stehen, ohne ihn hereinzubitten. Er störte mich! «Ich dachte nämlich», sagte er, «daß Sie vielleicht kurzfristig Ihre Muse verlassen, um mit mir einen Sherry zu trinken. Es ist wirklich schrecklich, daß wir all die Jahre Nachbarn gewesen sind und einander kaum kennen.»

«Ich finde das gar nicht schrecklich», sagte ich. «Eine freundliche Präsenz, die man kaum kennt, kann doch sehr nett sein.» Eigentlich wollte ich ihn nicht ermutigen, aber es ermutigte ihn.

«Dann kommen Sie also», sagte er, und aus seinen Augen schossen ganze Lichtbündel.

«Danke sehr», erwiderte ich, «aber ich kann nicht. Ich erwarte in Kürze jemanden.»
«Schade», sagte er und senkte sein Blitzen. «Vielleicht ein anderes Mal. Wie geht es den Schnecken?»
«Machen sauber», sagte ich und trat mit der Hand an der Tür einen Schritt zurück.
«Sie tragen übrigens winzige drahtlose Empfänger in sich», sagte er mit bösartigem Lächeln. «Und so erfahre ich alles, was in Ihrer Wohnung vor sich geht.»
«Ich fürchte, da muß das Zuhören aber schrecklich langweilig für Sie sein», erwiderte ich. «Sie müssen mich jetzt entschuldigen.»
«Bis bald», sagte er, als ich die Tür schloß.
Ich nahm rasch die Schnecken aus dem Aquarium, steckte sie in ein leeres Erdnußbutterglas mit Wasser und stellte sie vor die Tür.
Was hatte ihn wohl zu diesem Höhepunkt getrieben? Er hatte mich oft genug gesehen, ohne aufgeregt zu werden. Aber erst, als er Madame Käfer fütterte, hat er meine Wohnung gesehen, und sie wirkte vielleicht so, als würde hier viel gearbeitet und vielleicht ein netts Einkommen geschaffen. Vielleicht war er der jungen Männer und alten Damen überdrüssig und wollte sich zur Ruhe setzen. Schrecklich, daß ich so etwas dachte, aber ich dachte es.
«Vor der Tür deines Nachbarn steht ein Marmeladenglas mit Schnecken», sagte George, als er ankam.
«Ich weiß», antwortete ich. «Sie lebten eine Weile in Madame Käfers Aquarium, aber mir gefiel nicht, wie sie mich ansahen.»
«Es wird aber mehr geben», sagte er und zeigte mir kleine Flecken mit Eiern an den Beckenseiten.
«Das ist schon in Ordnung», meinte ich. «Ich kriege sie schon, ehe sie mich kriegen.»
Er wanderte in der Wohnung herum und betrachtete alles. Bislang hatte ich ihn nur in Hemdsärmeln gesehen. Jetzt trug

er ein altes Tweedjackett mit Lederflecken an den Ellbogen. Keine Krawatte.

«Du siehst heute anders aus», sagte er.

«Wie denn?» fragte ich.

«Fröhlich. Voller Lächeln.»

«So fühle ich mich auch», antwortete ich. Wir tranken einen Gin pur, der hell und samtig schmeckte. Wir lächelten einander über die Gläser hinweg an; alles schien voll und leicht, in unbegrenzten Mengen verfügbar. George schien einen Freiraum um sich mitzubringen, der alles einfach und schlicht machte, wo immer er auch war. Das Zimmer verlor seine müde Komplexität, wurde gesellig und fröhlich. Ohne zum Fenster zu gehen, wußte ich, daß der abendliche Blick auf den lampenbeschienenen Platz so rund und saftig wirken würde wie eine reife Pflaume.

Wir gingen zu dem Bistingo auf der Kings Road, aßen Steak und tranken Rotwein. Der Abend schien sehr hell. Danach gingen wir an der Themse entlang bis Westminster, dann über die Brücke ans andere Ufer. Wir spazierten auf verschiedenen Ebenen die Treppen hinauf und hinab und am Fluß entlang. Die Plaza an der Royal Festival Hall wirkte wie eine riesige Bühne; die Nacht war voll ruhiger Erregung, der Fluß glänzte, die Musikboote hatten edelsteinbesetzte Fenster, die Züge auf der Hungerford-Bridge trugen Versprechen als Fracht.

Kaffee tranken wir im Clubzimmer des National-Film-Theaters, dann gingen wir langsam und auf Umwegen zurück in meine Wohnung. Um zwei Uhr in der Frühe kamen wir an der Albert Bridge vorbei. In der Nacht parkten dort immer fünf oder sechs Taxis bei einer kleinen Hütte, die wohl das Büro des Fahrdienstleiters ist. Im ersten Taxi in der Reihe saß der Fahrer auf dem Rücksitz und spielte im Dunkeln auf einer schallgedämpften Trompete. Dixieland. Die Musik strömte leise durch das geöffnete Fenster, leise und lebendig.

«Was ist das?» fragte ich.

«Mushrat Ramble», antwortete George.
Zu Hause lagen wir im Bett und rauchten und beobachteten die Lichtmuster an der Decke, fahle Abstraktionen von den Straßenlaternen. Ehe ich einschlief, sah ich grünes Wasser, helles Haischimmern. Ich blickte auf die Uhr. Halb vier. Ich hoffe, William geht es gut, dachte ich.

49. William G.

Es ist immer so schnell wieder Sonntag; manchmal scheint kaum ein Tag dazwischen zu liegen, ganz zu schweigen von einer ganzen Woche. Meine Mutter hatte wenigstens eine Methodistenkirche, in die sie zuerst ging und dann nicht mehr, aber beides war eine positive Handlung. Ich hatte nichts, außer einem starken Gefühl von Furcht. Vielleicht hatte meine Mutter das ebenfalls. Ich erinnere mich seit meiner frühesten Kindheit an das entsetzliche Sonntagslicht durch das Buntglas der Eingangstür, an die Ruhe draußen.
Sonntags ist man mit den Leuten zusammen, mit denen man lebt, und das ist der ganze Sonntag. Oder man ist allein. Es gab Sonntage, an denen ich methodisch im Victoria & Albert Museum oder im Britischen Museum Mädchen ansprach. Sonntage treiben Fremde einander in die Arme. Aber ich hatte jetzt einfach nicht viel Unternehmungsgeist. Ich dachte an Port Liberty, doch mir gefiel der Gedanke an den Weg nach Greenwich nicht. Ich beschloß, mir einen faulen Tag zu machen; vielleicht würde der Sonntag sich einfach seiner selbst annehmen und mich in Ruhe lassen.
Sandor ging immer sonntags aus und sah aus wie an den anderen Tagen der Woche, nur trug er keine Krawatte. Er nahm sogar seine Aktentasche mit, und ich vermute, er ging irgendwohin, wo man fünf Sprachen spricht und viele Zeitungen liest und den ganzen Tag über Politik streitet. Miss Neap löste

oder stellte sich das Wochenendproblem mindestens einmal im Monat, indem sie ihre Mutter in Leeds besuchte. An den anderen Wochenenden absolvierte sie das volle sonntägliche Kulturprogramm, und da sie ja in einer Agentur für Theaterkarten arbeitete, blieb sie nie untätig. Sie war nachmittags eine begeisterte Museumsbesucherin, abends bevorzugte sie Musik. Für jeden Teil des Tages kleidete sie sich übertrieben elegant und angemessen.

Mrs. Inchcliff war wie üblich unterwegs auf Beutesuche. Ich glaube, sonntags war ihr Baustellentag; sie brachte immer neu aussehendes Bauholz und saubere Ziegel mit, die alle in der Werkstatt gehortet wurden, vielleicht im Hinblick auf die Ankunft eines neuen Freundes, der geschickt mit Werkzeug umgehen konnte.

Daher hatte ich das Haus für mich und blickte von meinem Fenster aus über den Park, wo die Züge vorbeiratterten und die glänzenden Schienen ihre Perspektive beibehielten und in Richtung Putney verschwanden. Auf den Wiesen lächelten die Menschen und spazierten auf den Wegen und der Wiese und traten in Hundehaufen, und andere Menschen lächelten und spazierten, während ihre Hunde auf die Wege und die Wiese schissen. Das Planschbecken war voller Kinder. Der Sandkasten, das Karussell, die Schaukel, die Schaukelpferde und Mamis und Papis betätigten sich auf dem Spielplatz. Die Autowäscher in unserer Straße waren alle zur gleichen Zeit beschäftigt und sahen zugleich tugendhaft und sinnenfreudig aus. Die Windhundwitwe kam vorbei, und der Phantomgatte schleppte einen stummen Fuß hinter sich her. Die Bäume hatten nicht mehr so viele Blätter; sehr bald würde ein Tag mit starkem Regen sie entblättern, und dann war der Winter da. «Ach», sagte ich laut, als ich am Fenster stand. Die Sonntagszeitung war zuviel für mich; sie würde heute wohl nicht bewältigt, mir war nicht nach intellektueller Aktivität. Die Schildkröten würden schwimmen, schwimmen, und mir kam zum erstenmal in den Sinn, daß sie für mich wohl auf ewig schwimmen würden. Ich werde nie erfahren, ob sie an ihrem Ziel ankamen. Zuerst war ich besessen gewesen von dem Gedanken, sie freizusetzen. Dann wurde es zur schweren Aufgabe, zu der ich mich verpflichtet hatte. Dann taten wir es, und danach schien es leer und stumpf. Jetzt hielt ich es wieder für gut. Die Schildkröten schwammen dorthin, wo sie sein wollten. Aber das war *ihr* Schwimmen; meins konnten sie nicht erledigen.

Worin bestand denn mein Schwimmen? In der Buchhandlung oder woanders weiterzuarbeiten? Allein oder mit jemandem zusammenzuleben? Das Rauchen aufzuhören oder nicht? Morgens aufzustehen oder vielleicht nicht? Wenn ich zur Ecke ging, würde K 257 sagen: «Ich glaube.» Was nur? Ich nahm den Stein aus Antibes in die Hand. Sieh mal, Dad, hier ist ein guter. Fort, fort, alles fort. Weine nicht, Willy. Tat ich auch nicht. Auf der anderen Seite: *weine* doch, warum denn nicht. Ich weinte.

Ich ging nach unten. Miss Neaps *News of the World* lag immer noch im Flur bei der Haustür; vielleicht hatte sie beschlossen, auszuschlafen und den Sonntag sich selbst zu überlassen. Ich ging zum Planschbecken hinüber. Die Kinder mit ihrem Lärm rückten plötzlich in Nahaufnahme. Ein kleiner Junge schubste einen anderen und schien zufrieden. Zwei kleine Mädchen stolzierten spritzend vorbei, spritzende Beine und fliegendes Haar. Ich ließ den Stein aus Antibes in das flache Wasser fallen. Er lag auf dem Grund und sah mich an, bis das Wasser unter dem Licht aufblitzte und ich ihn nicht mehr erkennen konnte. Ich machte einen kleinen Spaziergang im Sonnenschein über die New King's Road in Richtung Putney Bridge. Man hat die Straße neu geteert. Hier und dort standen kleine Grüppchen von Luftkompressoren, Asphaltverteilern und -rollern, roten hölzernen Dreibeinern und gelben Blinklampen, die man zusammengezogen und bis Montagmorgen biwakiert hatte. Bei einem Zebrastreifen waren die Blinklichter in schwarzes Plastik gehüllt. Ich hatte das Ge-

fühl, man ist niemals wirklich allein, solange es jemanden gibt, der die Blinklichter in schwarzes Plastik einhüllt. Ich ging zurück in mein Zimmer. Der Abend senkte sich. Der Tag war weiß Gott nicht schlecht gewesen, und nun kam der leichtere Teil, das Bergabrennen. Ich knipste die Lichter nicht an, ließ das Zimmer sich mit Zwielicht und Stille füllen.
Mrs. Inchcliff kam zurück, lud ihren Plunder ab, stellte ihn in die Werkstatt, klapperte in der Küche herum. Ich ging los, holte mir Fisch und Chips, brachte sie mit nach Hause, aß sie beim Licht der Straßenlaternen und trank ein Bier. Es klopfte. Mrs. Inchcliff. «Haben Sie Miss Neap heute schon gesehen?» fragte sie.
«Nein», antwortete ich. «Seit gestern abend nicht mehr.»
«Ich auch nicht», sagte sie. «Und sonntags sehe ich sie immer irgendwann, entweder, wenn sie die Zeitung heraufholt oder wenn sie ausgeht.»
«Vielleicht ist sie nach Leeds gefahren», meinte ich.
«Ich glaube nicht», sagte Mrs. Inchcliff. «Sie war gestern abend da, als ich zu Bett ging. Ich sah sie aus dem Badezimmer kommen. Und wenn sie heute morgen gefahren wäre, hätte sie die Zeitung mitgenommen. Ich bin gerade mit der Zeitung zu ihrem Zimmer gegangen und habe beklopft, aber keine Antwort bekommen. Die Tür ist nicht verschlossen, aber ich habe sie nicht geöffnet.»
Wir gingen zu Miss Neaps Zimmer im ersten Stock am Ende des Ganges. Mr. Sandor kam gerade nach Hause, sah uns und blieb am Fuß der Treppe stehen. Ich öffnete die Tür und schaltete das Licht ein.
Miss Neap hatte sich erhängt. Das Fenster in ihrem Zimmer war hoch, und oben hinter der Gardinenleiste war ein kräftiger alter Eisenhaken in den Fensterrahmen geschraubt. Er war vor langer Zeit dort für eine Vorhangstange und viel schwerere Vorhänge als die gegenwärtigen angebracht worden. Sie hatte sich auf einen Stuhl gestellt und mehrere bunte zusammengeknotete Seidenschals benutzt. Der Stuhl lag auf

dem Boden, wohin sie ihn fortgetreten hatte. Sie war ausgehbereit angezogen, mit dem Leopardenmantel und den neuesten lila Wildlederstiefeln. Das Pincenez war ihr von der Nase gefallen und baumelte an seinem Band. Sie mußte schon einige Zeit dort gehangen haben, denn ihr Gesicht war dunkel, und ihr Puder und das Rouge und das hellblaue Augenmakeup sahen schauderhaft aus. Als der Polizeiarzt kam, sagte er, der Tod sei zwischen drei und vier Uhr Sonntagmorgen eingetreten.

Das Zimmer war aufgeräumt. Sie hatte zehn Jahre dort gewohnt, hatte renoviert und neue Möbel gekauft, genau wie ich. Tapete und Vorhänge trugen ein Blumenmuster. Das Bett war schön zu einer grünen Couch zurechtgemacht, bunte Kissen und ein großer Stoffsnoopy waren sorgfältig darauf arrangiert. Ein paar Taschenkrimis, ein paar Bücher von P.G. Wodehouse, ein Taschenbuch: *Four Quartets*. Ein Gebetbuch, aufgeschlagen bei: *Für eine Bestattung des Toten auf dem Meer*.

Auf dem Frisiertisch lagen ihr Postsparbuch, die Karte eines Beerdigungsinstituts und eine Quittung über einhundertdreißig Pfund. Eine Notiz besagte, daß sie Vorkehrungen für eine Verbrennung getroffen habe, daß sie keinerlei Beerdigungsfeier wünsche und ihr Wunsch sei, daß niemand an der Einäscherung teilnehme. Ihre Mutter in Leeds sollte erst nach der Verbrennung benachrichtigt werden, und die Ersparnisse solle man ihr schicken. Das Buch wies einen Betrag von 936,27 Pfund auf. Daneben stand eine gerahmte Fotografie von ihrer Mutter und ihrem Vater mit Miss Neap als kleinem Mädchen. Nicht älter als neun oder zehn Jahre alt, aber man konnte das Gesicht genau erkennen.

50. Neaera H.

Ich hatte nicht gewußt, wie einsam ich gewesen war, bis die Einsamkeit aufhörte. Wenn ich mir jetzt meine Wohnung ansah, schien sie frei zu sein von unsichtbaren Drähten, die kreuz und quer in Mustern des Schmerzes verliefen und seit Jahren dort gewesen waren. Ich sah mich selbst in vergangenen Tagen, vergangenen Jahren, wie ich vorsichtig auftrat und versuchte, das Gleichgewicht zu halten. Es gab die Küche, das Badezimmer, das Wohnzimmer, das Schlafzimmer und das Gästezimmer. Die Bücher, den Zeichentisch, die Schreibmaschine, Madame Käfer, die Unordnung, alle Flächen und Stellen, auf denen ich stand oder saß oder lag, alle Dinge, die ich berührt und in meinen täglichen Bemühungen benutzt hatte, aus zerbrochenen Teilen ein Eierschalenleben zu kitten.

George hatte mir soviel gegeben, daß ich selbst die Zeiten ohne ihn ertragen konnte und nicht vorsichtig auftrat und mit wahnsinniger Geduld meine zerbrochenen Eierschalen wieder zusammenbaute. Er hatte nichts Besonderes gemacht; es lag einfach daran, wie er war. Ich hatte jetzt, wie er, nichts mehr gegen das Leben. Und die Schildkröten schwammen, darauf konnte man sich immer wieder zurückziehen.

Es war ungewöhnlich, diese ganze Schildkrötenaffäre. Nichts stand jemals darüber in der Presse, es gab keinen Aufruhr in der Zoologischen Gesellschaft, George wurde nicht entlassen. Er ließ bekannt werden, daß er die großen Schildkröten freigelassen hatte und sie durch kleinere Exemplare ersetzen würde, und das gleiche würde er wiederholen, wenn die verbliebenen Exemplare größer waren. Das war alles, er wurde nicht einmal zurechtgewiesen.

Die beiden Schildkröten im Becken sahen für mich jetzt anders aus, schienen weniger schläfrig und mehr so, als hätten sie nun etwas, worauf sie sich freuen konnten.

Und jeder sagte, wenn wir bloß lebten
dann fahren wir in einem Sieb ins Meer
zu den Bergen von Chankley Bore!

Ich ging wieder mit meinem Umschlag voller leerer Blätter ins Britische Museum. Ich empfand freundliche Gefühle für die Busse, Autos und Motorräder im Hof, die Leute und die Tauben. Ich saß vor dem Eingang, mein Papier auf dem Schoß, Sonne auf meinen geschlossenen Augen.

Jetzt wartete ich auf etwas, und das Warten war angenehm. Ich wartete darauf, daß das Selbst in mir vortrat zu den Grenzen, vor denen es sich so lange schon zurückgezogen hatte. Das Leben würde weniger ruhig und gefährlicher werden, das Leben an Grenzen ist riskant. Gillian Wühlmaus und Delia Schwalbe wohnen an sichereren Orten.

Komm, sagte ich zu dem Selbst in mir. Komm heraus und ergreif deine Chance. Nachdem ich sehr lange auf das leere Blatt gestarrt hatte, schrieb ich:

Der Brunnen auf dem Platz
ist nicht da.

Nun, dachte ich, nicht viel, aber ein Anfang.

51. William G.

Der Gerichtssaal war eine hohe, enge Schachtel, auf der immer ein Deckel lag. Egal, was in dem Raum gesagt wurde, es würde sich nicht in die Breite dehnen, sich weder vorwärts noch rückwärts bewegen. Es würde im Raum stehen und hochwachsen, bis es oben im klaren, grauen Licht an die Decke stieß.

Der Raum schien genau so lang, wie er hoch war. Die dunkelgrüne Decke mußte mindestens fünfundzwanzig Fuß über dem Boden schweben, war tief abgeschrägt und besaß schöne weiße Balken und Streben. Die Wände waren hellzitronengelb; es gab hohe Fenster und anständiges Gerichtssaalmobiliar: den Zeugenstand, die Richterbank, die Schöffenbank. Unterhalb dieser Bank standen rote Ledersofas und ein Tisch mit roter Platte für die PRESSE. Ein weiterer derartiger Tisch für den STAATSANWALT. Ein kleines, schlichtes Schreibpult für die POLIZEI vor den Zuschauerbänken. Zehn Bibeln auf der Schöffenbank, zwei weitere beim Zeugenstand. Ein armseliger Stand neben der Tür.

Dreimaliges Klopfen. «Erheben Sie sich bitte für den Richter Seiner Majestät», sagte der Beamte. Wir standen auf, als der Richter eintrat. «Hört, hört, hört», sagte der Beamte, während der Richter auf seinen Platz schritt, «alle Personen, die vor diesem Gericht etwas mit dem Tod der Flora Angelica Neap zu tun haben, bitte nähertreten und achtgeben. Bitte setzen.»

Wir setzten uns. Hinter dem Richter stand auf dem königlichen Wappen: DIEU ET MON DROIT. Ich zählte die im Raum versammelten Menschen: Der Richter, der Beamte, der Pathologe von der Polizei und der Wachtmeister, der ins Haus gekommen war, eine Dame von der Theaterkartenagentur, wo Miss Neap gearbeitet hatte, eine Dame vom Bestattungsinstitut, Mrs. Inchcliff, Mr. Sandor und ich. Zusammen neun. Ich fragte mich, wann wohl zum letztenmal neun Menschen Miss Neap ihre Aufmerksamkeit geschenkt hatten.

Ein furchterregender Gedanke war in mir gewachsen. Ich hatte immer angenommen, daß ich in meiner Geschichte die Hauptfigur sei, aber nun kam mir in den Sinn, daß ich vielleicht nur eine Nebenrolle in der eines anderen spielte. In Miss Neaps Geschichte vielleicht. Und ich kannte die Geschichte nicht einmal. Bitte nähertreten und achtgeben. Ja, das taten wir jetzt. Niemand hatte es getan, solange sie noch am Leben war.

Der Wachtmeister sagte aus, daß er um Viertel vor acht am Sonntagabend ins Haus gekommen sei und die Tote auf dem Sofa vorgefunden habe, wo wir sie hingelegt hatten. Der Pathologe sagte aus, daß der Tod durch Asphyxie, hervorgerufen durch Erhängen, eingetreten sei, und zwar zwischen drei und vier Uhr an jenem Morgen.

Die Dame von der Kartenagentur sagte aus, daß Miss Neap bei guter Stimmung gewesen sei, als sie sie zuletzt am Samstag sah, und daß sie gesagt habe, sie würde vielleicht am Wochenende nach Hause fahren, sei sich aber noch nicht sicher.

Die Dame vom Bestattungsinstitut sagte aus, daß Miss Neap letzten Monat vorbeigekommen sei, um für ihre Feuerbestattung zu bezahlen, und gesagt hatte, sie lebe allein und wolle sich darum kümmern. Lebe allein. Ich glaube, Mrs. Inchcliff, Mr. Sandor und ich spürten alle, daß wir bei diesen Worten erröteten.

Mrs. Inchcliff, Mr. Sandor und ich schworen der Reihe nach, daß wir die Wahrheit, die ganze Wahrheit und nichts als die Wahrheit sagen würden, aber es gab nur wenig mehr zu berichten, als daß Miss Neap seit zehn Jahren in dem Haus zur Untermiete gewohnt hatte, wir sie zuletzt lebend am Samstag gesehen hatten, wo sie wirkte wie immer, und sie am Sonntagabend tot mit der Notiz, dem Postsparbuch, der Quittung und der Karte des Bestattungsinstituts vorfanden. Diese Dinge wurden als Beweise gezeigt. Der leere Zeugenstand schien sich mit leergesichtigen Phantomen zu füllen, die die Köpfe schüttelten. Nicht die ganze Wahrheit. Aber es war alles, was wir wußten und aussagen konnten. Es stand dort wie ein blindes, stummes Ding und wurde so groß, bis sein Kopf die Decke berührte. Der Richter sprach das Urteil, daß Miss Neap sich selbst das Leben genommen habe, und die Sitzung war aufgehoben. Es waren nur ein paar Minuten Fußweg vom Gericht zum Bestattungsinstitut. Ich fragte mich, ob Miss Neap zu irgendeinem Zeitpunkt den gleichen Weg gegangen war. Die Dame, die bei der Befragung anwesend gewesen war, hieß Mrs. Mortimer. Sie war eine gutaussehende braunhaarige Frau, die eher so aussah, als sei sie Garderobiere in einem Theater anstatt bei einem Beerdigungsinstitut. Sie sah fröhlich aus, als renne sie mit Stecknadeln im Mund zwischen Schauspielergarderoben hin und her. Da waren wir auch schon. Ein paar Urnen und Vasen im Fenster, drinnen ein schlichter kleiner Empfangsraum.

«Alles ist geregelt», sagte Mrs. Mortimer. «Sie bekommt den ‹Ely›, den Standardsarg für Feuerbestattungen mit Beschlägen gehobener Klasse. Er wird in Lila mit rosa Rand ausgeschlagen, und sie trägt ein rosa Gewand. Auf dem Deckel eine Plakette mit ihrem Namen, Alter und Sterbedatum. Es ist nicht recht, daß sie ohne eine Messe verabschiedet werden soll und ganz allein.»

«Wollte sie das?» fragte ich. Sandor nickte nachdrücklich.

«Dann tun Sie, was sie wollte», sagte ich.

«Zumindest das», meinte Mrs. Inchcliff.

«Da ist nur noch eine Sache», sagte Mrs. Mortimer. «Ich erwähne es nicht gern, aber unsere Preise sind in der letzten Woche angehoben worden. Der ‹Ely› kostet jetzt 121,50 Pfund anstatt 109,50 Pfund. Der Rest bleibt gleich: sieben Pfund für Waschen und Ankleiden, dreizehn Pfund für das Krematorium, was den Priester mit einschließt, aber ich glaube nicht, daß ich eine Ermäßigung bekommen kann, wenn es keine Messe gibt, und fünfzig Pence für den Mann vom Krematorium als Trinkgeld. Das macht hundertzweiundvierzig Pfund anstelle der hundertdreißig, also bleiben zwölf Pfund Rest.»

Ich schrieb einen Scheck über die ausstehenden zwölf Pfund für den «Ely» aus. So viele Dinge haben Namen: Hochzeitstorten, Kinderwagen, Autos und Särge.

«Danke», sagte Mrs. Mortimer. «Wir bekommen den Leichnam aus dem Totenhaus direkt hierher. Die Einäscherung wird am Dienstag stattfinden, und sie wird bis dahin hier in unserer Kapelle aufgebahrt liegen. In ihren Anweisungen hieß es, daß sie keine Besuche und keine Blumen wollte.»

Keine Besuche, keine Blumen, keinen Begräbnisgottesdienst und niemanden bei der Einäscherung. Nun, Begräbnisse sind für die Lebendigen. Zum Guten oder Schlechten sieht man, wie der Tote von der Szene verschwindet, und die Trennung ist endgültig. Miss Neap war während ihres Lebens um Gesellschaft betrogen worden und wollte als Tote eine Präsenz behalten, die nicht verabschiedet wurde. Okay.
Miss Neap war am Sonntag gestorben. Heute war Donnerstag. Das macht vier Tage hintereinander, an denen Sandor Bad und Herd sauber hinterlassen hat.

52. Neaera H.

Früher blieb ich manchmal rund um die Uhr auf und hatte trotzdem das Gefühl, nach Zeit zu hungern; kein Tag schien sich zum Leben zu metabolisieren. Jetzt stärkt mich jede Minute.
Heute morgen Frost. Scharf war er, und die Luft klirrte. Ich stand früh auf und ging über die New King's Road zur Parsons Green. In der Nähe von Williams Wohnung lag bei einer Bushaltestelle eine tote Katze, die schon ziemlich platt war. Sah aus, als sei sie von einem Lastwagen überrollt worden. War ein graugestreifter Kater mit einem Kopf wie ein römischer Senator, ein Auge offen, das andere geschlossen. Der ganze Körper schien das Wumm! auszudrücken, als sein Leben dem Tod begegnete. Er sah aus, als sei er hundertprozentig am Leben gewesen, bis der Lastwagen sein Buch in der Blüte seines Katerdaseins schloß, und seine sterblichen Überreste wirkten eher fröhlich als bedrückend. Miauend zu leben und mit einem Wumm! zu sterben. Ich dachte an ihn auf dem Rückweg, blieb stehen und schrieb: *Steif, aber nicht förmlich / sagt eine tote Katze guten Tag / an diesem Wintermorgen.*
Später werde ich mit George im Aquarium zu Mittag essen:

Belegte Brote neben den Salzwasserbecken, das eleganteste Restaurant der Stadt. Zwischen jetzt und dann gibt es alle möglichen Minuten, und alle sind gut. Wer weiß schon, was an der Schreibmaschine alles passieren kann?
Ehe ich hinauf in meine Wohnung ging, spielte ich auf dem Platz, so wie er war, ohne Brunnen, Hüpfen.

53. William G.

Der Herbst verging, und die braunen und gelben Blätter wurden immer weniger, bis heftiger Regen niederging, genau wie immer. Wumm! Nackte Bäume, Winter, dunkle Morgen, Leute, die schnell gehen.
Heute morgen begrüßte mich in der Nähe der Bushaltestelle ein toter Kater. Da lag er, auch er war mit einem Wumm! in den Winter gegangen. Er sah aus, als habe er hoch hinaus gewollt, ehe er abstürzte. Ich habe noch nie eine so lebendig aussehende tote Katze gesehen.
Dieser Morgen hatte nichts besonders Empfehlenswertes an sich; der Laden war voller Leute, die Kugelschreiber und Geburtstagskarten wollten, was wir beides nicht verkaufen. Aber ich fühlte mich gut.
In der Mittagspause kaufte ich eine Flasche Moët & Chandon und ging zum Zoo. In der Untergrundbahn dachte ich an Miss Neap und Mr. Sandor und Mrs. Inchcliff. Da wir zu keiner Beerdigung gehen konnten, hatten wir uns irgendwie zusammengedrängt gefühlt, um uns an sie zu erinnern, wenn auch nicht gänzlich trauernd. In Wahrheit waren wir alle ziemlich betrunken, und Sandor sang Zigeunerlieder. Ziemlich gut sogar. Komisch, aber nicht wirklich. Wenn Flora Angelica Neap eine nicht verabschiedete Person war, würde sie die guten Zeiten ebenso wie die schlechten mit uns teilen müssen. Und ich konnte mir gute Zeiten vorstellen, warum, das

wußte ich nicht. Nichts war anders oder besser, und ich wohl auch nicht, aber im Moment hatte ich nichts dagegen, am Leben zu sein. Wer wußte schon, was alles passieren würde?

Camden Town ist die windigste U-Bahn-Station, die ich kenne. Als ich mit fliegendem Haar auf der Rolltreppe hochkam, fühlte ich mich, als träte ich von einem dunklen Ort ans Licht, und dann lachte ich, denn genau das stimmte.

Im Aquarium begrüßte ich die beiden Schildkröten, öffnete dann verschiedene Türen, auf denn PRIVAT stand, bis ich George Fairbairn fand. Neaera war bei ihm, und sie aßen belegte Brote neben den Salzwasserbecken. Ich gab George den Champagner.

«Ich kam gerade vorbei», sagte ich, «und dachte, ich bringe das hier vorbei.»

«Wunderbar», antwortete George. «Prost! Was für ein Anlaß?»

«Ich kam einfach gerade vorbei», sagte ich.

Sie wollten, daß ich bliebe und ihn mit ihnen zusammen trinke, aber ich konnte nicht bleiben. Ich nahm ein Taxi zurück ins Geschäft, es war eben so ein Tag.

Science Fiction

Robert Shea/Robert Anton Wilson
Illuminatus!
Das Auge in der Pyramide (4577)
Illuminatus!
Der goldene Apfel (4696)
Illuminatus!
Levithan (4772)

Robert Anton Wilson
Die Illuminati-Papiere
(5191)
Schrödingers Katze. Das Universum nebenan
(5287)
Schrödingers Katze. Der Zauberhut
(5382)
Cosmic Trigger
(5649)

Kurt Vonnegut
Galgenvogel
Roman (5423)
Schlachthof 5 oder Der Kinderkreuzzug
(1524)
Gott segne Sie, Mr. Rosewater
Roman (1698)
Geh zurück zu deiner lieben Frau und deinem Sohn
Erzählungen (1756)
Frühstück für starke Männer oder **Goodbye Blauer Montag**
(4047)
Slapstick oder Nie wieder einsam
(4502)
Die Sirenen des Titan
Roman (5318)

rororo

C 2146/3